Toujours là pour toi

Catalogage avant publication de Bibliothèque et Archives nationales du Québec et Bibliothèque et Archives Canada

Titre : Toujours là pour toi / Amélie Croussette
Nom : Croussette, Amélie, 1987- , auteure
Identifiants : Canadiana 20200092065 | ISBN 9782897835248
Classification : LCC PS8605.R688 C47 2021 | CDD C843/.6—dc23

Les Éditeurs réunis bénéficient du soutien financier de la SODEC
et du Programme de crédit d'impôt du gouvernement du Québec.

Financé par le gouvernement du Canada | 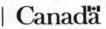 Canadä

Édition
LES ÉDITEURS RÉUNIS
leslediteursreunis.com

Distribution nationale
PROLOGUE
prologue.ca

Imprimé au Canada

Dépôt légal : 2021
Bibliothèque et Archives nationales du Québec
Bibliothèque et Archives Canada

AMÉLIE CROUSSETTE

Toujours là pour toi

LES ÉDITEURS RÉUNIS

Je dédie ce livre à ma puissante armée de courage,
mes Jedi de lumière.

Ils se reconnaîtront.

« Tu ne sais jamais à quel point tu es fort
jusqu'au jour où rester fort reste la seule option. »

BOB MARLEY

NOTE DE L'AUTEURE

La vie nous met parfois à rude épreuve d'une façon impromptue. Ça arrive comme ça, sans prévenir, et la vie te crie à grands coups de sabots: «Vas-y, débrouille-toi avec la patate chaude! Transforme-la en positif et gère-toi.» Parfois, on ne peut pas prévoir, contrôler ou comprendre pourquoi quelque chose nous arrive. Ça nous tombe dessus, c'est tout. C'est la façon dont on cuisine la patate chaude qui compte vraiment. En quoi on la transforme dans l'assiette, à la manière d'un chef en plein *rush* du souper sous l'emprise de l'adrénaline. Et derrière chaque grand chef se cache une équipe entière prête à l'épauler.

Quelle est la recette magique pour convertir l'ordinaire en grandiose? Pour troquer une larme contre un rire éclatant ou pour accomplir tout ce que tu veux? La qualité des personnes qui t'entourent! Ça change littéralement tout.

L'amour t'aide à continuer à avancer dans la tempête, t'insuffle tout le courage nécessaire pour gravir n'importe quelle montagne. Quand tu as cette chance incroyable d'être bien entouré, tu es prêt à répondre à la vie, le sourire dans la voix, les yeux gonflés de confiance et de courage: «*Bring it!*»

Ensemble, c'est plus facile d'incarner la lumière dans la pénombre.

Et de continuer à briller.

Contre vents et marées.

L'histoire qui suit témoigne de la force du NOUS.

Prologue

Nous nous étions juré de terminer l'été par un coup d'éclat. De faire ensemble quelque chose de significatif qui nous sortirait de notre routine. La vraie vie d'adulte pesait lourd sur notre bonne humeur et nous avions toutes grand besoin d'évasion. Nous avons donc opté pour un *road trip* d'une semaine chez nos voisins américains. Dans le vieux Westfalia orangé des parents de Lily. Exclusivement entre femmes. Sans véritable idée de notre destination finale, nous voulions laisser place à l'improvisation. Sur la caravane était inscrit en grosses lettres le mot bonheur, entouré de fleurs et d'étoiles. Nous détenions assurément une recette gagnante pour une semaine réussie !

Prenaient place à bord :

Lily, *la bohème écolo.*

Métier : étudiante à la maîtrise en droit international.

Aime : la nutrition et cuisiner (bio, s'il vous plaît !), les projets manuels, les voyages et rencontrer de nouvelles personnes, en particulier celles provenant d'autres cultures.

N'aime pas : les gens hautains qui jugent les autres avant de les connaître, la bureaucratie et les poivrons.

Ariane, *l'artiste philosophe.*

Métier : violoniste professionnelle.

Aime : se laisser porter par la musique, le bon vin, la littérature et la curiosité intellectuelle.

N'aime pas : décevoir les autres, la colère, les gens fermés d'esprit et le son trop soutenu d'une craie sur un tableau.

Kim, *la perfectionniste pince-sans-rire.*

Métier : médecin de famille.

Aime : l'humour lubrique, chanter du karaoké, avoir le contrôle et que tout soit en ordre.

N'aime pas : le camping sauvage, exprimer ses émotions, bousculer sa routine et que ses pieds touchent les fentes du trottoir.

Florence, *l'ambitieuse passionnée.*

Métier : chargée de projets pour une multinationale.

Aime : l'efficacité, le sport, la musique latine et sa famille.

N'aime pas : l'incompétence, voir souffrir ceux qu'elle aime, la malhonnêteté et plier des draps contours.

Et moi, **Anne-Sophie**, *l'idéaliste rassembleuse.*

Métier : conseillère en communication.

J'aime : unir les gens, faire une différence dans ma communauté, écrire et vivre dans l'action !

Je n'aime pas : la misère humaine, perdre mon temps, le statu quo, l'aliénante routine et couper de la viande crue.

Notre joyeux groupe était pour le moins éclectique, mais vibrant d'authenticité. Comme toujours, nous nous étions bien complétées pour la préparation du *road trip*. Florence et moi nous étions occupées de l'itinéraire pour être certaines de ne pas perdre une précieuse minute. Lily s'était assurée de bien remplir la grande glacière avec des collations bios. Ariane avait préparé des questions philosophiques et des jeux pour égayer nos conversations. Pas que nous en ayons particulièrement besoin, mais juste au cas où nous souhaiterions aller en profondeur sur des questions existentielles.

Parce qu'ensemble, on aimait autant la simplicité d'un éclat de rire que l'intensité d'un moment de folie ou un débat animé à s'interroger sur nos choix de vie. Quant à Kim, elle avait promis de s'en tenir à un certain quota de bagages et de *calls* sarcastiques par rapport au camping à venir ou aux odeurs hippies de patchouli.

Le Westfalia était plein à craquer et nous, plus que prêtes pour l'aventure. C'est moi qui ai pris le volant la première, fébrile à l'idée de découvrir une nouvelle partie des États-Unis avec mes meilleures amies. Je mis la *playlist* minutieusement préparée par Kim et nous fûmes happées par l'air entraînant de l'intemporel Ray Charles et de *Hit the Road Jack*.

Puis, Ariane eut la brillante idée de fermer tous nos cellulaires et de les déposer dans un sac hors de portée. Tous les courriels et les responsabilités pouvaient bien attendre notre retour. Florence ferma le sien à contrecœur, mais fut tout de suite libérée d'un poids énorme. Même chose pour nous toutes. Nous étions ensemble et c'était tout ce qui comptait. Ici et maintenant.

Je regardai rapidement par-dessus mon épaule. Le *party* était pogné dans le Westfalia. Kim avait entrepris de préparer des gin-tonics carabinés pour souligner le début du voyage. Il ne lui manquait que le fameux nœud papillon en bois pour se voir décerner le titre de mixologue. Pendant ce temps, nous chantions à tue-tête et à tour de rôle les couplets saccadés de la prose d'Eminem dans *Love the Way You Lie*, avant d'entonner le refrain en chœur :

♪ *Just gonna stand there and watch me burn*
But that's alright because I love the way you lie
I love the way you lie

Contrastant avec la détresse qui se dégageait des paroles, j'éprouvai à ce moment précis un puissant sentiment de gratitude d'être si bien entourée, et par des femmes d'une si grande qualité. Nous avions réussi à faire évoluer ces forts liens qui nous unissaient malgré le temps, la distance ou les obligations. Et ça, c'était rare et tellement précieux.

Mon père m'a toujours dit que je pourrais dénombrer mes vrais amis sur les doigts d'une main. Que le ménage se ferait tout seul. Comme j'ai toujours été du genre à inviter toute la classe à mes *partys* de fête et que j'ai toujours investi beaucoup de temps à préserver mes amitiés, ça m'a toujours fâchée qu'il me dise ça. Aujourd'hui, je suis forcée de lui donner raison. En partie, du moins, puisque je compte toujours plus de doigts que ceux d'une seule main. Le temps m'a appris que certains amis sont de passage dans ta vie alors que d'autres s'ancrent plus profondément. Chose certaine, les quatre femmes merveilleuses à mes côtés faisaient partie de cette deuxième catégorie. Je les considérais comme des sœurs.

Notre amitié avait pris racine il y a plus de vingt ans mainte-nant sur les plages majestueuses de la Côte-Nord. Nos parents y possédaient des chalets sur le bord de l'eau, à Gallix, et nous nous étions vite liées d'amitié. En connaissez-vous beaucoup des endroits dans le monde où tu peux marcher sur des kilomètres de plage de sable blond sans rencontrer un seul touriste ? C'était notre petit paradis bien gardé, notre repaire tranquille.

Nous passions nos fins de semaine à courir sur la plage, à faire des chorégraphies de nage synchronisée dans le fleuve ou à nous inventer des histoires sans queue ni tête bourrées de rebondissements. Nous interprétions tantôt des espionnes russes à la recherche d'une pierre précieuse, tantôt des soldats qui enterraient des membres en forme de jujubes tombés au combat ou bien encore de grandes patineuses artis-tiques. Kim, Lily et moi avions toujours mille et un scénarios en réserve. C'est fou comme notre imagination était fertile !

Flo aimait beaucoup quand nous jouions avec les gars à la balle molle ou au soccer. Pour Ari, chacun de nos jeux devait être égayé par une trame sonore. Que ce soit avec des objets du hangar reconvertis en percussions ou son baladeur Sony jaune, nous ne manquions jamais de musique. C'est aussi pourquoi chacun de nos souvenirs s'accompagnait d'un air précis.

Nous adorions monter des spectacles de toutes sortes, que nous nous faisions un grand bonheur de montrer à nos parents. Kim sélectionnait avec soin le plus beau *kit* de vêtements dans le catalogue Sears et nous implorions nos parents de nous l'acheter. Oui, ça nous prenait un uniforme de scène, avec un trait d'*eye-liner* blanc par-dessus le marché ! C'était du sérieux. Les cassettes de *Notre-Dame de Paris* et de *Grease* jouaient en boucle dans le sous-sol. Sans oublier les Spice Girls et les Backstreet Boys. Hugo, mon petit frère, agissait à titre de technicien sonore et d'éclairagiste. Un jour, nous lui avions même teint les cheveux en bleu pour qu'il sente qu'il faisait partie du groupe. La mode de la décennie 1990 n'était manifestement pas des plus glorieuses.

Mon jeu préféré entre tous consistait à construire des forts dans l'immense montagne créée par les souffleuses à neige dans le rond-point devant chez moi et à m'imaginer une vie de scientifique avide d'aventures à la recherche de nouvelles galaxies, comme dans *La porte des étoiles*. Mon Dieu que j'adorais écouter cette émission télévisée en compagnie de mon grand-papa Georgie le dimanche après-midi ! C'était notre petit moment rien qu'à nous. Sur les montagnes enneigées de la rue de la Rivière, une partie du groupe jouait le clan adverse et nous nous livrions une bataille sans merci en oubliant les heures qui défilaient ou le froid presque sibérien des hivers au nord du 50e parallèle. Nous étions aussi de fidèles abonnées du dépanneur du village et de ses bonbons à cinq sous. Ça prenait tout un *high* de sucre pour incarner cette panoplie de rôles !

À partir de l'été de nos quatre ans, nous ne nous étions jamais lâchées. Nous avions traversé les récréations du primaire et les bouleversements hormonaux du secondaire. La première brosse sur la Tornade à jouer à la bouteille et à Vérité ou conséquence dans le sous-sol des parents de Lily. Les complexes physiques de la puberté, les doutes et les premiers flirts avec les garçons. L'intensité des premières peines d'amour. La fois où les filles m'ont accompagnée pour déchirer et jeter dramatiquement dans le fleuve une photo de mon premier amour, alors qu'il venait de me tromper et de me briser le cœur. La fois où nous avons partagé un fou rire interminable quand Flo a trébuché en allant chercher une récompense durant une cérémonie des cadets et qu'elle est tombée la tête directement sur les genoux de l'officiel. Cette fois encore où nous avons monté une présentation orale chantée en cours d'anglais secondaire deux, derrière une télévision en carton à la manière d'une publicité américaine douteuse. Ça rockait en crime! Cet été, aussi, où Lily et Ariane ont joint l'écopatrouille et se sont donné pour mission de changer le monde à grands coups de contes pour enfants et de visites en entreprise. Elles nous ont tellement rebattu les oreilles avec le fameux Ulric le lombric que je pourrais encore vous réciter son histoire par cœur! Nous avions partagé l'ensemble de nos premières fois et le catalogue de nos souvenirs communs s'épaississait d'année en année.

À la fin de notre secondaire, avant que chacune ne suive sa propre voie, nous nous étions toutes fait tatouer un petit conifère, symbole de nos racines de la Côte-Nord et de la force de l'ancrage de notre amitié. Nous avions toutes choisi un arbre différent, qui était entouré d'un cercle en pointillé évoquant la forêt, le «nous», pour qu'on se souvienne toujours que nous n'étions jamais seules.

Pendant que je revivais ces doux moments qui nous unissaient, j'avais roulé plusieurs heures sans m'en rendre compte. Après avoir englouti un burger sur le pouce dans une halte routière pittoresque sur le bord de l'autoroute, Florence avait pris le relais de la conduite jusqu'au moment où nous nous étions arrêtées dans un parc national pour la nuit. Nous avions accès à une petite plage tout près des sites de camping. Il faisait déjà nuit quand nous avions entrepris d'allumer un feu sur la berge, pour ne pas trop nous faire remarquer. C'étaient Lily et Flo qui avaient été désignées pyromanes en chef. C'étaient les seules qui possédaient les qualifications requises, en fait. Nous avions passé plusieurs heures autour de leur réussite à manger des guimauves et des saucisses, à boire du vin directement au goulot en nous passant la bouteille, à nous inventer des noms de totems, à jaser du nouveau dans nos vies respectives et à philosopher sur le sens de l'existence…

Nous l'échappions, à notre plus grand bonheur !

« D'une commune voix, je jure solennellement par le pouvoir qui m'est conféré par le goulot de la bouteille : d'honorer mon statut de femme de cette trempe ; par définition, une femme de cette trempe a des convictions, de la substance, des opinions et n'a pas peur de les affirmer. C'est une femme courageuse qui donne et qui aime sans compter. Une femme qui répond toujours présente pour ceux qu'elle aime. L'inverse d'un petit coquillage vide de l'intérieur. D'utiliser, de la façon la plus pertinente possible, la voix qui m'est donnée pour répandre la "femmitude" en ce bas monde ; de jurer fidélité et solidarité à mes sœurs tout au long de notre existence. C'est un honneur et un privilège d'avoir croisé votre route, mesdames ! BOUM ! »

J'ai débouché une énième bouteille de vin sur la note finale. Ça faisait à peu près vingt minutes que nous essayions de nous entendre sur cette déclaration solennelle, un vingt minutes entrecoupé de fous rires interminables.

Kim (sarcastique) : Coudonc ! On dirait un mauvais *remake* de *Quatre filles et un jean* ! Ça fait sectaire en crime, notre affaire. J'ai une meilleure idée… on pourrait plutôt parler de moi !

Lily (convaincue): *Come on*, Kim ! Je sais qu'on est déjà en boisson, mais laisse-nous une chance. Y a des protocoles à respecter, ma *chum* !

Ariane (en empoignant la bouteille pour l'utiliser comme micro): Les femmes, c'est parce que je pourrais-tu dire quelque chose… ? (Sans jamais finir sa phrase et en prenant une gorgée.)

Florence (avec sérieux malgré l'absurdité de la scène): Mesdames, rigueur, rigueur, rigueur ! Voici l'ordre du jour de la présente séance :

- Débat collectif sur la dernière *date* de Lily
- *Pep talk boost* pour Ariane
- Karaoké autour du feu
- *Vino, vino, vino !*
- Varia

Pour toute question ou tout commentaire, je vous invite à vous adresser directement au goulot de la bouteille. Que celles qui s'opposent se lèvent ou se taisent à jamais ! Bravo !

Moi (en prenant la bouteille-micro des mains d'Ariane): C'est parce que j'aimerais ça ajouter quelque chose… Je pense qu'il est grand temps de définir officiellement le concept de lourdeur et son utilisation dans notre vie quotidienne ! Parce que cette puissante expression mérite d'être exportée allègrement et parce que nous en sommes les plus ferventes ambassadrices.

Flo : Point retenu en varia ! On peut même commencer par ça, si tu veux.

Moi : Parfait ! Mes belles *darlings*, je propose trois niveaux, soit une hiérarchisation de la lourdeur.

- C'est lourd.
- C'est d'une lourdeur…
- C'est d'une lourdeur incommensurable.

Chacun coïncide avec un niveau d'exaspération plus ou moins grand face à une situation. C'est à vous de qualifier la gravité de cette lourdeur et à utiliser la phrase appropriée. Fin.

Flo : Est-ce que nous avons quelqu'un pour approuver cette définition pour le moins limpide ?

Kim : J'approuve sans aucune hésitation ! Et je compte bien abuser sans détour de cette fabuleuse expression !

Flo : Définition approuvée ! Passons maintenant au prochain point : la dernière *date* de Lily…

La soirée passa comme une étoile filante. Nous avions fini par nous endormir autour du feu, qui finissait d'écumer sa braise, repues d'avoir trop ri. Aux aurores, notre profond sommeil fut interrompu abruptement par le bruit rugissant d'une machine, plus précisément une zamboni responsable de balayer et d'aplanir la plage. C'était la première fois que nous étions témoins de pareille manœuvre. Un peu confuses à cause des abus de la veille, nous étions recroquevillées dans nos sacs de couchage «momie» pendant que la zamboni s'affairait à contourner les épaves mortes de rire que nous étions. Nous nous sommes alors rabattues sur le Westfalia pour terminer notre nuit en paix.

AUTOMNE

« Les amis sont la famille que l'on choisit. »
Edna Buchanan

Lily

Ding! La yaourtière venait d'annoncer la fin de son cycle de création. Lily scruta le produit final, pas peu fière du résultat. Faire son propre yogourt, c'était quand même incroyable! Ne lui restait plus qu'à partir un végépâté, à faire cuire sa carcasse de poulet pour en retirer le bouillon et à se faire réchauffer une infusion curcuma-gingembre pour relaxer. Boum! Elle était d'une efficacité légendaire, ce matin!

Nous ne comprenions pas toujours pourquoi elle se donnait tant de mal, mais produire elle-même sa nourriture santé la comblait de bonheur. En plus, avec tout ce qu'on savait aujourd'hui sur les processus de transformation de la nourriture, ça donnait la chair de poule. L'idée de devenir agricultrice biologique ou bien d'en marier un lui avait déjà traversé l'esprit à quelques reprises. Elle avait toujours fantasmé secrètement sur Ovila Pronovost des *Filles de Caleb* et l'aura de calme et de mystère qu'il dégageait. Lily aurait d'ailleurs très bien pu vivre à cette époque, elle en était convaincue. Parce que ses passe-temps se rapprochaient de ceux de sa grand-mère. Parce qu'elle rêvait souvent de cuisiner pour une tablée bien garnie ou de tricoter le soir près du feu en attendant patiemment son homme qui reviendrait de travailler en forêt, homme qui ressemblerait idéalement à Roy Dupuis. Lily, c'était une vieille âme, mais aussi une grande romantique. Comme il ne s'en fait plus de nos jours.

Sa journée était déjà bien entamée, d'un point de vue culinaire, du moins. La pile de devoirs qui l'attendait sagement sur son bureau se classait malheureusement très loin dans sa liste de priorités. Tout lui semblait plus palpitant que l'analyse d'environnement de travail de son cours optionnel d'ergonomie. Pourquoi donc avoir décidé de poursuivre à la maîtrise en droit international alors que toutes ses amies étaient déjà sur le marché du travail ? Elle se sentait seule dans son bateau de pauvre étudiante paumée et ça commençait à lui peser. Lily prit une longue respiration pour chasser cette pensée, se répétant que c'était pour une bonne cause, que ça lui permettrait de travailler dans un domaine qui la passionne et que, surtout, son calvaire serait terminé dans quelques mois à peine ! Mais les cours étaient tellement théoriques qu'elle avait de la difficulté à s'y retrouver. Elle avait soif de terrain, soif de voyages et de nouvelles connaissances. Le droit, était-ce vraiment pour elle ? L'affaire, c'est que rendu au point où elle en était, elle se voyait mal dire à ses parents, qui payaient pour ses études depuis toutes ces années, que ce n'était plus vraiment ce qu'elle voulait et qu'au fond, elle ne savait pas ce qu'elle voulait. Le saurait-elle un jour ?

Lily fixa à nouveau l'ordinateur ouvert au beau milieu de feuilles éparses et, avant de laisser le découragement le plus total l'envahir et de retourner à sa série Netflix, elle s'imagina, pour s'encourager, en mission humanitaire en train de défendre la cause des victimes d'excision ou en tant que procureure chargée de poursuivre les *boy's club* québécois pour des propos sexistes qui n'avaient jamais eu leur raison d'être. Elle ferait bon usage de sa spécialisation.

Un rappel apparut sur son téléphone. Merde! Elle avait complètement oublié qu'elle avait une *date* ce soir avec un bel Apollon couleur café rencontré sur Tinder… Elle sauta dans la douche rapido, attacha sa tignasse brune frisée broussailleuse en toque relâchée, ajouta une touche de mascara, et voilà, le tour était joué! Elle essaya trois tenues différentes, mais aucune ne lui semblait convaincante. Comme le temps pressait, elle arrêta son choix sur la quatrième option: une jupe moulante à motifs et un *top* orange brûlé qui mettait bien sa poitrine en valeur. D'aussi loin qu'elle se souvienne, Lily avait toujours livré une lutte insatiable à son image corporelle. Elle n'était jamais satisfaite et, comme bien des femmes, aurait souhaité perdre cinq ou dix livres pour être parfaitement bien dans sa peau et faire disparaître ce petit bourrelet qui l'obsédait. Elle avait beau mettre les bouchées doubles au gym, il lui collait à la peau. Elle aimait beaucoup trop la nourriture et cuisiner, mais était incapable d'appliquer le célèbre mode #RienÀFoutre, soit cette puissante sensation de liberté où tu te balances éperdument du regard des autres, des contraintes sociales et où tu es toi-même à 110 %. Ce mode béni permettait aussi de se libérer de tout complexe. En attendant, elle continuait d'aller courir.

Julien

Elle avait donné rendez-vous au candidat potentiel en formule 5 à 7 au Café du temps perdu, sur Myrand, son endroit de prédilection pour les premières rencontres. Comme ça, si c'était ennuyant, elle pourrait toujours prétexter un souper quelque part… Fidèle à elle-même, Lily arriva vingt minutes en retard parce qu'elle avait manqué l'autobus. Ses yeux fouillèrent la pièce de fond en comble et elle repéra finalement l'homme au fond de la salle, les yeux sur son cellulaire. Elle avait toujours un malaise avec ces premières rencontres où on espère que l'individu correspondra bien aux photos promises et qu'il aura un minimum d'aptitudes sociales. C'était toujours un coup de dés. Même si tu lui parlais des heures durant par *chat* avant… La bonne nouvelle, c'était qu'il était encore là malgré son retard. La moins bonne, c'était que cette fois-ci, Lily avait tiré le mauvais numéro à la loterie.

Aussitôt arrivée, elle avait envie de redécoller. Non seulement Julien avait manifestement mis ses meilleures photos sur l'application (*good for him*), mais il semblait avoir un œil qui ne te regardait jamais complètement, ce qui la perturbait. Quand il se leva pour la saluer, Lily remarqua qu'il était plutôt chétif et trapu, deux qualificatifs pourtant opposés, mais qui s'appliquaient à merveille pour décrire sa stature. Pour être polie, elle s'assit, lui fit un beau sourire et s'excusa pour son retard. Elle n'en était pas à son premier rodéo et avait développé des techniques pour gérer ce genre de situation. Chaque fois, elle se mettait en mode « PR » et elle se disait, peut-être par souci d'autoprotection, que chaque rencontre, même si elle ne se concrétisait pas par l'homme de ses rêves, lui permettait de connaître un nouvel être humain intéressant, un ami potentiel.

Lily commanda un verre de vin et lui posa des questions pour briser la glace. Il semblait nerveux. D'habitude, elle avait le don de mettre les gens à l'aise. On la trouvait même plutôt drôle et facile d'approche. Pourtant, son Adonis en déclin semblait inconfortable sur sa chaise et les tentatives de

Lily pour détendre l'atmosphère n'y faisaient rien. Il parlait sans arrêt en se frottant les mains et ne lui posait aucune question. Son monologue insipide sur sa passion dévorante du merveilleux monde des drones commençait sérieusement à ennuyer Lily. Décidément, elle avait besoin d'une porte de sortie, mais ne savait pas comment s'y prendre pour ne pas le blesser. Elle commanda donc un deuxième verre de vin, puis un demi-litre pour noyer leur malaise réciproque. La suite lui échappa quelque peu puisque l'alcool coulait à flots, mais à son réveil le lendemain, elle se rappelait vaguement avoir chanté sa vie à s'en époumoner sur *The Power of Love* et avoir eu bien du plaisir avec son nouvel ami improvisé. Voilà comment tirer profit d'une situation gênante !

Dating moderne 101

Lily revint tout de même à la maison un peu démoralisée ce soir-là. C'était le troisième candidat Tinder qu'elle rencontrait ce mois-ci et chacune des rencontres avait été désastreuse d'un point de vue amoureux. Pourquoi est-ce qu'elle tombait toujours sur de drôles de numéros ? Une fois dans son lit, elle ne put s'empêcher de repenser aux prétendants déchus des derniers mois, toutes plateformes confondues. Force est de constater qu'une malédiction semblait lui coller à la peau ! Outre Julien et son œil croche, il y avait eu :

Le comptable imbu de lui-même qui ne parlait que de lui et qui, tout compte fait, ne cherchait rien de sérieux parce qu'il n'avait pas le temps. Comment s'appelait-il déjà ? Peu importe. Il n'avait pas été marquant, avec sa personnalité grège.

Un beau latino un peu trop macho et *drama queen* sur les bords.

Mattéo, avec qui ça avait bien cliqué d'un point de vue physique (il avait des abdos d'acier), mais qui ne s'était finalement pas remis de son ancienne flamme… Elle avait été un *rebound* pour lui.

Michel, qui n'aimait pas embrasser dû à un traumatisme refoulé. C'était d'une lourdeur…

Pier-Luc, un ancien compagnon du bac, qui lui avait demandé tout bonnement un soir de retrouvailles la permission de lui laver et de lui lécher les pieds. Dire qu'il lui avait caché son fétichisme durant toutes ses années! Disons simplement que ça avait mis un terme à leur amitié! Comme dirait l'humoriste André Sauvé, « ce n'est pas tant que ça crée un malaise que ça clôt quelque chose ».

Pour compléter cet impressionnant palmarès non exhaustif : Philippe qui, après l'acte, lui avait proposé d'écouter avec lui de la pornographie japonaise mettant en vedette des pieuvres vivantes… Sans commentaire.

Elle aurait bien voulu avoir inventé tout cela… Que sa malchance soit mieux répartie dans le bassin des célibataires à la recherche de la perle rare. Où se cachait-il, son Ovila ? Bien loin de Tinder, vraisemblablement… C'était comme chercher une aiguille dans une botte de foin.

Il y avait aussi quelque chose d'un peu trop *stagé* avec les applications modernes, qui faisait perdre la magie. Mais paradoxalement, comment faire pour rencontrer dans notre monde individualiste, une fois que le potentiel de ton réseau rapproché et éloigné avait été couvert et analysé au peigne fin ? À l'épicerie ? Jamais en cent ans ! Tout le monde était tellement concentré sur son panier que personne ne remarquait vraiment les autres autour. Dans un bar? Elle n'y croyait pas non plus. Les bars modernes étaient bien loin des disco-thèques des années 1980 où ses parents s'étaient rencontrés. Le techno la *turnait off* et les gars avides de viande fraîche la répugnaient. Aussitôt qu'elle y mettait les pieds, elle devenait un petit animal sauvage et farouche qui sortait les griffes au moindre affront. Disons que sa mèche était plus courte que d'habitude dans ce contexte précis.

Son diagnostic de la gent masculine québécoise était sans équivoque: ces messieurs manquaient cruellement d'audace et étaient ouvertement pourris avec les techniques d'approche. C'est pour ça, d'ailleurs, que Lily préférait habituellement les gars d'autres cultures. Ils étaient plus déterminés en matière de séduction, se faisaient davantage confiance. Mais bon, ça apportait aussi parfois son lot de conflits de valeurs difficiles à concilier.

Elle se sentait perdue, dépassée et tellement désillusionnée dans cette quête de l'amour. Peut-être était-elle trop exigeante? Ou pas assez? Peut-être cherchait-elle trop? Nos mères et les grands clichés bien établis ont toujours dit que c'est quand on ne cherche pas qu'on trouve. Ou quand on s'y attend le moins. Ce soir, elle trouvait que toutes ces vérités de La Palice sonnaient creux. Que c'était de la *bullshit*!

La nuit portait conseil, mais ce soir, elle en avait fini avec Tinder. Elle cliqua sur le bouton «Supprimer le compte», déposa sa tête sur l'oreiller dans l'espoir d'obtenir un signe du destin ou un encouragement quelconque dans les heures qui allaient suivre.

Le club des étudiants étrangers

Pour étoffer son curriculum vitæ et décrocher l'emploi de ses rêves une fois son diplôme en poche, Lily avait pris la décision de s'impliquer activement à l'université. Comme elle aimait bien aller à la rencontre des gens, elle s'était engagée dans l'accueil des étudiants internationaux.

Chaque fois qu'elle s'était envolée avec son sac à dos pour découvrir des contrées lointaines, elle avait toujours apprécié ces rencontres impromptues et chaleureuses où les gens t'incluent dans leur univers l'espace d'un moment et ont la générosité de partager avec toi un fragment de leur histoire. C'était sa façon à elle de redonner pour tout ce qu'elle avait reçu, ce qui impliquait également de faire office d'ambassadrice auprès d'hommes au charme exotique. C'est pourquoi, entre nous, nous la surnommions affectueusement « terre d'accueil ».

Depuis le début de la session, elle avait tellement appris ! Sur chaque culture, la politique internationale, les religions, la façon d'aborder la vie et l'histoire de chacun, mais aussi sur elle-même et sur sa curiosité face à tout ce bagage. En leur présence, elle devenait une éponge à connaissances qui tentait d'assimiler tout ce qu'elle pouvait. Dès qu'elle remarquait une ouverture de la part de son ou sa protégée, elle saisissait la balle au bond et lui posait toutes les questions qui lui brûlaient les lèvres. Chaque partage était tellement riche qu'elle ressortait grandie de chacune des visites qu'elle proposait aux nouveaux venus. Grâce à eux, elle avait voyagé au Maroc, en Algérie, au Portugal, au Guatemala, au Sénégal et bien plus encore. Sa *bucket list* s'allongeait à vue d'œil ! Lily adorait jouer les guides et elle y mettait tout son cœur.

Aujourd'hui, elle faisait visiter le campus à Luigi, un Italien à lunettes plutôt réservé qui étudiait en ingénierie. Elle lui apporta un pot Mason de compote de pommes préparée la veille en guise de cadeau de bienvenue et lui fit faire le tour du proprio. Luigi manquait de toute évidence de confiance et elle peinait à discuter ouvertement avec lui. Il ne développait aucune de ses réponses et elle semblait l'intimider. Ce fut la plus expéditive visite de sa courte carrière. Pour le mettre à l'aise et pour jouer son rôle jusqu'au bout, Lily ne put s'empêcher de l'inviter à se joindre à elle pour un match d'impro qui avait lieu le soir même à l'université, ce qu'il accepta sans trop d'enthousiasme. Décidément, ce n'était pas le plus expressif du lot !

D'autres amis étaient censés venir, mais avaient dû annuler à la dernière minute, si bien qu'elle se retrouva seule avec Luigi. Ça ressemblait drôlement à une *date* et ce n'était pas du tout le signal qu'elle avait envie d'envoyer. Quand elle arriva sur place, il était déjà là. Avec un bouquet de roses rouges et un nœud papillon…

— Je… Euh… Merci, Luigi.

— Merci à toi de m'avoir invité ce soir.

Toujours aussi peu éloquent. Elle sentit donc l'obligation d'ajouter quelque chose.

— Ça me fait plaisir ! Je voulais que tu expérimentes l'improvisation québécoise. Mais avant d'entrer voir le spectacle, je me dois d'être honnête avec toi. J'ai bien peur que tu aies mal interprété mon invitation. C'était vraiment dans une optique amicale, de mon côté.

— Ah bon? C'est commun, au Québec, d'inviter un garçon seul à seul, en amis?

— Oui. D'autant plus que ce soir, nous n'étions pas censés être seuls. J'aurais peut-être dû te le préciser. Je suis vraiment désolée si nous nous sommes mal compris...

Visiblement vexé, Luigi n'avait pas ri une seule fois de toute la soirée. Il ne saisissait rien de l'humour ou de la pertinence de l'activité. Il s'attendait à voir du théâtre classique, lui avait-il confié. Pas ce genre de blagues grivoises, avait-il ajouté. Pour qu'il saisisse les nuances, Lily ressentait le besoin de lui expliquer chacune des blagues improvisées, ce qui accentuait encore plus la lourdeur du moment.

Leur connexion – inexistante – ne s'était guère améliorée au fil de la soirée, si bien que Lily commençait à avoir hâte que le match se termine. Malgré tout, elle considérait sa mission accomplie avec lui; elle l'avait initié à l'humour québécois, même si ça n'avait pas été vraiment concluant. *Check!* Étonnamment, Luigi avait continué à la texter après cette soirée plutôt embarrassante. Elle ne donna pas suite à ses timides avances et, pour le restant de la session, elle décida de se concentrer sur la visite du campus avec les nouveaux venus, de ne pas pousser le bouchon trop loin. Sauf pour le beau Belge du club de plein air!

Ariane

Elle adorait le mois de septembre à Montréal. Pour ses balades colorées sur le mont Royal. Pour l'air doux qui soufflait sur sa peau lorsqu'elle enfourchait son BIXI. Pour la *vibe* particulière du quartier des artistes qui se remettait tranquillement de l'effervescence des festivals de l'été. Comme elle avait adoré le Festival de jazz, cette année ! Elle y avait fait de belles découvertes qui resteraient gravées dans sa mémoire.

Ariane sortait tout juste du studio de Rosemère, où elle avait passé l'avant-midi à enseigner le violon à un groupe de sept-huit ans. Ils répétaient assidûment trois fois par semaine pour leur spectacle de fin d'année. Ça se déroulait plutôt bien, même si elle ne croyait pas être foncièrement douée pour l'enseignement. Elle avait de la difficulté à vulgariser, à décortiquer pour les enfants chaque mouvement, chaque note. Ce qui la branchait, c'était la scène et l'expérimentation, c'était sentir le sol se dérober sous ses pieds au son du vibrato, c'était se laisser submerger par l'art et la création. L'enseignement permettait seulement de payer le loyer en attendant un contrat plus substantiel.

Elle arrêta en chemin chercher des légumes frais au marché Jean-Talon. Un effluve de coriandre et de citron la happa au passage. Ça lui donna tout de suite envie de passer l'après-midi à cuisiner de nouvelles recettes pour tous ses colocataires. Ils étaient quatre à occuper un grand appartement plein de cachet dans Villeray. Avec des planchers qui craquent, une ruelle étroite parsemée de petites lumières blanches, un sous-sol humide et quelques murs de brique. Elle adorait cet appartement autant que les personnes qui l'habitaient avec elle.

Elle avait un peu de temps devant elle avant sa pratique pour le stage pour lequel on l'avait choisie comme apprentie. Tout en concoctant une délicieuse salade de quinoa et un tempeh indonésien aux épices, elle se mit à réfléchir aux prochaines étapes pour elle.

Depuis sa sortie de l'école, elle doutait beaucoup. D'elle-même, surtout, et de son talent. Elle se demandait constamment si elle avait ce qu'il fallait pour réussir dans ce milieu, même si la musique était sa passion la plus profonde depuis qu'elle était haute comme trois pommes.

Pour intégrer le Vibratoband pour de bon, elle devait impressionner le chef. Tout simplement. Or, c'était une tâche beaucoup plus complexe qu'il n'y paraissait. C'était beaucoup de pression, puisqu'elle était en compétition avec cinq autres violonistes tous plus talentueux les uns que les autres. De plus, il y avait seulement une place à combler dans la compagnie. Le niveau était extrêmement relevé. Elle auditionnait pour un groupe de musique populaire qui accompagnait en tournée et en studio plusieurs chanteurs d'une même maison de disques. Bref, une occasion en or de se faire connaître du milieu, de voyager et de briser la glace de sa carrière, qui tardait à prendre son envol.

Sans doute à cause de ce climat de compétitivité, elle avait de la difficulté à connecter avec ses pairs. Ariane avait souvent l'impression d'être inadéquate et maladroite dans ses techniques d'approche. Est-ce que c'était la barrière de la langue qui faisait en sorte que ses blagues n'atteignaient jamais leur cible? Elle s'expliquait mal pourquoi, mais elle ne se sentait jamais complètement à l'aise ni détendue auprès d'eux. La plupart des musiciens travaillaient dans le groupe depuis plusieurs années. Ils se connaissaient tous très bien et s'étaient positionnés en situation de supériorité vis-à-vis d'elle dès le départ. Ils s'étaient donné comme mission de lui insuffler la technique et l'ADN du Vibratoband; rien de moins! Le fait que tout le monde soit constamment en représentation semblait leur faire perdre de l'authenticité. Ariane ne réagissait pas bien à ce genre de climat. Elle recherchait l'harmonie et l'encouragement mutuel. Elle souhaitait sentir qu'ils avançaient ensemble vers un but commun. Malheureusement, ils étaient loin de cet idéal.

D'ordinaire, Ariane était quelqu'un de plutôt timide et réservé; ça lui prenait du temps pour s'ouvrir aux autres. Sans le vouloir, elle plaçait des barrières pour se protéger. En voyage, c'était pourtant complètement l'inverse. Elle se montrait ouverte aux rencontres fortuites, aux nouvelles expériences et aux découvertes. Comme si elle n'avait plus peur du regard des autres. Ariane se demandait d'ailleurs souvent pourquoi elle était incapable de reproduire cette façon de penser dans sa vie de tous les jours. Elle travaillait d'ailleurs là-dessus. C'était toujours plus facile juste après un voyage, mais le naturel revenait vite au galop.

Il y avait souvent cette petite voix qui revenait pour lui souffler à l'oreille qu'elle n'était pas assez, qu'elle en faisait trop ou bien qui la retenait dans ses élans. Elle était devenue maître dans l'art de l'autosabotage. Pas besoin des autres pour ça! Ariane se mettait souvent à analyser tous ses faits et gestes, à les réanalyser même, encore et encore, pour savoir si elle avait bien fait. C'est ce que Bruno, le chef d'orchestre, ne cessait d'ailleurs de lui reprocher. Qu'elle était trop en mode analyse technique et qu'elle n'habitait pas assez son archet.

L'après-midi avait passé à une vitesse fulgurante et il était déjà temps pour Ariane de se rendre en métro vers le lieu de sa répétition. Elle entra dans la pièce à l'acoustique parfaite, s'installa sur sa chaise en faisant un sourire discret aux musiciens déjà sur place et attendit le début de la pratique. Au menu aujourd'hui : les classiques d'un artiste européen pour qui la maison de production préparait une tournée internationale. Ariane les avait tous appris par cœur.

Au signal du chef, la musique la mit dans un état d'excitation, mais aussi d'appréhension. Toujours cette foutue peur de ne pas être à la hauteur! Durant son solo, Ariane s'appliqua dans chacun de ses mouvements pour que la technique soit impeccable. Bruno, dans toute sa théâtralité, interrompit soudain l'élan général pour lui crier littéralement de se laisser aller et de s'exposer cœur et âme à travers la pièce.

— *Where are you, Ariane?* Tu joues comme un automate dépourvu d'émotions. Je ne ressens rien en te regardant, que de l'ennui profond. Malgré ta gamme impeccable. Tu es la meilleure ici techniquement, mais la musique, ma chérie, c'est plus que cela. Tu dois absolument te connecter avec tes tripes parce que ce sera la fin pour toi. Les grandes violonistes réussissent à toucher leur auditoire d'un seul coup d'archet. Laisse-toi transporter, *for God's sake*!

Si elle avait pu disparaître et se confondre avec le tapis, elle l'aurait fait. Chaque mot qui était sorti de la bouche ronde et pincée de Bruno la confrontait et lui faisait mal. Sur ces belles paroles et au grand désarroi d'Ariane, il coupa deux violonistes de la sélection. Pas elle. Pas encore. Elle avait encore une chance!

Ariane, c'était une perfectionniste rigoureuse, passionnée et travaillante lorsque quelque chose l'allumait, mais dans cet environnement où elle ne se sentait pas soutenue, elle ne se reconnaissait plus. Pour compenser, elle en donna plus, amplifia ses mouvements, se laissa porter par l'émotion de la musique en essayant d'être plus démonstrative. Ses doigts filaient sur son archet comme s'il n'y avait pas de lendemain. Elle appuyait si fort que son index droit s'était mis à saigner. Le regard que Bruno posait sur elle la paralysait. Elle voulait tant bien faire…

Éric

À la fin de la répétition, une de ses collègues lui proposa d'aller prendre un verre, mais elle n'avait qu'une seule envie: aller se blottir en boule chez elle et parler avec quelqu'un de réconfortant. Elle aurait pu appeler l'une de ses amies, sa mère ou bien sa sœur, mais son premier réflexe fut de composer son numéro. Du moment où ses doigts frôlèrent son nom dans sa liste de contacts, elle sut que c'était une mauvaise idée, qu'elle ne devait pas. Mais elle avait tant besoin d'entendre sa voix.

— Pourquoi tu m'appelles, Ariane ?

— Parce que… Parce que j'avais envie que tu me redises que tout va bien aller, que c'est pour le mieux. Parce que j'avais envie d'écouter de la musique avec toi.

— Tu me manques, tu sais ?

— Je suis contente de l'entendre. Toi aussi tu m'as manqué. Veux-tu venir à la maison ce soir ?

Une heure plus tard, il était dans ses bras à écouter de la musique folk sur son lit pour décompresser. Ils jasèrent de tout et de rien. Éric travaillait sur la sonorisation d'un spectacle de grande envergure ces temps-ci et ça prenait beaucoup de son temps. Il avait délaissé sa guitare et les prestations. Ça lui faisait trop penser à elle.

De fil en aiguille, ils firent l'amour, comme deux amants blasés, sans cette passion dévorante de la dernière fois. Parce qu'il y avait déjà eu plusieurs dernières fois depuis la fin de leur histoire. Elle ne savait même plus si elle en tirait du plaisir. C'était devenu la routine. Elle n'était visiblement pas totalement guérie, puisqu'à chaque situation de vulnérabilité, elle se tournait encore et toujours vers lui. Et ils retombaient invariablement dans le même *pattern*, le même tango perni-cieux qui avait salement amoché ses repères amoureux. Elle était comme une boussole déréglée qui pointait dans la même direction ; la mauvaise direction.

Éric devait partir pour de bon, elle le ressentait au plus profond de son âme. Le rappel avait été trop long et il était grand temps de fermer le rideau sur leur histoire. Parce que malgré leur passion commune pour la musique, ils n'étaient pas faits l'un pour l'autre. Ils en avaient fait la démonstration à de trop nombreuses reprises. Elle l'avait aimé, mais leur relation avait pris une mauvaise tangente. Même si sa présence était rassurante, il n'en restait pas moins qu'il l'éteignait et qu'elle s'était effacée, en tant que personne, avec lui. Elle s'en voulut de l'avoir appelé ce soir-là dans un moment de faiblesse et se promit que c'était la dernière fois. Elle devait avancer. Et ensemble, ils faisaient du surplace.

Elle avait pourtant connu des relations plus saines. Son premier amour, même s'il l'avait laissée le cœur meurtri, avait été significatif et passionnel. C'est ce qu'elle avait envie de retrouver avec une autre personne. Elle se raccrocha à cette pensée réconfortante en regardant Éric claquer la porte pour une dernière fois. Ils avaient fini de danser.

La chasse aux contrats

En octobre, Ariane mit l'accent sur sa recherche de nouveaux contrats pour arrondir les fins de mois, son stage avec l'orchestre et l'enseignement. Il ne restait plus beaucoup de place pour autre chose et c'était tant mieux. Elle gardait ainsi sa tête bien occupée et ses pensées, loin d'Éric.

Ses recherches ne se déroulaient pas comme elle l'aurait souhaité. Une vilaine tendinite au poignet, qui prendrait un bon mois à guérir selon la physiothérapeute, l'empêchait de jouer et l'obligeait à se consacrer entièrement à son portfolio. Mais elle n'arrivait pas à finaliser son dossier et ratait ainsi une tonne d'opportunités. Elle y avait déposé des photos et des vidéos d'elle en action, mais aucune ne lui semblait satisfaisante. Elle se trouvait quelconque et fade.

Les mots de Bruno résonnaient sans cesse dans sa tête. Pourquoi n'arrivait-elle pas à jouer avec plus d'émotion, à mettre son cœur dans la balance ? C'était ce qui lui manquait pour devenir une soliste accomplie. Autant la musique était anxiogène en ce moment dans sa vie, autant elle lui permettait d'exister. Depuis sa blessure, elle ressentait un grand vide. C'était dur à expliquer.

Assise à son bureau de travail à l'appartement, elle contemplait la pile de romans sur sa table de chevet. Ces temps-ci, elle en commençait un et puis un autre, sans jamais en tourner la dernière page. Elle avait pourtant l'impression de manquer de stimulation intellectuelle et, pour combler ce manque, elle lisait compulsivement sur une multitude de sujets différents. L'environnement, la nutrition, la philosophie, tout y passait ! Ariane était une curieuse de nature. Elle aimait apprendre, étudier en profondeur un phénomène et creuser jusqu'à mettre à nu complètement un problème pour mieux le régler. Elle pensa brièvement retourner à l'université et remiser son archet pour de bon. Elle avait plusieurs autres passions, après tout !

Ça faisait maintenant deux ans qu'elle était sortie du conservatoire et elle peinait toujours à s'adapter à la précarité de son domaine. Ariane se sentait à la croisée des chemins. Soit elle s'élançait sur celui qu'elle avait choisi en domptant ses doutes et ses peurs, soit elle en empruntait un plus sécuritaire. Une part d'elle-même savait qu'elle le regretterait amèrement si elle fermait cette porte à tout jamais. Elle ne voulait pas finir à enseigner la musique dans une école primaire comme plusieurs autres musiciens talentueux avant elle. Il y avait une occasion à saisir et elle se devait de tirer profit au maximum de toutes les options qui s'offraient à elle. Et il ne tenait qu'à elle de démontrer ce qu'elle avait dans le ventre et de foncer !

Sa blessure lui avait coûté sa place au sein de l'orchestre pour la tournée internationale, mais Bruno avait décidé de la garder tout de même en réserve pour d'éventuels projets. Il avait vu du potentiel en elle et ça la touchait beaucoup. En attendant de recouvrer l'usage complet de sa main, il lui avait aussi proposé d'entamer un processus créatif avec l'un de ses amis. Ce dernier recherchait des musiciens pour participer à un documentaire sur le milieu et une assistante pour organiser et planifier les journées de tournage.

Ennio & Claudia

Ariane avait donc rencontré Ennio par un bel après-midi d'octobre et, rapidement, ils s'étaient liés d'amitié. Il était charmant, drôle et ouvert d'esprit. Il aimait les gens et était un grand rêveur, tout comme elle. Ensemble, ils philosophaient sur l'art, les sources de créativité et l'amour. Originaire de l'Italie, il avait un parcours atypique des plus inspirants. Artiste dans l'âme, il avait d'abord été pianiste au sein de prestigieux orchestres symphoniques avant de se tourner vers le traitement de l'image comme directeur artistique, puis réalisateur. Avec sa femme, Claudia, musicienne elle aussi, il avait parcouru le monde dans une caravane bohème à la recherche du plus beau paysage à capturer. Ses photos étaient dignes du *National Geographic*.

Ariane apprenait énormément en le côtoyant et elle se sentait stimulée et vivante à nouveau. Elle s'était même surprise un soir à rêver d'un contrat outre-mer qui lui permettrait de laisser libre cours à sa passion pour les voyages et l'aventure. Ennio, de par son caractère éclaté et chaleureux, lui redonnait envie de rêver. Ils travaillaient bien ensemble et le documentaire avançait rondement. Un jour, après le travail, Ennio l'avait invitée à aller prendre un verre avec sa femme et lui. Ariane était bien contente de faire sa connaissance. Elle trouvait ça plutôt chouette, une relation de ce genre, avec des gens plus vieux, qui avaient beaucoup à lui inculquer. Leur passion et leur feu intérieur l'inspiraient.

Après, Ennio s'était mis à lui envoyer des messages de plus en plus fréquents. Il la complimentait sans arrêt sur ses longs cheveux noirs et ses yeux verts, mais aussi sur ses jambes musclées et sa silhouette svelte. Il exprimait des sentiments bienveillants à son égard, allant même jusqu'à dire qu'elle pouvait les considérer, Claudia et lui, comme sa famille montréalaise. Mais Ariane ne se sentait pas proche d'eux à ce point. Leur relation était beaucoup trop jeune pour cela et elle se sentait encore timide en leur compagnie. Elle leur disait pourtant avoir des sentiments profonds à leur égard, sûrement pour ne pas les décevoir, par souci de réciprocité. Elle ne savait pas trop. Une partie d'elle était flattée par l'intérêt qu'Ennio lui portait. Une autre, mal à l'aise par une aussi rapide proximité.

Elle n'avait aucune idée de la nature de la relation qu'ils entretenaient. Tout ce qu'elle savait, c'est qu'en sa compagnie, elle reprenait peu à peu confiance en elle et en ses moyens, et ça, ça lui faisait le plus grand bien. Avons-nous réellement besoin en toute circonstance de mettre des mots et une étiquette sur une relation ? Ne peut-elle pas simplement vivre et grandir d'elle-même ?

Sa routine quotidienne la tenait bien occupée, mais elle commençait sérieusement à avoir hâte que sa main se rétablisse complètement pour reprendre son archet et les auditions. Le matin, elle révisait les éléments de son portfolio et allait donner son cours à l'école de musique. En après-midi, elle courait rejoindre Ennio pour le tournage du documentaire. Elle finissait la journée en se préparant un bon repas avec ses colocataires puis s'endormait sur un bon livre. Sa pile sur sa table de chevet commençait à diminuer et elle en était très fière.

Au début décembre, Claudia et Ennio l'avaient invitée à souper chez eux. Ils avaient discuté de tout et de rien une bonne partie de la soirée jusqu'à ce que la discussion bifurque vers la sexualité. Tous les deux cultivaient une sexualité très ouverte et étaient très à l'aise avec leurs corps. Ennio était grand, brun et basané avec des cheveux qui dévalaient en cascades frisées sur ses épaules musclées. Une jeune barbe grisonnante venait compléter le tableau de l'artiste de trente-sept ans. Sa femme était elle aussi très belle avec sa bouche en cœur, ses yeux foncés en amande, ses longs cheveux roux et son *look* bobo-chic dernier cri. Elle en imposait.

Au service du dessert, Ennio lui avait avoué avoir éprouvé des sentiments très forts pour elle au cours des derniers mois, sentiments qu'il avait essayé de refouler, en vain. Il lui avait même avoué faire un rêve récurrent depuis qu'il était tout jeune : celui d'une femme qui se baignait nue dans un étang dans la forêt. Et cette femme, c'était elle.

— Si Claudia est mon âme sœur, qui es-tu pour moi, Ariane ?

Long moment de silence.

— … Je ne sais pas.

Claudia était là, juste à côté. Ça n'avait pas l'air de la choquer du tout. Ariane se sentait mal à l'aise pour elle et ne savait pas dans quel état d'esprit elle devait se trouver.

— Ne t'en fais pas, Ariane. Je comprends ce que mon mari te trouve. Une connexion semblable des âmes est rare. Je comprends aussi qu'il faut creuser la chose lorsque ça nous arrive. J'ai vécu quelque chose de similaire lors de notre dernier voyage en Nouvelle-Zélande et Ennio m'a épaulée, m'a soutenue là-dedans. Je veux donc lui rendre la pareille aujourd'hui, par amour.

Ils avaient fini par dire doucement à Ariane qu'ils en avaient longuement discuté et qu'ils avaient eu envie de lui proposer une expérience particulière.

— Après toutes nos discussions profondes, ma belle Ariane, je crois qu'on serait mûrs pour une conversation non verbale ensemble. Qu'en penses-tu ?

— Je ne suis pas certaine de comprendre ce que tu es en train de me proposer.

— Un *trip* à trois, ma belle. Tout simplement. Es-tu à l'aise avec l'idée ?

S'ensuivit un autre long moment de silence.

— … Pas trop, non. Vous me surprenez un peu, je dois bien l'avouer. C'est la première fois qu'on me propose un *trip* à trois. De cette façon, surtout. Comme on propose banalement un énième verre de vin ou un café de fin de soirée. L'idée de vivre ça avec des amis me semble étrange. Surtout parce que tu ressens des sentiments pour moi, Ennio. Je ne suis pas trop à l'aise avec l'idée. Vous comprenez ?

— Non, désolé, ma belle, je ne comprends pas. C'est pourtant plus facile quand tu fais l'expérience avec des gens qui te connaissent, t'aiment et te respectent !

— Je suis flattée par votre proposition, mais des sentiments, ça ne s'explique pas. Je n'en suis pas là. Je dois donc refuser.

— Prends le temps d'y penser, au moins. Cogite là-dessus. Ça pourrait vraiment être fusionnel entre nous trois. Es-tu réellement prête à dire non à pareille occasion ?

Ariane était bouche bée. Elle les avait remerciés pour le repas et était repartie à la maison un peu troublée. L'idée d'un *trip* à trois provoquait assurément un grand dilemme en elle. Elle se sentait tiraillée par une douce envie de s'ouvrir aux autres et à ce que la vie déposait sur son chemin, par curiosité. Ce n'était pas le sexe qui la dérangeait. Elle avait déjà couché avec de parfaits inconnus. C'était plutôt l'idée de faire ça avec quelqu'un qui était amoureux d'elle et sa femme, des gens qui se considéraient comme sa famille. Voilà d'où venait son malaise. Il y avait aussi une partie d'elle qui avait peur, qui s'était sentie bousculée par leur proposition et qui ressentait quelque chose de louche. Une petite voix intérieure lui soufflait de faire attention.

Dans la semaine qui suivit, Ennio lui avait écrit pour lui dire qu'ils ne pourraient plus être amis, que c'était trop difficile pour lui. Elle trouva sa réaction très intense étant donné qu'ils n'avaient jamais vécu de romance. Il lui avait également confié dans son message que son couple était mis à dure épreuve à cause d'elle. Ariane s'était sentie mal et avait donc ressenti le besoin de planifier une autre rencontre pour leur expliquer son point de vue. Mais il ne comprenait toujours pas. Ariane s'était mise à pleurer doucement. Ennio l'avait prise dans ses bras pour la consoler et... elle avait fini par accepter. Parce qu'elle détestait décevoir les autres et qu'elle sentait qu'elle leur faisait beaucoup de peine en refusant. Ce n'était pas un si gros *deal*, après tout ! Plusieurs de ses amis artistes avaient déjà essayé et y avaient trouvé beaucoup de plaisir. Valait peut-être mieux le faire avec deux personnes qu'elle connaissait bien ? Trop souvent, dans la vie, on s'empêche de vivre des choses en prétextant que ce n'est pas la normalité, que ça cadre mal avec ce que la société juge acceptable. En dehors de la vie de banlieue avec deux enfants, un chien, deux voitures et des tonnes de sacs réutilisables, il se cache pourtant un monde de possibilités. Elle essayait claire-ment de se convaincre elle-même...

Ils avaient donc fixé une date au calendrier. Extrêmement heureux de sa décision, Ennio l'avait accueillie le jour J, les bras grands ouverts. Claudia sortait de la douche et les avait rejoints au salon avec trois verres de vin, un grand sourire aux lèvres. Ariane avait pris soin de sélectionner ses plus beaux sous-vêtements pour l'occasion. Ennio la dévorait des yeux, bien conscient que son rêve était en train de se matérialiser. Il s'était rapproché sur le divan et s'était mis à lui caresser les cuisses. Claudia, assise de l'autre côté, avait alors penché son visage angélique vers Ariane pour l'embrasser avec passion. Ennio les regardait les yeux remplis de désir, complètement bandé. Il avait alors pris les filles par la main pour les mener toutes les deux vers la chambre à coucher où il avait profité de leurs corps langoureusement. Techniquement, elle n'avait été forcée à rien. Même si elle n'en avait aucune envie, Ariane avait dormi avec eux. Elle n'était pas arrivée à trouver le sommeil. Ennio la regardait amoureusement.

Était-ce vraiment des yeux amoureux ou bien l'illusion d'un homme qui avait assouvi ses désirs les plus profonds ? Elle n'arrivait pas à le cerner complètement, ce qui faisait en sorte qu'elle ne se sentait pas parfaitement en sécurité. Il y avait eu certains moments de plaisir et de découverte, mais au fond d'elle-même elle sentait qu'elle s'était éloignée de son essence, qu'elle avait franchi certaines limites personnelles.

Après cette nuit, Ariane avait eu besoin de prendre du recul par rapport à eux. Ennio ne cessait de lui lancer des pointes les jours suivants pour qu'ils répètent l'expérience, seuls. Il n'avait supposément pas exprimé tout ce dont il avait envie. Il la textait sans arrêt pour lui dire qu'il n'arrêtait pas de rêver à elle, qu'il n'avait jamais ressenti une connexion physique aussi forte avec quelqu'un. Son intuition lui criait de prendre ses jambes à son cou.

Elle s'était donc mise à décliner ses invitations les unes après les autres et à garder ses distances. Il s'était alors mis à la critiquer sévèrement, prétextant qu'elle ne les contactait jamais, que ça venait toujours d'eux. Puis, il lui avait laissé un message sur son vélo avec un pot à fleurs pour se faire pardonner.

Je suis désolé de m'être emporté de la sorte contre toi.

Tu me manques, belle Ariane. Reviens-moi !

E.

En arrivant chez elle un soir, il l'attendait sur sa galerie. Elle avait peur. Peur de lui et de son acharnement. C'était trop.

— Ennio, ça n'arrivera plus et il est grand temps que tu le comprennes. Tout ce que je voudrais, c'est qu'on redevienne tous simplement amis, mais ce n'est plus possible maintenant que tu as des sentiments pour moi. Je veux que tu arrêtes de me téléphoner et de me texter. Je te l'ai déjà dit plusieurs fois et ça m'inquiète que tu continues quand même. Ça devient du harcèlement.

Il avait l'air fâché et déçu de sa réflexion. Il lui avait alors crié au visage qu'il pensait qu'elle était plus ouverte d'esprit, que sa conception de l'amour était vieux jeu et que l'attirance mutuelle qu'ils se portaient se devait d'être consommée. Il avait continué à la texter et à l'appeler, mais elle ne répondait plus. Certains soirs, elle avait l'impression de l'apercevoir et de sentir sa présence derrière elle, alors elle essayait le plus souvent possible de ne pas effectuer ses déplacements seule.

Son intensité, qu'elle appréciait il y a quelques semaines encore, lui semblait soudainement étouffante. Avec du recul, elle voyait maintenant à quel point il l'avait manipulée. Il avait mentionné plusieurs fois à quel point il était proche de Bruno et à quel point il avait le pouvoir de l'influencer pour assurer sa place dans l'orchestre. Dans cette période de sa vie où elle se sentait plus vulnérable, il en avait tiré profit de façon éhontée. Ça la dégoûtait de s'être laissé faire. Au moins, elle avait réussi à s'extirper de cette situation à temps.

Après cette expérience, elle avait quitté le statu quo dans lequel elle avait baigné une bonne partie de l'automne. Sa main allait mieux et elle souhaitait mettre l'accent sur sa musique. Elle avait donc finalisé son portfolio et était prête à foncer. Il n'y avait plus qu'Ariane qui comptait ; ses rêves, ses défis et sa passion.

Kim

Assise à son poste de travail, elle constatait l'ampleur de la tâche qu'il lui restait à accomplir avant de pouvoir retourner à la maison. Plus qu'une modeste pile de dossiers à compléter et ce serait tout pour aujourd'hui. Sa main s'enroulait machinalement autour d'une mèche de ses cheveux bruns parfaitement lissés, signe apparent de son stress lancinant. Elle n'était pas pressée de retourner chez elle. Elle envisageait même de remplacer une collègue et de faire un quart de travail supplémentaire à l'urgence pour repousser la confrontation qui l'attendait avec Christopher.

Son téléphone sonna pour mettre fin à son dilemme intérieur. C'était la réponse d'un spécialiste concernant la nécessité d'un électrocardiogramme pour l'un de ses patients qui présentait des palpitations cardiaques. Elle l'appela donc illico pour lui dire qu'il rencontrerait le cardiologue à ce propos prochainement. Elle prit une note indiquant qu'il faudrait faire un suivi dans un mois, si elle n'avait toujours pas reçu les résultats de l'examen de M. Béliveau. Bon! Un dossier réglé.

Kim commençait sa carrière comme médecin de famille et, déjà, plusieurs éléments de notre système de santé l'accablaient:

- La segmentation entre les différentes spécialités et les trop nombreuses tours de Babel qui l'empêchaient de faire efficacement son travail.
- Les protocoles inutiles qui ralentissaient tout.
- Les incompétents qui ne dérogeaient jamais de leur terrain de sable et qui ignoraient tout de la débrouillardise.
- Les secrétaires brouillonnes qui soupiraient devant un quelconque effort.
- Les spécialistes qui criaient à la somatisation dès que les maux ne correspondaient pas à la symptomatologie de leurs PowerPoint universitaires et qui refusaient d'investiguer.

Elle avait rapidement compris que l'attitude du médecin avait une grande incidence sur les patients et que les meilleurs étaient ceux qui étaient capables de se mettre à leur place. D'être empathique à leur égard. De les écouter. Il arrivait souvent à Kim de se reconnaître en eux. Dans leur insécurité face à un éventuel diagnostic. Dans leur volonté d'aller mieux. Dans la peur de l'étiquette, aussi. Elle essayait toujours de faire attention aux mots qu'elle utilisait et de cultiver l'espoir.

Inversement, certains patients l'exaspéraient aussi dans leur désir de vouloir régler leur problème avec une pilule miracle sans faire le moindre effort. Plusieurs cognaient à sa porte en étant déjà convaincus du diagnostic et du traitement. Vive Internet! Ils ne cherchaient qu'une validation. Sa responsabilité consistait souvent à remettre les pendules à l'heure.

« Non, monsieur Beaulieu, il est hors de question que je vous prescrive du Fentanyl pour votre mal de dos. Je vous conseille plutôt d'aller voir un bon chiropraticien ou un physiothérapeute pour améliorer votre condition. »

« Du Ritalin ? Je comprends votre désir de performance, mais je ne crois pas que vous souffriez d'un trouble de l'attention. »

« Votre collègue vous a fait essayer un médicament contre la narcolepsie pour rester éveillé et travailler plus longtemps ? Et vous en voulez encore ? Abordons tout d'abord l'aspect éthique de cette requête… »

Combien de fois devait-elle répéter la même tirade ? Ça lui arrivait souvent de hurler d'exaspération dans sa tête même si, en façade, elle conservait son sourire bien huilé. Certains jours, elle se demandait sincèrement pourquoi elle était devenue médecin. Heureusement qu'il y avait ces moments de grâce où elle aidait véritablement son prochain, ces moments où elle posait le bon diagnostic à temps, ces moments où elle connectait avec ses patients. Ceux-là rendaient la profession plus douce et, surtout, plus gratifiante. N'empêche qu'on était loin de la réalité dépeinte dans les séries télévisées qui l'avaient convaincue d'en faire sa vocation. Avant de devenir médecin pour suivre les traces de Dr House, elle avait pour ainsi dire cherché sa voie. Elle avait d'abord fait des études en hôtellerie, inspirée par Lorelai dans *Gilmore Girls*, puis avait testé les communications volet publicité en hommage à *Tribu.com*. Heureusement que *Breaking Bad* n'était pas encore sortie !

Elle avait toujours été douée à l'école et sa mère lui avait toujours répété qu'elle pouvait accomplir tout ce qu'elle voulait. Devant ce monde de possibilités, faire un choix s'avérait paralysant. Encore aujourd'hui, elle n'était pas convaincue de vouloir exercer la même profession toute sa vie. La médecine ne stimulait pas du tout son côté créatif et ça lui manquait. Elle se gardait donc une petite porte ouverte à l'inspiration. Peut-être aussi pour éviter de suffoquer et d'avoir l'impression d'être prise au piège.

Pour le reste, elle était plutôt du genre réfléchi. Elle aimait la stabilité. Que tout soit parfaitement rangé, à la limite du trouble obsessionnel compulsif. Sa garde-robe était digne des meilleures émissions de rénovation de Canal Vie. Chaque vêtement avait sa place et était trié avec soin, par ordre de couleur par-dessus le marché ! Chaque boîte, chaque compartiment était dûment identifié. Elle était passée maître dans l'art du rangement, dans la sélection et l'organisation du beau. Ça lui donnait une vague impression de contrôler quelque chose et ça la rassurait. Marie Kondo, cette spécialiste japonaise du rangement et du développement personnel, lui inspirerait-elle une carrière comme organisatrice d'intérieur ? L'idée avait déjà germé dans son esprit, mais elle l'empêchait secrètement de fleurir. Pour le moment, du moins.

D'aussi loin qu'elle se souvienne, Kim s'était toujours comparée aux autres filles. Avec les années, elle aurait voulu être mieux dans sa peau, mais ses complexes avaient la couenne dure. Elle aurait voulu avoir dix livres en moins, un nez plus fin, moins de fesses… Kim était pourtant magnifique et nous aurions toutes souhaité qu'elle se voie à travers nos yeux à nous. Ses énigmatiques yeux en amande, sa silhouette mince et proportionnée, son sourire ravageur et sa parfaite chevelure brune qui n'était jamais aux prises avec des frisottis auraient pourtant eu de quoi rendre n'importe quelle femme jalouse. Tout comme son sens de la répartie, son intelligence et sa créativité. Pourtant, Kim manquait cruellement de confiance en elle.

Voilée sous le couvert d'un sarcasme qui faisait sa renommée se cachait une sourde angoisse : la peur chronique de ne pas être à la hauteur. Les gens qui la rencontraient pour la première fois se montraient souvent déstabilisés ou intimidés par son humour singulier et avaient parfois de la difficulté à la cerner. Incidemment, les premières impressions n'avaient jamais été sa force et percer sa carapace, qui lui servait bien souvent de rempart pour camoufler sa gêne, prenait du temps. Seuls les méritants, ceux qui persévéraient dans leur fouille archéologique et qui apprenaient à apprivoiser son tempérament surprenant, obtenaient une place de choix dans son cœur. Envers ceux-là, elle était d'une fidélité à toute épreuve.

La houle amoureuse

Ses pensées revinrent vers Christopher. Ils s'étaient encore chicanés ce matin et elle appréhendait la suite de leur conversation. Elle avait cette boule au fond de la gorge qui refusait de partir. Les mots qu'il lui avait crachés à la figure résonnaient encore dans sa tête et elle peinait à se concentrer sur ses patients. Elle essayait de se rappeler les enseignements de son cours de méditation pour faire le vide. Trois longues inspirations… Trois grandes expirations… Namasté.

Les mots « égoïste », « jalouse » et « manipulatrice » dont il l'avait affublée se disputaient la place dans son subconscient. Était-ce possible de mal se comprendre à ce point ? Il semblait lui reprocher tous les maux de la terre, mais au fond d'elle, elle savait qu'elle n'était pas comme ça. L'était-elle devenue avec lui ? Pourquoi est-ce qu'ils s'entre-déchiraient autant ?

Leur relation avait commencé sur les chapeaux de roues. Elle l'avait connu sur un site de rencontres, deux ans plus tôt. De l'époque d'avant Tinder. De celle de Badoo et Réseau Contact.

Christo, 32 ans.

Actuaire. Direct, ambitieux, charmeur.

Avec une panoplie d'émojis pour décrire ses champs d'intérêt : jogging, vin, bouffe, soccer, lecture.

« Personne ne lit les profils *anyway*, alors viens me parler et on verra si nous avons des affinités. »

Il avait capté son attention, d'abord par l'absence de fautes d'orthographe dans son profil, ce qui était rarissime. Ensuite, par cette insouciance et cette confiance à peine camouflée dans son court texte d'introduction. Ils avaient discuté un peu en ligne et Christo était rapidement passé en mode séduction en lui proposant d'aller prendre un verre pour voir si ça pouvait cliquer. Elle avait accepté. Par politesse. Par curiosité, aussi. Elle n'aimait pas beaucoup les *blind date*. Ça l'intimidait et elle trouvait difficile d'être pleinement elle-même en compagnie d'un pur inconnu. Ça lui prenait du temps avant de faire confiance et de se laisser aller avec quelqu'un.

Elle avait tout de suite été attirée par sa carrure, sa voix grave et sa prestance. Il avait été la tête d'affiche de cette première rencontre avec un monologue inspiré et ne lui avait posé que très peu de questions sur elle. Une partie d'elle-même en avait été soulagée, une autre, agacée. Il avait fait étalage de ses succès professionnels. Lui avait longuement parlé des derniers livres de croissance personnelle qu'il avait lus. *Comment se faire des amis* de Dale Carnegie, *L'art de la guerre* et d'autres bouquins qui t'apprenaient à accéder au pouvoir et à la réussite. Ce n'était pas le genre de lecture de Kim, mais elle admirait sa passion et son ambition. Parce qu'il en parlait avec des étoiles dans les yeux. À la fin de la soirée, il avait insisté pour payer leurs consommations et l'avait rejointe au vestiaire. Il l'avait alors poussée doucement, mais fermement contre le mur, l'avait prise par les cheveux et l'avait embrassée avec fougue. Enfin un homme fonceur qui savait ce qu'il voulait, où il allait! Ils avaient passé la nuit ensemble. Chez lui. Ça avait été plutôt bon, pour deux personnes qui se connaissaient à peine.

Il avait attendu trois jours avant de la rappeler. Kim savait que c'était pour jouer la *game*. Pour se laisser désirer. Pour faire son indépendant. Comme il était coutume dans l'univers du *dating*. Coutume qu'elle détestait profondément. Mais elle ne s'inquiétait pas trop et continuait de vaquer à ses occupations de résidente en médecine. Durant cette période d'attente forcée, certaines réticences étaient apparues. Elle ne savait plus si elle avait vraiment envie qu'il la recontacte, mais n'arrivait pas à mettre le doigt sur le pourquoi. Peut-être était-ce à cause de son surplus d'assurance ou parce qu'il était trop obnubilé par sa personne? Après tout, il n'avait pas vraiment fait d'efforts pour s'intéresser à elle lors de cette première soirée…

Tsé, tous ces petits «mais» qu'on se force à reléguer aux oubliettes parce que tout le monde est en couple autour et qu'il est grand temps que ça nous arrive à nous aussi. Parce que personne n'est parfait et que notre génération est reconnue pour passer rapidement à autre chose. Parce qu'on a hâte de tomber amoureux. Et que, malgré ces petits «mais» qui pointent déjà le bout de leur nez, ça pourrait bien être le bon!

Avouez que vous vous êtes tous dit ça un jour, non ? Cette petite voix au fond d'elle-même, elle l'avait refoulée, muselée. Elle avait choisi de donner une chance à Christopher en répondant à son appel trois jours plus tard et en acceptant son invitation. Elle n'aurait pas dû.

Les petits drapeaux rouges

Lui, il avait été *all-in* très rapidement. Pour la séduire, il avait sorti le grand jeu et elle s'était laissé entraîner dans le sillage de son enthousiasme. Christo avait organisé un souper aux chandelles au Château Frontenac suivi d'une balade dans les ruelles romantiques du Vieux-Québec. Il l'avait surprise avec une sortie en hélicoptère au-dessus de la ville. Il lui avait proposé une foule d'activités durant lesquelles ils s'étaient rapprochés. Ils avaient essayé la voile, le rafting, ils s'étaient même entraînés pour un 21 km ensemble. Ils avaient eu leur phase fusionnelle. Cette phase où plus rien n'existe autour. Cette phase où tu comptes les heures avant de retrouver l'autre et où tu souris bêtement toute seule en pensant à lui. Elle se sentait bien dans ses bras. Christo lui avait fait une promesse qu'aucun autre homme ne lui avait faite avant. Celle de l'aimer pour toujours et de la protéger envers et contre tous. Il l'avait fiancée six mois plus tard lors d'une tournée des vignobles en Estrie et ils avaient emménagé ensemble quelques mois plus tard dans un beau condo au centre-ville de Québec.

La lune de miel s'était interrompue au moment où leurs deux univers s'étaient entremêlés. Le problème, c'est qu'il refusait de la partager avec qui que ce soit et que tout était prétexte à faire ressortir son côté jaloux. Un «mais» supplémentaire sur la liste. Un petit drapeau rouge qu'elle tolérait grâce aux beaux moments. Qu'il lui arrivait même de trouver mignon au début. Au fond, n'était-ce pas une preuve qu'il tenait à elle ?

Parmi la liste des « mais », on retrouvait aussi le fait qu'il était un fumeur régulier de nicotine et de marijuana, ce qui la rendait inconfortable parce qu'elle s'était juré qu'elle ne ferait plus de compromis à cet égard. Par ailleurs, le plus gros drapeau rouge, celui qui flashait à la manière de néons fluorescents de Las Vegas, concernait la gestion de ses émotions. Elle avait rapidement remarqué qu'il réagissait promptement quand quelque chose ne faisait pas son affaire. C'était subtil au début, mais de plus en plus visible avec le temps…

Une exaspération excessive lorsqu'un automobiliste faisait une manœuvre douteuse devant lui sur la route. Un regard meurtrier lorsqu'un serveur avait malencontreusement renversé un peu d'eau sur son veston. Il avait aussi tendance à juger sévèrement et rapidement, à regarder les autres de haut quand ils ne correspondaient pas à ses standards de succès ou de beauté. Son mode *bitch* pouvait survenir à tout moment. Un dimanche matin alors qu'ils se baladaient dans le Vieux-Québec, il avait été outré par la composition d'un couple qu'ils avaient croisé, ne le jugeant pas assez assorti. La femme avait un surplus de poids. Point. Il avait chuchoté à l'oreille de Kim :

— Voir que ces filles-là ont des *chums*…

C'était méchant et totalement gratuit comme commentaire. Quand elle avait réagi, il avait simplement rétorqué que c'était elle qui n'avait aucun sens de l'humour…

Un soir, en revenant du travail, il lui avait raconté avoir fait des avancées notables du point de vue de la carrière simplement en se mettant à faire du *small talk* avec ses collègues dans l'ascenseur. Pas parce qu'il s'intéressait à eux. Pas parce qu'il voulait entretenir de bonnes relations au travail. Simplement parce qu'il voyait un potentiel de progression dans la compagnie en agissant ainsi. Une partie d'elle avait été dérangée par cet aveu. Peut-être était-elle idéaliste, mais elle croyait que les autres méritaient d'être connus, peu importe leur statut. Simplement pour leur histoire et ce que la relation pouvait apporter en potentiel humain. Christopher ne voyait indéniablement pas les choses de cette façon.

Ça avait pris du temps à Christo avant de vouloir connaître le passé amoureux de Kim et, à la première relation évoquée, il s'était fâché. Parce que le passé, c'était le passé. Il lui avait raconté une seule fois le sien en ne distribuant aucun éloge au passage. Toutes ses ex étaient, selon ses dires, des crisses de folles qui avaient abusé de lui, de son amour et de son argent. De la façon qu'il en parlait, il ne leur accordait aucun respect. Kim fut d'abord soulagée de sa réaction, puisqu'il n'y aurait certainement pas d'ex dans le décor. Avec du recul, elle voyait plutôt sa réponse comme celle d'un homme qui attribuait tous les reproches aux autres et qui refusait sa part de responsabilités. Comme il le faisait avec elle en ce moment. Après tout, c'était lui, le dénominateur commun de toutes ces relations détraquées. Peut-être que, bientôt, elle serait à son tour une crisse de folle à ses yeux ?

Depuis deux ans, leur relation tanguait dangereusement entre la marée haute et la marée basse. Des vagues incessantes qui faisaient fluctuer son niveau d'énergie. Malgré tous leurs déchirements, elle revenait toujours vers lui comme un aimant, comme si elle était attachée à une ancre avec laquelle elle coulait tranquillement au fond de l'eau.

Enfant du divorce

Les parents de Kim étaient aux antipodes. Sa mère, Pauline, était une super performante qui aimait avoir le contrôle sur tous les éléments de sa vie alors que son père, François, était un artiste bohème déchu qui s'était réfugié dans ce havre de possibilités que l'on appelle casino. Ils se sont déchirés jusqu'à ce qu'il ne reste plus que des retailles pêle-mêle à recycler. Tout ce qu'elle avait connu de leur pseudo amour, c'étaient leurs engueulades répétées jusqu'à ce que le silence prenne toute la place le jour où son père avait fait ses valises pour de bon. Un silence lourd de conséquences qui les avait tous laissés à bout de souffle. Sa mère, surtout, qui avait dû assumer seule son éducation et celle de son frère, tout en justifiant courageusement les absences répétées de leur père, qui faisait de grandes promesses, mais ne les tenait jamais. Derrière ses grands airs de femme d'affaires forte et épanouie, Pauline était une sensible qui cherchait désespérément quelqu'un pour prendre soin d'elle, ce qui lui avait toujours cruellement manqué. Combien de fois Kim avait-elle ramassé sa mère à la petite cuillère ? Le hic, c'est qu'elle s'entichait toujours des mauvais numéros. Un peu comme Kim, vraisemblablement. C'était du moins ce que sa psy ne cessait de lui répéter ; qu'elles avaient plus en commun qu'elle pensait, plus qu'elle ne l'aurait souhaité.

Pattern : les torturés

Qu'est-ce que l'amour, au fond ? L'avait-elle déjà véritablement connu ? La jeune et naïve Kim tenait pour acquis que tous les humains étaient dotés du même système de valeurs et voyait le bon en chacun. Sa philosophie basée sur la présomption d'innocence se transformait progressivement, le fardeau de la preuve revenant maintenant à l'accusé. En contemplant les feuilles tomber par la fenêtre de son bureau, elle repensait à ses nombreux déboires amoureux avec, comme trame narrative commune, les mauvais garçons. Peut-être cherchait-elle en fait quelqu'un d'assez fou pour l'aimer et pour la protéger du monde ?

À dix-sept ans, elle s'était laissé séduire par Greg, un vendeur de cocaïne et portier dans un club de danseuses. Déjà plusieurs drapeaux rouges dans l'énoncé précédent ! Un soir, au bar, alors qu'elle dansait avec lui, une autre fille entourée de toute sa bande était venue la pousser violemment, la traitant de salope et de voleuse de *chum*. Elle avait appris à la dure qu'il est toujours plus facile de déverser son fiel sur la fille courtisée par son *chum* que sur l'homme qu'on aime… À la suite de cet assaut, Greg était venu la rejoindre pour se confondre en excuses, martelant que cette fille n'était rien pour lui. Kim l'avait repoussé. Mortifiée devant cette trahison, elle avait passé le reste de la soirée à boire du cognac pour engourdir sa douleur. Toute blessure au cœur nécessite une anesthésie, non ?

Le même soir, à trois heures du matin, sans argent pour un taxi et très affectée, elle avait demandé à une connaissance, beaucoup plus vieille qu'elle, de la reconduire chez elle. Elle aurait dû appeler sa mère, mais elle ne voulait pas l'inquiéter.

Il avait accepté, à condition de passer chez lui d'abord, puisque des amis allaient y poursuivre la soirée. Voyant qu'elle était complètement ivre, il lui avait proposé de s'étendre dans son lit, en attendant. Kim s'était réveillée quand l'homme était venu la rejoindre, nu comme un ver. Elle avait réussi à articuler de peine et de misère qu'elle ne voulait pas. Il avait insisté et avait continué à la déshabiller. Il avait fini par s'arrêter net quand elle lui avait avoué être vierge. Kim s'était réveillée au matin, seule chez lui. Elle avait marché jusque chez elle l'âme en berne et les pieds meurtris, complètement désillusionnée des hommes. Quelque chose s'était brisé en elle cette nuit-là. C'est aussi à cette époque que sa consommation d'alcool était devenue problématique. L'ivresse l'enveloppait dans un confort familier et, peu importe ce qui se passait dans sa vie, l'alcool lui apportait un bien-être artificiel et éphémère. Son estime d'elle-même considérablement affaiblie, elle trouvait une certaine fierté à être capable de boire plus que les grands gaillards du bar. Elle était une fille de Sept-Îles, une vraie ! À défaut d'être une réelle consolation, le cognac était toujours là, et il ne mentait jamais. C'était sa seule certitude dans cette période où elle se cherchait beaucoup. Force est de constater qu'elle se coupait d'elle-même volontairement et qu'elle l'échappait.

À dix-neuf ans, avec deux comas éthyliques à son actif, un certain Jay avait réussi à trouver le chemin de son cœur. Un soir où il ne répondait pas à ses messages textes, Kim avait appris d'un ami qu'il avait passé la nuit avec son ex. Alors qu'elle commençait à passer à autre chose, des mois plus tard, Jay lui avait dit qu'il lui avait acheté une bague de fiançailles, qu'il avait supposément jetée à la mer après avoir vu le véhicule d'un autre homme garé chez elle. Bravo pour l'envolée lyrique ! Mais elle avait beau avoir apprécié *Titanic*, elle savait pertinemment que son salaire de serveur à la Casa Grecque ne lui permettait pas de catapulter des diamants au bout du quai...

La poursuite de ses études universitaires avait par la suite éloigné Kim de son environnement toxique en plus de mettre un frein à sa consommation excessive d'alcool. Elle y voyait l'occasion de prendre un nouveau départ, mais on ne se sauve pas si facilement de soi-même.

À vingt ans, elle avait rencontré Shawn, un boxeur avec une intelligence émotionnelle aussi développée que celle d'un enfant de cinq ans. Il avait de beaux muscles, en revanche. Un jour, il lui avait fait faire le tour de la ville pour lui montrer tous les trous qu'il avait remplis de ciment à son travail en construction... «J'ai coulé du béton là, pis là, pis là...» D'une lourdeur incommensurable! Mais ce sont réellement les scènes de jalousie extrêmes qu'il lui servait à outrance et le fait qu'il prenne position sur tous les sujets sans en connaître les tenants et aboutissants qui lui avaient fait prendre ses jambes à son cou. Quand elle l'avait quitté, il avait tout essayé pour la reconquérir. Il y avait eu l'épisode des fleurs quotidiennes à son travail, puis la fois où il avait chanté sous sa fenêtre tel un pathétique troubadour. Au début, elle trouvait son intensité charmante. À la fin, beaucoup moins.

Finalement, avant de rencontrer Christopher, il y avait eu Maxime. Il l'avait charmée par son *look* de tatoué bohème. Elle avait toujours eu un faible pour les tatouages. Maxime avait un potentiel immense, mais ne l'exploitait pas. Kim voulait tellement pour lui, mais lui, il ne trouvait pas la motivation de retourner à l'école ou de réfléchir à ce qui le passionnait vraiment. Pendant qu'ils étaient ensemble, il l'avait trompée avec une autre fille (oui, un autre), une affaire d'un soir durant laquelle le condom s'était brisé et qui s'était soldée par un bébé en équation. Un autre qui lui avait brisé le cœur !

Après plusieurs *pep talk* au *vino*, les filles et moi avions tranché : Kim avait un penchant clair pour les torturés. Elle était atteinte du répandu syndrome de la sauveuse aussi appelé le syndrome de Mère Teresa. D'ailleurs, quand elle avait annoncé à sa mère qu'elle avait recueilli un chat errant dans son appartement universitaire, elle lui avait répondu : « Pas surprenant, tu as toujours voulu tous les sauver… » Elle ne faisait clairement pas référence aux félins.

Chicane n° 2228

La chicane de la veille avec Christo avait commencé par un retour sur leur *party* de gars du samedi soir, soirée durant laquelle monsieur avait décidé de la réveiller à quatre heures du matin complètement soûl en tentant maladroitement de la convaincre de faire l'amour. Quand il avait vu que ça ne fonctionnerait pas, il était allé s'enfermer dans la salle de bain en laissant son cellulaire sur la table de chevet. Pendant ce temps, Kim avait été témoin de la réception d'un texto suspect provenant d'une certaine Audrey qui commentait le plaisir qu'elle avait eu durant la soirée et qui avait cru bon d'envoyer une photo de ses seins enveloppés dans un soutien-gorge couvert de friandises, accompagnée du poétique message : « Viens manger mes bonbons. »

Déboussolée, Kim avait alors fouillé son cellulaire pour obtenir des preuves supplémentaires et attendait Christo avec une brique et un fanal à sa sortie de la salle de bain. Il avait bafouillé que c'était l'amie d'un ami, que c'était pour niaiser, qu'il ne s'était rien passé… Elle se sentait trahie et lui, tout ce qu'il avait trouvé à faire, c'était de retourner la situation contre elle en la traitant de jalouse possessive qui ne lui faisait pas confiance. Ses mots lui avaient fait l'effet d'une bombe. À son tour, elle était allée se réfugier dans la salle de bain pour pleurer. Christo avait fini par s'endormir, ivre mort. Pas elle. Les questionnements se bousculaient dans sa tête, teintés d'un brouillard insomniaque nauséabond. Elle avait beau avoir tous les indices en main, il lui fallait une confession. Serait-elle un jour assez pour quelqu'un, ou bien se contenter d'elle ne suffirait jamais ?

Quand elle était finalement rentrée chez elle après sa longue journée de travail, Christo lui avait préparé un souper sur le barbecue et avait déposé un beau vase au milieu de la table avec des fleurs fraîches. Il avait réfléchi et lui pardonnait sa crise d'hier… Il souhaitait repartir sur une ambiance positive. Elle était tellement vidée de toute énergie que cette pause entre deux *rounds* lui apparaissait comme salvatrice et nécessaire. Le ton était étonnamment léger. Elle s'était donc laissée aller à son jeu et ils avaient passé une très belle soirée qui s'était terminée par un film. Il était étendu sur ses cuisses et elle lui jouait doucement dans les cheveux.

Elle ne savait pas si c'était de l'amour, mais elle se souciait de lui. Elle ne voulait pas lui faire de la peine. Ils avaient une connexion houleuse qui s'expliquait mal, mais tout la ramenait invariablement à lui. Christo était heureux et ça lui suffisait.

Florence

Elle regardait attentivement ses trois *to-do lists*. Il y avait celle du travail, celle des tâches quotidiennes et celle qui contenait les éléments plus personnels. C'était de l'organisation ça, madame! Elle y ajouta fièrement trois éléments sans rien rayer. Rien ne lui faisait pourtant plus plaisir que de faire quelques *checks* sur ses listes. Il faudrait qu'elle se remette à la tâche bientôt, mais elle se sentait exténuée. Tout allait tellement vite, trop vite. Elle avait l'impression d'être une spectatrice passive de ses propres aventures et de voir sa vie défiler devant ses yeux. Elle en rêvait la nuit et était incapable de lâcher prise. On lui disait de doser, de trouver l'équilibre, mais c'était plus fort qu'elle. Elle voulait reprendre le contrôle de son existence en planifiant mieux.

Autant Florence se confortait avec les listes en tout genre et cette sensation de maîtriser toutes les sphères de sa vie, autant elle avait soif de découvertes et aimait sortir de sa zone de confort. Florence voyageait beaucoup pour le travail, puisque l'entreprise pour laquelle elle travaillait possédait des bureaux sur quatre continents. Plus elle gravissait les échelons, plus elle voyageait d'une succursale à l'autre pour diriger des projets multiculturels aux expertises complémentaires, superviser de nouvelles acquisitions ou dénicher de nouveaux mandats.

Elle était celle qu'on envoyait au front pour s'occuper de projets controversés ou houleux. Son métier comportait son lot de défis, mais Florence se sentait portée par ces moments de stimulation qui l'amenaient à se dépasser. Elle avait cette capacité à rebondir devant l'adversité et à imaginer un plan de match clair pour se sortir d'une impasse. Son sens stratégique était reconnu ; son efficacité, redoutable.

Florence, c'était une pragmatique, une perfectionniste et une passionnée qui ne s'en laissait pas imposer et qui avait toujours la solution pertinente à proposer. Elle se donnait toujours à 300 % dans absolument tout ce qu'elle entreprenait en visant toujours les plus hauts sommets. #GrosseLigue. Elle ne pouvait pas faire autrement, elle était faite de ce bois-là.

Certains soirs, par contre, il lui arrivait, dans sa chambre d'hôtel dénuée de personnalité, à Genève ou à Dubaï, d'avoir le *blues* de la maison. Elle se demandait comment elle ferait pour continuer comme ça quand elle aurait des enfants. Parce que la vie qu'elle menait était remplie de rebondissements et, surtout, très stressante. Pouvait-elle être aussi ambitieuse si elle chérissait le désir de bâtir une famille un jour ? Est-ce que c'était possible de concilier tout cela ?

Comment avait fait Suzanne, sa mère, pour élever trois enfants, tout en assumant un emploi à temps plein, les tâches ménagères et en préparant tous leurs repas, sans qu'ils n'aient jamais l'impression de manquer de rien ? Florence ne pouvait faire autrement que de la placer sur un piédestal pour son accomplissement. Elle avait l'impression qu'elle ne serait jamais à sa hauteur, malgré toute sa bonne volonté et les efforts déployés. Suzanne était pour sa progéniture une *superwoman*, avec toute la pression que cela sous-entendait. Florence se sentait parfois plutôt mal faite, puisqu'elle était certaine que ni son frère ni sa sœur ne s'en faisaient trop avec ça. Ils se contentaient d'être eux-mêmes. Il n'y avait qu'elle qui bouillonnait en dedans de la sorte. L'enfant du milieu. Le mouton noir qui détonnait du reste de la famille par son intensité légendaire.

Quand Florence était petite, sa mère l'avait surnommée son petit bébé Velcro, puisqu'elle ne la lâchait pas d'une semelle. Elle voulait être collée sur elle en permanence. Sinon, elle pleurait. Vive le porte-bébé en écharpe! Aujourd'hui encore, elle avait toujours autant besoin de ses parents. Elle leur parlait chaque jour et ils étaient sa référence pour bien des questionnements dans la vie. Autant elle faisait preuve d'autonomie et de débrouillardise au travail, autant elle se reposait sur ses parents pour bon nombre de dossiers plus ou moins prioritaires dans sa vie. Ils occupaient encore une place prédominante.

- Un bruit étrange sur sa voiture = son père.
- La bonne façon de faire disparaître une tache sur du blanc = sa mère.
- Lorsqu'un quelconque appareil brisait = son père.
- Réussir à la perfection la recette de saumon à l'érable = sa mère.
- Partir un feu efficacement = son père.
- Se confier lorsqu'elle avait le cœur gros = sa mère.

Ça avait d'ailleurs été un enjeu au début de sa relation avec Raphaël. Il avait mal pris qu'elle se fie constamment à ses parents alors qu'il voulait jouer ce rôle de pilier, être celui vers qui elle se tourne en cas de doute.

Pourtant, Florence s'était préparée mentalement toute sa vie à la vraie vie d'adulte! En connaissez-vous beaucoup des enfants de six ans qui préfèrent écouter *Top Modèles* avec grand-maman alors que les autres écoutent des «comiques» au sous-sol? Des enfants qui choisissent de dorloter leur petite sœur, de changer sa couche et de la promener dans sa poussette pendant que d'autres jouent aux blocs Lego? Des enfants qui ont horreur de se trouver à la table des petits, au souper de Noël, parce qu'ils préfèrent de loin écouter les discussions de la table principale? Même si ça discute de planification de retraite ou de CELI... D'aussi loin qu'elle se souvienne, Florence avait toujours eu hâte de goûter à la vie d'adulte, tant à la liberté qu'aux responsabilités qui en découlaient! #GrownUp.

Quand on parlait du train-train quotidien, Florence comprenait maintenant tout ce qu'il signifiait. La maison, l'hypothèque, le travail prenant, la famille, la belle-mère... qui arrivait aujourd'hui chez eux pour y loger pour une durée indéterminée! Ça avait beau faire cinq ans qu'elle partageait sa vie avec un latino, elle ne s'habituait pas à cette tradition matriarcale des tropiques. Malgré toute sa bonne volonté et l'aide qu'elle lui prodiguait, il n'en restait pas moins que c'était bien difficile d'avoir de l'intimité dans sa propre maison quand votre belle-mère envahissait vos plates-bandes ou bien attendait patiemment que son repas soit servi.

D'ailleurs, elle se demandait vraiment comment cuisiner le poulet portoricain, comme Raph le faisait si bien. Elle aurait voulu les surprendre avec une table montée et le repas cuisiné à leur arrivée de l'aéroport, mais elle manquait de temps. Elle avait fini de travailler plus tard que prévu, avait couru du métro à l'autobus avant de se rendre compte qu'il lui manquait quelques ingrédients pour concocter la fameuse recette secrète que son *chum* lui avait envoyée par texto. Elle avait donc décidé d'opter pour un repas plus simple de poulet avec du riz… à la québécoise. La recette de Suzanne. Sous l'onglet jaune de son immense cartable de recettes. Boum !

Après plusieurs longues discussions enflammées, Florence et Raphaël en étaient finalement arrivés à un compromis concernant la belle-mère adorée ; elle était la bienvenue si elle avait une date de départ et que son séjour était d'une durée maximale de deux mois. Son *chum* étant un homme de convictions, il était assez fréquent que leurs discussions s'intensifient et tournent en débat animé. Elle l'aimait d'ailleurs pour ça. Florence ne se serait pas vu partager sa vie avec un gars qui acquiesçait à tout ce qu'elle disait. Ça lui prenait quelqu'un qui se tenait debout !

En fin de semaine, ils avaient planifié une escapade romantique dans une charmante auberge de bord de mer. Pour faire le vide et se retrouver, mais aussi pour souligner leur cinquième anniversaire de vie de couple ! Ils reportaient l'événement depuis maintenant trois mois, puisqu'elle avait eu un projet important à livrer au bureau qui l'avait obligée à travailler de soir et de fin de semaine. Florence était certaine que ça leur ferait le plus grand bien.

Cet anniversaire significatif la poussait à faire le point sur ces dernières années aux côtés de Raphaël, qui n'avaient pas été de tout repos. Une longue série de hauts et de bas agrémentée de beaucoup de *drama*, qui avait fait en sorte qu'ils se connaissaient maintenant par cœur, mais qui lui avait aussi fait beaucoup de peine. Elle ne se sentait pas à l'abri des briques qui pouvaient encore lui tomber sur la tête et elle avait parfois de la difficulté à se projeter dans l'avenir avec lui.

Il restait encore quelques cicatrices, celles qui resurgissent devant certains comportements ou dont tu appréhendes la réapparition. Elle l'aimait pourtant très fort. Une chose était certaine : ils n'auraient jamais traversé toutes ces tempêtes sans cet amour.

Tout avait commencé dans le mouvement des cadets. Raph était l'un de ses supérieurs et ils s'étaient liés d'amitié. Elle avait alors vingt ans et commençait tout juste l'université. Lui en avait trente. Il l'avait tout de suite remarquée. Parce qu'elle était loin d'être gênée et qu'elle était toujours partante pour essayer quelque chose de nouveau, elle n'avait pas tendance à passer inaperçue dans un groupe. Ses yeux noirs pétillants, son énergie et sa franchise illuminaient n'importe quelle pièce. Conséquemment, elle était toujours très bien entourée, surtout par la gent masculine.

Ça avait été plus long avant que Florence ne le remarque. Elle avait l'impression qu'il était inatteignable à cause de son âge et de son grade hiérarchique supérieur. Lors d'un *mess dinner*, un événement formel mais amical qui rassemble le mouvement, alors qu'elle jouait au *baby-foot* avec des amis, elle s'était surprise à le regarder discrètement discuter avec un autre supérieur et elle l'avait trouvé beau. Sa carrure, son teint basané et ses yeux doux lui avaient fait de l'effet. Assez pour la gêner quand il lui avait souri du fond de la salle, quand il avait remarqué qu'elle le regardait. Elle s'était alors concentrée comme si de rien n'était sur sa partie de *baby-foot* en baissant les yeux. L'équipe adverse venait de compter un point. Merde !

Aux cadets, elle avait tissé de belles amitiés, notamment avec Kevin, l'un des bons amis de son frère. Ils étaient si proches qu'elle en était venue à se demander si cette relation pouvait mener plus loin. La ligne entre l'amitié et l'amour est parfois ténue. Depuis qu'ils animaient le même groupe, ils étaient devenus inséparables et Kevin lui avait fait part de ses sentiments à de nombreuses reprises. Elle ne savait pas quoi lui répondre. Quelque chose la bloquait vraisemblablement, mais elle ignorait quoi. Peut-être n'était-il pas assez exotique ? Le problème était-il réellement l'attirance physique ? Elle se sentait superficielle d'entretenir pareille pensée. Elle voulait tellement ressentir la même chose parce qu'elle appréciait énormément le temps qu'elle passait en sa compagnie. Il la faisait rire et ils avaient tellement en commun.

Un soir, elle avait voulu élucider l'affaire une fois pour toutes. Elle était donc allée le rejoindre subtilement dans sa chambre pour dormir dans ses bras. Ils s'étaient embrassés et avaient dormi en cuillère toute la nuit. Le problème, c'est qu'elle n'avait rien ressenti de plus que du confort. Pas de papillons. Elle était bien, mais ce n'était pas suffisant. Il paraît que ça ne se commande pas, que ça te happe tout d'un coup et c'est tout. Kevin avait pourtant tout pour la rendre heureuse et elle s'en voulait tellement de lui avoir brisé le cœur ce matin-là. Ils étaient destinés à être amis, rien de plus.

Un move calculé

Avec Raph, ce ne fut pas le coup de foudre non plus. Le premier été aux cadets, ils étaient seulement des amis. Elle admirait sa stature et son autorité au sein du groupe, mais la différence d'âge l'empêchait de le voir autrement. L'étincelle s'était produite l'été suivant alors qu'ils avaient eu à travailler plus étroitement ensemble. Un soir, il avait sorti le grand jeu et l'avait invitée à souper dans un super restaurant à proximité du camp. Ce soir-là, elle l'avait vu autrement. Comme un homme, un vrai, comme on en voit rarement de nos jours. Raph était un homme droit, patient et respectueux, qui avait attendu le bon moment pour tenter sa chance. Et la magie avait opéré ! Ils avaient appris à mieux se connaître autour d'une bonne bouteille de vin, à jaser de tout et de rien jusqu'au petit matin. Il l'avait même invitée à danser sur une musique latine au beau milieu du restaurant et son déhanchement et sa confiance l'avaient tout de suite charmée.

Les relations amoureuses entre cadets étant proscrites, l'interdit rendait la chose encore plus alléchante. Ils se voyaient en cachette certains soirs et la fin de semaine. Ils se donnaient subtilement des petites notes durant le travail ou se frôlaient avec adresse durant les parades. Ce fut sans contredit l'un des plus beaux étés de sa vie. Florence devait pourtant retourner à l'université une fois l'automne venu et lui, reprendre sa vie à Montréal et son travail de créateur de sites Web. La relation à distance lui faisait peur et elle se questionnait sur la place qu'elle pourrait lui donner dans son horaire déjà très chargé. Au terme de l'été, une petite voix lui soufflait pourtant que le jeu en valait la chandelle.

Belle-mère précoce

Puis, coup de théâtre ! Mireille, dont elle avait vaguement entendu parler en tant qu'associée de longue date de son *chum*, avait appris à Raph qu'il allait devenir père six mois plus tard. Elle était enceinte depuis cette nuit qu'ils avaient partagée il y avait trois mois, résultat d'une soirée plutôt arrosée pour fêter la finalisation d'un gros projet qui représentait une entrée d'argent considérable pour la compagnie.

Cet événement s'était produit quelques semaines avant que Raph ne se rapproche de Florence au camp. Comme Mireille avait décidé de garder l'enfant coûte que coûte avec l'espoir avoué de former un couple avec Raph, elle n'avait pas cru bon de l'aviser avant… Se sentant piégé, Raph était hors de lui. Comment avait-elle pu? Une situation, ma foi, d'une lourdeur incommensurable!

Quand il lui a appris la nouvelle, Florence est restée muette comme une carpe, ce qui ne lui arrivait pratiquement jamais. Elle était bouleversée et complètement paralysée. Tout ce que cette conversation avait réussi à soutirer d'elle avait été un faible:

— Je dois réfléchir à tout ça, Raph, réfléchir à nous deux, à ce que je veux.

Elle, Florence Belleau, belle-mère à vingt et un ans! Ça ne lui rentrait tout simplement pas dans la tête! Raph avait été très clair sur ce qu'il voulait pour eux avec ce nouvel élément de taille qui pesait dans la balance. Il voulait rester avec elle, tout en assumant son rôle de père et en conservant une bonne relation avec Mireille. À Florence maintenant de décider si elle suivait la parade et si elle acceptait cette nouvelle situation, qui allait tout bouleverser.

À cause de ses parents, qui partageaient une relation amoureuse de plus de vingt-cinq ans et qui avaient suivi les étapes prescrites par notre belle société, soit se courtiser, apprendre à se connaître, se marier, acheter une maison et avoir des enfants, Florence avait une vision plutôt conservatrice du couple et souhaitait reproduire ce bel exemple. Un couple complémentaire qui avait toujours fait équipe devant l'adversité et qui avait magnifiquement bien évolué ensemble à travers les beaux moments comme les tempêtes. Avez-vous remarqué que les enfants de parents divorcés ont moins tendance à vouloir se marier? L'inverse est aussi vrai. On cherche d'instinct à reproduire ce qu'on a connu, qu'on le veuille ou non. Pour Florence, ses parents constituaient l'exemple ultime d'amour réussi. Elle voulait ça, elle aussi!

Or, l'arrivée d'un bébé qui n'était pas le sien, en début de relation de surcroît, venait sans contredit brouiller les cartes de cet idéal et remettre tout en doute. Ça détonnait de ce qu'elle avait prévu pour eux. Ce bébé-surprise venait contrecarrer ses beaux plans et lui faire perdre le contrôle sur ses plus grands rêves. Elle se sentit aussitôt égoïste de penser de la sorte, parce que ce bébé n'avait rien demandé. Il serait là, c'est tout, et ne demanderait qu'à être aimé. À travers leur été de romance, elle avait eu le temps de s'attacher à Raphaël et ne pouvait imaginer sa vie sans lui. Elle était furieuse contre cette femme, qui avait piégé son *chum*. Comment faire pour accepter la situation sans grincer des dents?

Nous sommes venues à sa rescousse pour l'aider à y voir plus clair. Nous avons fait le fameux tableau des pour et des contre et creusé la situation de fond en comble lors d'un *pep talk* d'urgence arrosé, cela va sans dire! Toutes étaient d'avis que les options étaient limitées et que, comme l'idée de se séparer du gars était insupportable, elle se devait d'aller voir où tout ça allait les mener.

Mireille

La variable sur laquelle elle avait le moins d'emprise, c'était Mireille. Et elle n'avait certainement pas prévu qu'elle ferait autant de remous dans leurs vies. Mireille n'était pas seulement un *one night*, elle travaillait avec son *chum*! Raph marchait constamment sur des œufs, de peur qu'elle ne lui retire (dans un claquement de doigts) ses privilèges parentaux à venir. Ce que Florence n'avait pas prévu, c'était que Mireille était aussi amoureuse de Raph et souhaitait construire une relation et une famille avec lui. Elle voyait Florence comme l'élément perturbateur de son beau projet, comme celle qu'elle devait évincer du *casting*…

Il y avait donc eu cette période où Mireille avait tout fait pour arriver à ses fins. Pour faire sentir Florence comme une *outsider* de son propre couple, comme l'autre femme. En plus des courriels de menaces, il y avait aussi eu cette fois où elle avait trouvé le numéro de téléphone des parents de Florence pour lui crier qu'elle était en train de briser un couple et une famille et qu'elle devrait avoir honte. Cette fois-là, elle était allée trop loin. Elle avait défoncé à grands coups d'aveuglement les frontières du raisonnable. Elle l'avait échappé. Cette fois-là, Florence avait compris qu'elle était complètement disjonctée et qu'elle devrait se tenir le plus loin possible d'elle. Malheureusement, Mireille allait toujours faire partie de l'équation…

Raph, dans toute sa bonté, ne voulait faire de peine à personne ni décevoir qui que ce soit. Il avait donc omis d'exprimer ses limites à Mireille, et même s'il rassurait Florence sur ses intentions et sur son amour pour elle, ce n'était plus suffisant. Florence en avait ras le bol des sautes d'humeur de madame et croyait fermement que Raph devait mettre son pied à terre. Ses bottines devaient suivre ses babines et des changements devaient avoir lieu, sinon il devrait continuer sans elle. Ça commençait par un nouvel associé, ce à quoi Raph consentit.

Ce fut un soulagement temporaire, puisque ça ne se fit pas du jour au lendemain. Il continuait de lui donner des contrats à la pige pour plusieurs de ses clients étant donné qu'il ne trouvait pas d'autres graphistes de talent et que plusieurs projets attendaient patiemment d'être livrés. La transition nécessita plusieurs mois durant lesquels Florence s'impatientait devant la mollesse de Raph.

Quand la belle Laura est venue au monde, la situation s'est encore plus détériorée. Il n'était pas homme à se laisser piler sur les pieds de la sorte pour acheter la paix. Cette attitude de se plier en quatre pour éviter toute forme de confrontation avec elle ne faisait certainement pas partie des raisons pour lesquelles Florence était tombée amoureuse de Raph. Et il le savait, puisqu'à force de rester dans un statu quo, elle s'éloignait de plus en plus de lui. Pour se protéger, elle se détachait peu à peu émotionnellement.

Complètement dépassé par la situation, Raph était moins présent pour Florence. Il la laissait souvent dans l'attente de son coup de téléphone, sans parler des occasions de se voir qui se faisaient de plus en plus rares, avec comme toile de fond un éléphant dans la pièce nommé Mireille.

Pour éviter de faire de la peine à Florence, il s'était alors mis à lui cacher des choses pour acheter la paix : les contrats à la pige qu'il lui offrait ou ses discussions avec elle. Il avait voulu l'épargner pour préserver ce qu'ils avaient construit. Parce qu'il sentait la soupe chaude. Mais ça, elle ne l'avait compris que plus tard. Sur le coup, alors qu'elle avait surpris l'une de leurs conversations sur son ordinateur, elle n'avait pas réussi à faire la part des choses et avait vu ce manque de considération à son égard comme une trahison.

Elle ne pouvait pas continuer à ramer seule dans sa barque. Elle avait besoin d'un *chum* présent qui se tenait debout et qui avait le courage de ses convictions. Ce n'était pas Laura, le problème; au contraire, elle était adorable. C'était plutôt la manière dont Raph gérait la situation en la reléguant au second plan.

Florence avait alors dû lui dire qu'il avait besoin de prendre le temps de jongler avec son nouveau rôle de père et qu'elle trouvait difficilement sa place là-dedans. Que ça lui faisait trop de peine. Ce fut l'une des décisions les plus déchirantes qu'elle eut à prendre dans sa vie. Pourtant, elle n'avait versé aucune larme ce jour-là, ni les jours suivants. Elle avait épuisé sa réserve dans le processus. Une partie d'elle se sentait même soulagée.

Durant les mois qui suivirent, elle s'était concentrée sur ses études et ses projets avec ses amies. Elle dormait très mal et avait perdu beaucoup de poids. Elle n'était qu'une pâle version d'elle-même. Moins dynamique, moins présente mentalement. Raph prenait de ses nouvelles à l'occasion. Il s'ennuyait, mais à la façon dont il s'exprimait dans ses premiers courriels, elle comprenait qu'il essayait toujours de s'acclimater à sa nouvelle vie avec un bébé à temps partiel. De son côté, elle n'arrivait pas à l'oublier.

Quand il réussit enfin à sortir sa tête hors de l'eau et à retrouver un certain équilibre, Raph se mit en mode reconquête. Après plusieurs semaines où il l'appelait tous les jours et bon nombre de petites et grandes attentions, comme la livraison d'un énorme bouquet de fleurs accompagné d'une longue lettre dans laquelle il exprimait à quel point elle lui manquait, quelques surprises devant sa porte d'appartement avec des notes d'excuses, l'orchestration d'une soirée en tête-à-tête, et plus encore, Florence avait décidé de redonner une chance à leur relation. Parce qu'il lui manquait aussi.

Un équilibre précaire

L'entretien de leur nouvelle maison monopolisait beaucoup de leur temps, tout comme la belle Laura, qui aurait bientôt cinq ans. Pour sa fête, Mireille souhaitait convier tout le monde chez elle et Raph avait accepté l'invitation avant même de consulter sa blonde. Or, ils avaient discuté de lui organiser eux-mêmes une fête à la maison avec quelques amis de la garderie.

Cinq ans plus tard, Mireille et Florence n'étaient toujours pas les meilleures amies du monde, mais elles arrivaient à se tolérer et à se respecter. Mireille avait fait son deuil de son beau projet de famille avec Raph. Un certain équilibre s'était tissé peu à peu, mais il arrivait encore que Raph prenne des décisions derrière son dos. Ça la blessait à tous les coups. Florence voulait trouver un moyen de lui faire comprendre que ce n'était pas acceptable, que s'ils voulaient bâtir un foyer ensemble, il devait la consulter concernant l'éducation de sa fille.

À la suite d'une autre discussion animée, Raph avait refusé d'admettre ses torts (à cause de son entêtement légendaire). Florence avait donc décidé de le laisser réfléchir en paix et de venir passer quelques jours chez moi. Au terme de nos discussions et de ces trois jours passés ensemble, elle était plus que jamais décidée à tenir son bout.

Raph lui expliqua que dans la culture latine, la mère était au cœur des célébrations et que ce n'était pas chose exceptionnelle de voir un père et une mère séparés ainsi que les deux familles se rassembler pour une occasion spéciale. Au Québec, si on exclut le mariage et la remise de diplôme, les fêtes s'organisent plutôt de façon séparée pour les familles recomposées, à quelques exceptions près. Il avait fini par s'excuser de ne pas l'avoir consultée et lui avait juré qu'il le ferait automatiquement à l'avenir. Qu'il ne la mettrait plus jamais à l'écart. Il avait même rappelé Mireille pour lui dire que Laura aurait deux fêtes cette année. Une fête chez papa et Florence, et l'autre, chez maman.

Anne-Sophie

J'ai eu de la chance. J'ai tiré le bon numéro au jeu de la vie. Une enfance heureuse, du succès à l'école, des parents aimants et des amis en or qui répondent toujours présents. Quelques échecs ici et là et une réorientation de carrière au cégep quand j'ai compris que le calcul intégral allait avoir ma peau. Tsé, quand l'orienteur clame haut et fort qu'il n'a jamais vu de résultats aussi peu probants à son test, ben tu te dis que tu n'as peut-être pas ta place en sciences ! Ça explique aussi potentiellement toutes les explosions de béchers en laboratoire… Et la crise de larmes suivant l'effondrement de ton pont en bâtons de popsicle en cours de physique mécanique. Bref, selon lui, je devais envisager une carrière en lettres ou en sciences humaines. Pourquoi pas les communications ? Je me voyais pourtant pousser les portes de l'hôpital d'un pas assumé, courant de patient en patient pour sauver des vies. Ce fut la première grande déception de ma vie. Je dus faire mon deuil de cette image de moi se rapprochant de Meredith Grey dans *Grey's Anatomy*, de mon rêve de petite fille de devenir chirurgienne pédiatrique. D'admettre ce constat d'échec fut difficile, mais ô combien salutaire pour mon épanouissement !

Je revois cette vidéo amateur tournée par mon père qui me met en scène à trois ans et dans laquelle je ne cesse de répéter la même ligne en zozotant un brin, en gesticulant avec les bras et en mettant beaucoup trop l'accent sur des syllabes précises : « Bonjour, je m'appelle Anne-Sophie et je suis la vedette de la caMEUra. »

J'ai toujours été théâtrale et très influencée culturellement par le cinéma, les livres et les séries télé. Bon, je l'avoue, je suis marquée au fer par toute une génération de princesses de Disney. Et ça laisse des traces. Ce sacré Noah sous la pluie dans *Les pages de notre amour* a longtemps hanté mes fantasmes les plus fous. Un des dommages collatéraux : je suis rapidement attendrie par pas mal tout ce qui touche la romance, ce qui exaspère souvent mon *chum*. Un beau jour, il est resté perplexe devant mon émerveillement face à une branche d'arbre tordue, jusqu'à ce qu'il réalise ce que je pouvais bien lui trouver !

— Avoue que si tu la trouves belle, c'est parce que tu t'imagines assise dessus à regarder le coucher de soleil avec moi ?

— …

Il avait raison… Pour paraphraser Yoda : grande romantique je suis !

Bref, j'ai fait mon chemin dans la vie enveloppée dans une boule de ouate, un cocon plein d'amour. Je m'y suis épanouie grâce au meilleur entourage qui soit. J'ai connu l'amour, le vrai. Celui qui te laisse une boule chaude au fond du cœur quand tes pensées voyagent jusqu'à lui, celui qui te coupe le souffle, celui qui fait en sorte que tu pourrais renverser des montagnes. J'ai eu cette chance que plusieurs n'auront jamais.

Je feuillette les pages d'un album photo de notre dernier voyage et mes yeux se posent sur un cliché de moi avec les

Cinque Terre comme arrière-plan. J'ai les yeux brillants. Je venais de verser quelques larmes parce que l'ascension de village en village était plutôt laborieuse avec mon rhume carabiné. Toutefois, pas question que je garde le lit ! C'était mon rêve de visiter l'Italie et j'allais profiter de chaque seconde de ce périple. Corniglia n'aurait pas ma peau. Pourtant, l'effort se faisait sentir sur mon corps au départ de cette deuxième journée de randonnée et je chialais un peu devant cette nouvelle montée qui venait d'apparaître. Déjà que d'ordinaire le *hiking* et moi ne sommes pas très amis… Thomas avait bien vu que ça n'allait pas fort et s'était empressé de cueillir une fleur d'un rose vif qui ressemblait à une marguerite pour me la poser derrière l'oreille afin de me redonner le sourire. Il m'avait encouragée et m'avait fait remarquer la beauté à couper le souffle du paysage qui nous entourait. Soudainement, mes plaintes m'ont semblé si futiles. C'est à ce moment qu'il a capturé en image ce précieux souvenir.

J'ai vingt-six ans et un homme merveilleux à mes côtés pour partager mes joies et mes peines. Il est drôle, charmant et attentionné. Il sait raconter des histoires mieux que personne et je ne m'ennuie jamais à ses côtés. Il y a mille raisons pour lesquelles je suis tombée amoureuse de lui et je ne cesse d'en découvrir de nouvelles. Notre complicité est légendaire et il me connaît par cœur. Je suis peut-être un vrai livre ouvert, mais il est parfois capable d'identifier que quelque chose ne va pas avant même que j'aie mis le doigt sur la nature de l'émotion qui m'assaille. Tom étudie en psychologie.

Nous venons tout juste de revenir d'Italie, où nous avons célébré notre cinquième anniversaire de couple. En cinq ans, il m'a vue sous toutes mes coutures et a toujours été là pour moi. Nous avons survécu à une relation à distance,

Sherbrooke–Sept-Îles, d'un an et demi et sommes devenus fusionnels lorsque j'ai décidé de venir le rejoindre à Québec à la fin de mes études, sans certitude autre que sa présence comme port d'attache et remplie d'espoir envers l'avenir.

Notre relation s'est soudée à travers les soirées entre amis, les *partys* de famille, les tête-à-tête romantiques et aussi toutes ces fois où nous avons fait des folies. Le saut en parachute pour fêter notre première année de rencontre, la fois où je l'ai peint en vert pour un *party* costumé parce qu'il voulait être le plus beau Piccolo et que chaque détail y soit, nos nombreux *road trip* à s'époumoner sur des chansons de Disney… Nos élans de passion dans une tente au fond d'une crique, dans un couvent ou sur la plage à la belle étoile.

Nous nous sommes rapprochés aussi à travers les épreuves et les pertes significatives, comme le cancer de ma mère ou la mort de sa grand-mère, un des seuls moments où j'ai vu sa carapace se fissurer. Nous avons appris à nous connaître par cœur jusqu'à anticiper les moments où il devenait plus irritable et vice-versa. Nous avons été capables de nous mettre à la place de l'autre pour mieux nous comprendre. Notre relation est basée sur l'admiration, la confiance et le respect mutuel, et je n'ai jamais été aussi heureuse, aussi moi-même avec quelqu'un.

Je déteste la routine, mais Tom m'a appris à mieux la tolérer, à apprécier, même, tous ces petits moments banals passés ensemble, que ce soit à laver la vaisselle ou bien à s'endormir collés devant une série télé. Nous sommes deux hyperactifs qui adorons sortir et être dans l'action. Deux petites bêtes sociales qui s'abreuvent de contacts humains et d'échanges amicaux. Au début de notre relation, je me faisais donc un mot d'ordre de proposer des activités qui sortaient de l'ordinaire. J'avais l'impression qu'il fallait à tout prix éviter que notre couple ne s'encrasse dans la routine. J'avais peur qu'il se tanne de moi. J'avais peur de ne pas être assez. Le danger dans un mode de vie aussi intense, c'est que lorsque c'est plus tranquille, tu l'apprécies moins. Il m'a appris à savourer davantage chaque petit moment, aussi ordinaire soit-il.

À chaque début de relation, on traîne avec soi son bagage émotionnel, son passé trouble d'amours déçues. Toutes ces fois où le match n'était pas parfait et qui te laissent un goût amer au fond de la gorge. On traîne son fardeau de cicatrices, certaines plus à vif que d'autres. Thomas, par son côté protecteur et rassurant, a su me faire oublier tout ça pour bâtir sur du neuf. Son sourire sincère et éblouissant a fait son œuvre.

L'automne commence et nous nous sommes rapidement replongés, depuis notre retour de voyage, dans le quotidien. Je travaille, depuis la fin de l'université, pour un OSBL à vocation sociale. Tissée serrée, notre petite équipe travaille fort pour faire changer les mentalités à coups de campagnes de sensibilisation, pour que le suicide ne soit plus une option au Québec. J'ai toujours voulu travailler en communication pour un organisme dans lequel j'avais l'impression de contribuer à changer le monde. Pour sentir que mon travail a un sens. Pour sentir que je contribue à quelque chose de plus grand que moi. N'est-ce pas ce qu'on recherche tous, au fond?

Dans un mois aura lieu l'événement phare du réseau : un congrès de quatre cents personnes pour lequel je suis en charge de l'organisation. Je travaille sur ce projet depuis environ un an. Il y a mille et un détails logistiques auxquels penser et ça me prend tout mon temps ces derniers mois. La confirmation des derniers éléments de la programmation, les inscriptions, les cocardes, les fournisseurs, le déroulement de l'événement et le rôle de chacun sur place… C'est la deuxième édition que j'organise et je veux que tout soit parfait ; je veux être au sommet de mon art en tant que chef d'orchestre.

17 septembre

Je suis couchée sur un lit blanc. J'attends qu'on vienne me chercher pour me laisser partir. Le bus magique vient d'explorer mon gros intestin de fond en comble. Charmant, n'est-ce pas ? J'ai tout vu, comme les élèves de la classe de Mlle Bille-en-Tête dans la série télévisée d'animation, et je me sens étrangement calme. Je suis en train de vivre un pas pire *buzz*. Ma voisine de lit est libérée. Mon autre voisin aussi. Il me semble pourtant qu'il a passé son examen après moi. Peut-être m'ont-ils oubliée ? Peut-être ai-je expérimenté un plus grand *high* que les autres et qu'ils attendent que les derniers relents du sédatif qui brouille mon esprit et qui me rend si zen se dissipent pour de bon ? Le temps semble s'être arrêté. Je suis plus attentive à tout ce qui se passe autour de moi. Deux infirmières discutent au poste de garde des activités qu'elles prévoient faire le week-end prochain. Un dénommé Georges lâche un gros pet bien assumé. Ça arrive, qu'ils disent, c'est même encouragé, qui plus est. Je souris devant l'absurdité de la scène. Puis, une infirmière vient me chercher et me dit que je peux me rhabiller, que le docteur veut me voir dans son bureau. En bonne élève, je fais ce qu'elle dit et me dirige sans sourciller vers l'endroit qu'elle me pointe.

J'entre dans la pièce froide, regrettant presque ce moment de légèreté à chanter des chansons de Bob Marley dans ma tête. Tom est là. Je lui souris et m'assois à côté de lui. Pour détendre l'atmosphère, le Dr B. lance :

— J'ai cherché celui qui t'était le mieux assorti et l'ai amené ici. J'espère que je ne me suis pas trompé. Sinon, ça pourrait créer un beau malaise. Surtout qu'il est convaincu d'être le conjoint d'une magnifique jeune femme qui a le même nom que toi, dit le médecin en plaisantant. Cela dit, vous formez un très beau couple, ajoute-t-il, sincère.

— Merci. C'est bien le bon, même si vous deviez avoir une panoplie de choix dans la salle d'attente entre Albert, Bertrand ou Alain, répondis-je en souriant. Vous feriez un très bon entremetteur.

Je ne sais pas comment je fais pour avoir de la répartie. Quelque chose cloche. Est-ce pratique courante d'aller chercher l'accompagnateur de notre patiente ? Est-ce mauvais signe ? Le *buzz* étant officiellement expiré, j'attends que Dr B. brise le silence. De plus en plus inquiète, je le regarde avec insistance, pour l'encourager à me donner mes résultats d'examen. Je veux en avoir le cœur net. Il semble troublé, tout à coup, ébranlé, même.

— Bon, ni toi ni moi ne nous attendions à découvrir ça aujourd'hui. Je déteste annoncer pareille nouvelle à des patients plus jeunes que moi, mais tu as le cancer, Anne-Sophie…

Puis, plus rien. Mon cerveau se déconnecte. Comme si une puissante vague m'avait traînée sous l'eau pendant de longues secondes et que je peinais à reprendre mon souffle. La fameuse publicité où tout le monde est projeté vers l'arrière n'est pas un mythe. La main de mon amoureux qui serre la mienne très fort me ramène à la surface. Des larmes coulent le long de ses joues. Je fixe le vide. Je parviens à comprendre quelques bribes supplémentaires du discours du médecin. Il me montre le visuel de la bête, me montre à quoi devrait ressembler l'intérieur de mon côlon, me remontre la bête, qui est bien loin de cet idéal visuel, je lui concède. Je n'assimile pas du tout que cette grosse masse noire suintante se trouve en moi. Que c'est l'ennemi à abattre. Tout ça est tellement irréel! On pourrait me pincer pour que je me réveille que ça ne me surprendrait pas. J'essaie de me concentrer sur ce que le docteur dit. Tom semble faire de même.

Dr B., qui tente d'être réconfortant en optant pour le mode «plan de match», me parle d'opération prochaine, de me revoir le lendemain pour un test appelé TACO, qui n'a rien à voir avec son homonyme mexicain. Il s'agit en fait d'une tête chercheuse qui scannera l'ensemble de mon corps et de mes organes pour voir si le cancer n'a pas élu domicile ailleurs. Un peu moins exotique… Il dit qu'il va me prendre en charge et que ça va bien aller, que nous allons y aller étape par étape. Il nous parle de son curriculum vitæ en chirurgie pour les cancers colorectaux. Puis, il nous laisse seuls, nous disant de prendre tout notre temps pour assimiler la nouvelle.

Je reprends mon souffle d'un coup comme si j'avais oublié de respirer durant les quelques minutes qui viennent de s'écouler. Mon *chum* me serre très fort contre lui. Nous pleurons; nous sommes tous les deux sous le choc… J'ai rarement vu Tom pleurer en cinq ans et ça me brise le cœur de le voir aussi chamboulé.

Puis, Dr B. revient dans le bureau avec une date d'opération, qui aurait lieu deux semaines plus tard: le 2 octobre, trois jours avant mon anniversaire. Je suis officiellement inscrite dans la machine. Je suis rassurée, du moins autant qu'on puisse l'être en pareille circonstance. À la fois rassurée et morte de peur.

Comment faire paniquer son entourage en quatre étapes faciles

1. Leur demander de s'asseoir, que c'est nécessaire pour ce que tu as à leur annoncer.
2. Chercher les bons mots, donc hésiter entre deux moments de silence.
3. Parler du cancer qui te ronge.
4. Dire que tu te fais enlever le côlon au complet dans deux semaines…

* Toujours finir par : « Tout va bien aller. »

Il n'y a pas vraiment de bonne façon d'annoncer une telle nouvelle. Même si tu t'améliores avec l'usage. À force de répéter, tu finis par affûter ton discours. Tu as beau avoir préparé tes lignes de communication, ça crée quand même un froid instantané, un canyon gigantesque entre toi et ton interlocuteur. À ce moment, tu te sens un peu comme un détraqueur, vous savez, l'un de ces gardiens de la prison d'Azkaban, dans les romans de Harry Potter, qui sucent et dérobent l'âme de leurs proies, s'emparant ainsi d'un coup de toute la joie qui t'entoure. Et tout le monde réagit à sa façon.

Il y a ceux qui pleurent et que tu dois toi-même réconforter. Ceux qui réagissent à retardement et qui te rappellent plusieurs heures plus tard. Certains, plutôt rares heureusement, sont trop mal à l'aise et préfèrent la voie du tabou, ne pas en parler ou changer de sujet. Je me permets une ligne éditoriale ici : ça, c'est mauvais. Trouvez mieux. N'importe quoi.

P.-S. – Tu peux pleurer. C'est normal, vu la gravité de la nouvelle, si tu m'aimes un peu. Ne te sens pas mal. On va sécher nos larmes ensemble.

Voici quelques exemples de mauvaises réactions à éviter à tout prix :

- Ne rien dire et sortir de la pièce tellement tu ne te gères pas.
- Sortir quelque chose du genre : « Rien n'arrive pour rien, tu sais… Ton corps essaie peut-être de te dire quelque chose. »
- Sortir le remède miracle de tante unetelle qui l'a tenue éloignée du cancer toute sa vie. Deux cuillères d'huile d'olive chaque matin et du curcuma saupoudré partout en cuisine. Ce n'est juste pas le moment !
- Parler de ton arrière-grand-oncle qui a eu un cancer du côlon et qui en est mort. Réaliser ce que tu viens de dire. Patiner… Vaut peut-être mieux sortir de la pièce, finalement.

Il y a aussi ceux et celles qui, simplement, t'ouvrent leurs bras et te promettent d'être à tes côtés dans cette épreuve, d'agir en héros et de franchir par n'importe quel moyen le trou qui s'est creusé entre l'île de la maladie et le monde ordinaire. Ceux qui ont construit un pont pour que jamais tu ne te sentes seule. Pour que tu oublies que tu es une insulaire. Ceux-là sont des naturels. De vraies forces de la nature. Je ne le savais pas encore à ce moment-là, mais j'ai la chance immense d'être entourée par ce genre de Jedi. Une puissante armée de lumière qui me guide à travers les tempêtes. Des anges gardiens, rien de moins !

Le terme « jedi » revêt une importance particulière à mes yeux. Après plusieurs années à essayer de me convaincre, j'ai finalement accepté en 2012 d'écouter les deux trilogies de *Star Wars* avec Tom ; en ordre chronologique de l'histoire, par-dessus le marché! Il avait raison; ça manquait à ma culture! Pas que je sois particulièrement *geek* de nature, mais j'apprécie énormément les films de superhéros et les sagas historiques fantastiques qui te font voyager. Après ce visionnement, le terme «jedi» est resté gravé dans mon vocabulaire usuel. Au travail, nous nous sommes mis à nous qualifier de Jedi chaque fois que nous faisions un bon coup. Tom et moi avons même appelé notre chat Jedi! Parce que maître Yoda, c'était trop long, et que tout compte fait, Jedi lui allait très bien.

Ma mère a eu le cancer du poumon il y a cinq ans. Elle a dû se faire enlever un tiers de poumon pour survivre. Le cancer a été découvert à temps, heureusement. Avec elle, je cochais toutes les catégories ou presque, sauf celle de ceux qui assurent, même si j'ai bien essayé d'être présente. J'ai éclaté en sanglots devant elle à maintes reprises. J'ai souvent dû quitter la pièce pour me ressaisir. J'ai tant de fois pleuré dans le creux de l'épaule de mon amoureux, le soir, jusqu'à détremper son chandail…

Voir sa mère en situation de vulnérabilité alors qu'elle a toujours été en contrôle devant toi, forte, aimante et présente, était contre nature. C'était trop. Je me sentais mal si je restais trop longtemps à l'hôpital. J'étais paralysée quand j'ai dû l'accompagner à son test de bronchoscopie, un bus magique qui se creuse un chemin à travers la gorge. Elle avait l'air d'avoir si mal et je ne trouvais rien à dire d'utile. Tout ce que je pouvais faire, c'était de lui flatter les jambes. Alors je lui ai flatté les jambes jusqu'à ce qu'elle soit libérée du tube qui lui entravait la gorge et la respiration. Encore une fois, dur coup pour mon rêve d'enfance… J'aurais fait un super boulot dans *Grey's Anatomy* pour ouvrir des portes en ayant l'air débordée…

certainement moins dans la vraie vie. J'aurais pu faire mieux et je m'en veux toujours aujourd'hui. J'aurais aimé réagir comme la personne la plus forte que je connaisse : mon papa.

Simon & Lucie

Mon père était tout le contraire. Le roi de la situation. Il connaissait tout le monde sur l'étage où ma mère était hospitalisée, aidant même les préposées à temps perdu, saluant Mme Germain de la chambre 402 au passage et la famille de M. Durivage. Il avait élu domicile sur place et refusait obstinément de quitter l'hôpital. Un jour, Tom, mon frère Hugo et moi avons voulu l'inviter à souper pour lui changer les idées. Il a aussitôt refusé notre invitation.

— Les enfants, c'est la femme de ma vie qui est couchée dans la chambre à côté et je ne veux pas la laisser seule, ne serait-ce qu'un instant.

Une réponse toute simple dont je me souviendrai toute ma vie, qui témoigne d'un amour à l'épreuve de tout. Les yeux mouillés, nous n'avions rien pu ajouter. Notre argumentaire était tombé à plat. Mon père aurait fait un redoutable politicien, prônant l'authenticité comme carte secrète. Voilà qui est rafraîchissant ! J'aurais pourtant dû m'en douter. Il a toujours été le meilleur pour choisir les cartes de souhaits. Celles qui vous tirent instantanément une larme à l'œil. C'est sa marque de commerce.

Simon et Lucie sont mariés depuis plus de trente ans. Ils se sont rencontrés pour la première fois en 1982 à un événement pour sauver le club de tennis de Port-Cartier, leur ville natale. Lucie adore le tennis. Simon avait été traîné de force par son meilleur ami Jean, fier membre du club, parce qu'il manquait de signataires pour atteindre le quorum de la réunion. Jean s'activait à l'avant pour animer la rencontre, la broue dans le toupet, ce qui faisait rire Simon et ses amis à l'arrière de la salle.

Pour Simon, Jean a toujours été comme un frère, puisque sa famille l'a pratiquement adopté lorsque les choses ont commencé à dégénérer chez lui. C'est chez Jean qu'il trouvait refuge lorsqu'il avait besoin de décompresser et d'être un adolescent normal, sans toute cette pression qu'il s'imposait.

Du jour au lendemain, le père de Simon a décidé de refaire sa vie avec une autre femme, d'abandonner le navire et de laisser femme et enfants derrière sans même un regard vers la rive. Ce départ a plongé sa mère dans une profonde dépression et l'a obligé, en tant qu'aîné masculin, à porter la famille sur ses épaules. À quinze ans, il s'est donc mis à assumer plusieurs petits boulots pour subvenir aux besoins de ses frères et sœurs. Le plus jeune n'était alors qu'un bébé. Pour l'aider à trouver la force, il a eu besoin d'évasion, à l'occasion, mais aussi d'une deuxième figure paternelle et maternelle qu'il a trouvée en M. et Mme Parent.

En 1982, Simon avait vingt-cinq ans et travaillait à temps plein sur les trains comme technicien réparateur. Lucie en avait vingt. Elle étudiait en sciences de la nature au cégep de Sept-Îles et rêvait de devenir optométriste. Elle travaillait extrêmement dur pour obtenir la cote R qu'il fallait, et ce, au détriment de sa vie sociale. Elle n'était encore jamais tombée amoureuse, même si quelques prétendants avaient déjà tenté leur chance. Elle aimait le sport et était plutôt du genre timide.

Simon a tout de suite remarqué cette fille inconnue dans le coin de la salle. Elle avait des cheveux courts blonds comme

Jean Seberg, la célèbre femme de Romain Gary. L'une de ses amies lui a chuchoté quelque chose et elle a esquissé un sourire. Simon était captivé par son regard énigmatique, les taches de rousseur qui tapissaient ses joues à la manière d'une constellation et sa beauté atypique. La réunion s'est terminée, il a signé la feuille contenant tous les signataires en faveur de la sauvegarde du club de tennis et retrouvé ses amis à l'extérieur, les questionnant sur la mystérieuse inconnue, qui avait déjà quitté la salle. Personne n'était capable de le renseigner.

Le samedi suivant, ils se sont tous retrouvés à la discothèque de la ville. Elle était là, elle aussi, assise à discuter avec ses amies. Simon connaissait bien Maryse dans le groupe ; c'était sa chance ! Un rythme endiablé de Pat Benatar a immanquablement attiré la foule sur la piste de danse. Il a alors pris son courage à deux mains, a traversé la piste et a décidé d'aller parler aux filles. Il s'est présenté et a discuté quelques minutes avec elles. Puis, *Too Much Heaven* des Bee Gees a envahi la salle.

— C'est ma toune ! s'est alors exclamée Lucie.

— Ah ben, veux-tu venir danser avec moi ?

— C'est un excellent danseur, Lucie ! Tu devrais y aller, l'a encouragée Maryse.

Elle a donc accepté avec un enthousiasme discret la proposition de Simon. Les chansons ont défilé et ils étaient toujours sur la piste de danse à rire et à danser. Puis, à la fin de la soirée, il lui a tout bonnement demandé son numéro de téléphone et la permission de l'appeler pour un rendez-vous. Elle lui a plutôt révélé son nom de famille pour qu'il cherche un peu dans le bottin. Elle ne voulait pas lui donner la tâche trop facile. Après quatre ou cinq appels, il a fini par tomber sur la bonne maison.

A ainsi commencé une longue histoire d'amour qui se poursuit toujours trente-cinq ans, trois diplômes, deux enfants, cinq ou six déménagements et une multitude de beaux et de moins beaux moments plus tard. Inspirant, n'est-ce pas? J'ai le plus bel exemple d'amour qui soit. Un couple solide qui a toujours fait front commun devant l'adversité et qui a toujours fait passer la famille au premier plan.

Gestion de crise 101

Bref, dans la catégorie de ceux qui ne savent pas se comporter devant la souffrance d'un être cher, je score fort. Et là, je me retrouve dans la position contraire. À vingt-six ans, on a la vie devant soi. On croit que rien ne peut nous atteindre. On se sent invincible. Au Nouvel An, j'ai tant de fois été exaspérée lorsque mes tantes me souhaitaient la santé, déplorant le manque d'originalité de leur tirade, la jugeant banale et si loin de ce que je souhaitais vraiment. Ingrate, je suis! Je ne peux m'empêcher de me dire à ce moment-là que ça doit être le karma qui me rattrape.

Je repense à ce crabe mortel qui a peu à peu fait sa place dans mon corps, envahi mes cellules en les faisant basculer du côté obscur de la force, jusqu'à ce qu'une masse sombre et sanglante prenne possession d'une grande partie de mon gros intestin. Comme la foudre qui frappe de plein fouet la branche d'un arbre pour l'affaiblir, comme un tsunami qui balaie la grève et avale toute trace de vie autour, le cancer est entré dans ma vie. Comme ça, sans prévenir. Qui peut être prêt à ça? Moi, je ne l'étais pas.

En sortant de l'hôpital, je n'ai qu'une idée en tête : éviter le naufrage et ne pas laisser mon équipe en plan. J'étais censée retourner travailler après la coloscopie. C'est donc plus déterminée que jamais que j'oblige mon *chum* à me conduire au bureau pour que je puisse annoncer la nouvelle à mes collègues et leur dire que je vais prendre le reste de la semaine pour avaler la pilule et aller aux examens du lendemain. En bonne gestionnaire de crise, je me fixe un plan et ça me rassure un peu. Ça me crève le cœur de devoir abandonner le navire si près du but. J'aurai deux semaines pour élaborer un plan de sauvetage et séparer les tâches parmi l'équipe.

Je crée une réelle commotion. Personne ne s'attendait à ça. Visiblement ébranlés, mes collègues me disent de prendre le temps qu'il faut et me serrent tous très fort dans leurs bras. De retour dans l'auto, je dois appeler ma mère. Elle m'a déjà envoyé deux messages textes pour savoir comment s'est passé mon examen et je n'ai toujours pas trouvé le courage de lui répondre. Même chose pour mes meilleures amies. Toutes savaient pour la coloscopie et toutes savaient que ça me préoccupait. Je compose le numéro de ma mère au travail. Je tente comme je peux de camoufler le trémolo dans ma voix.

— *Mommy ?*

— Anne-Sophie, enfin ! Je commençais à m'inquiéter, ma fille. Comment ça s'est passé ?

— Pas très bien… Ils ont trouvé d'où provenait le sang. Et ce n'est pas une bonne nouvelle… Es-tu bien assise ?

— Oui…

— Il n'y a pas de bonne façon de présenter ça, *mom*. C'est un cancer du côlon.

Silence radio à l'autre bout du fil. Je m'en tiens aux faits.

— Ils vont m'opérer dans deux semaines. Je vais passer un scan demain pour connaître le stade de la maladie. On se croise les doigts pour qu'ils ne découvrent rien d'autre.

Toujours rien. Je sens l'obligation de la rassurer.

— Ça va bien aller, *mommy*! Une étape à la fois.

J'essaie de me convaincre moi-même, mais on dirait que je suis dans une autre dimension depuis quelques minutes. Je me sens déconnectée de mon propre corps, sur le pilote automatique. Je me sens comme un conférencier en rodage qui tente de focaliser sur ses lignes de communication. Elle pleure doucement au bout du fil. Sa voix se brise.

— Oh ma fille…

Je me mets à pleurer à mon tour. Il y a des situations comme ça dans la vie où les mots sont inutiles, où il n'y a pas grand-chose à ajouter, où même les mots les plus réconfortants sonnent creux.

— *Mom*, je pense que je vais avoir besoin de papa et toi. Beaucoup.

— On sera là à chaque étape, ma chérie. Je t'aime tant.

— Peux-tu t'occuper de l'annoncer à papa? On dirait que j'ai pas le courage.

— Oui, bien sûr. Qu'est-ce que tu fais, là, maintenant?

— Tom va rester avec moi aujourd'hui. On va aller chez Lily parce que ça fait quarante textos qu'elle m'envoie. Je ne veux pas lui annoncer ça par message texte.

— D'accord. Ne reste pas toute seule.

— Je te rappelle plus tard, OK ? Je t'aime.

— Je t'aime aussi, ma fille. Ça va bien aller. Tu es forte et on est là.

En raccrochant, je me tourne vers mon *chum* qui me fixe d'un regard impuissant, que je partage complètement. Qu'est-ce qu'on est censé faire en pareille circonstance ? Se regarder dans le blanc des yeux toute la journée en se concentrant très fort pour repousser le stress de l'examen du lendemain ? Se laisser submerger par l'angoisse ? Pleurer toutes les larmes de son corps ? En même temps, ça servirait à quoi ? Le lendemain n'arriverait pas plus vite. J'aimerais trouver les mots qui allégeraient l'atmosphère, les mots qui feraient en sorte qu'on retrouve notre naïveté et notre insouciance d'avant. Ma poitrine se comprime soudainement d'un amour qui me fait souffrir, me fait suffoquer, un amour gros comme l'univers qui m'écrase les poumons de son trop-plein. Un trop-plein qui fait du bien et qui me remplit de reconnaissance.

Tout ce qui me vient, c'est :

— Merci d'être ici avec moi, mon amour. Je sais pas ce que je ferais sans toi.

Il se remet à pleurer d'un coup.

— Je suis là. Je serai toujours là. On va traverser ça ensemble, tu vas voir !

Il me sourit en essuyant ses larmes et me prend dans ses bras. J'ai un pilier solide devant moi. Après ce long moment à se transmettre de la force, on émerge. Il sera là et je me sens déjà plus forte face à ce qui s'en vient. Je n'en devine pourtant que la pointe de l'iceberg.

Lily

Le jour où le cancer est entré dans nos vies

Ce jour-là, Lily avait entrepris de construire un carré de jardinage en bois de palette pour se changer les idées. Façonner quelque chose de ses mains réussissait à calmer sa tempête intérieure. Son appartement commençait drôlement à ressembler à une grange tellement elle aimait travailler le bois et le transformer en mille et un projets créatifs. Un accroche-manteau, un miroir, une étagère et une bibliothèque faits en bois de palette. Elle en était très fière.

Que je ne lui réponde pas la tracassait. Quelque chose clochait. Mes symptômes, le silence radio… Ce n'était pas mon genre de ne pas donner de nouvelles, en plus ! J'ai fini par débarquer chez elle en après-midi avec Tom. Dès qu'elle a croisé mon regard, elle a su que quelque chose de grave venait de se produire. Elle me connaît trop bien. Lily a ouvert ses bras. Je me suis mise à pleurer. Elle a serré plus fort. Ça lui a fait du bien à elle aussi. Nous pleurions toutes les deux dans les bras l'une de l'autre, nous réconfortant à demi-mot.

Tom a fini par expliquer que c'était un cancer du côlon. Que je serais opérée dans deux semaines pour retirer tout ça.

Lily se sentait complètement désemparée. Nous avons tous pleuré à chaudes larmes jusqu'à ce que Tom nous fasse réaliser à quel point nous avions l'air de Madeleines éplorées. Il a toujours su trouver les bons mots pour détendre l'atmosphère.

Nous nous sommes assis à la table de la cuisine devant un bon thé au jasmin. C'est ce que Lily a trouvé de mieux pour nous réconforter. Ça a fait son effet. Nous devions aller souper avec la *gang* le soir même et avons décidé de conserver ce plan pour nous changer les idées. J'y tenais plus que tout. Nous nous sommes promis de nous rejoindre plus tard et de nous acheter du vin pour profiter de la vie et oublier, l'espace d'une soirée, ce qui allait se passer.

Quand nous sommes repartis, Lily a appelé ses parents; elle avait besoin de soutien, elle aussi. Pourquoi ça m'arrivait à moi? Était-ce lié à l'alimentation, l'environnement, la génétique? Je n'affichais pourtant aucun facteur de risque répertorié. Le cancer ne discrimine pas, dit-on… Elle avait mille questions en tête qui ne trouvaient écho que dans la résonance de ses pensées. Ce qu'on mange avait une incidence, c'est certain. Lily avait des problèmes de digestion depuis quelques années. Elle tolérait très mal certains aliments, mais n'arrivait pas à identifier clairement lesquels. Elle essayait donc différents trucs pour aller mieux. Elle avait récemment dévalisé des magasins de produits naturels à la recherche de la solution miracle : la poudre de camu camu, l'alchémille, les oméga-3 ; elle les avait tous essayés! Elle avait vu un ostéopathe, une naturopathe, des médecins, mais les maux de ventre et les gonflements persistaient malgré le défilé des spécialistes dans sa vie. Est-ce que ça se pouvait qu'elle ait un cancer elle aussi? Mon diagnostic la poussait à réfléchir, à remettre en question ses habitudes de vie. Est-ce qu'elle en faisait assez pour prendre soin d'elle et de sa santé ? Ou, au contraire, était-elle trop consciente de son corps ? Devenait-elle hypocondriaque ? Elle sentit la panique l'envahir et se força à repousser ses questionnements pour se concentrer sur la tâche qu'elle devait accomplir. En effet, elle avait promis d'informer les filles de la nouvelle avant le souper. Elle s'acquitta de sa tâche en pleurant sa vie et en se ramenant aux faits. Parce que ce cancer lui avait fait l'effet d'une bombe et qu'elle avait peur pour moi. C'était franchement irréel !

Anne-Sophie

Mon père a très mal réagi à mon diagnostic. Submergé par la colère, il a déchargé ses émotions dans le tas de terre qui traînait sur son terrain jusqu'à se faire mal au dos. Il a pelleté de la terre pendant une semaine. Et il ne faisait que répéter :

— J'aurais voulu que ça m'arrive à moi. J'aurais tellement voulu t'éviter ça. Ça aurait eu pas mal plus de sens que ça m'arrive à moi.

J'ai cassé sa réflexion assez rapidement.

— Papa, tu sais très bien que ça marche pas de même. Et *by the way*, j'aurais pas voulu que ça t'arrive à toi ni à personne d'autre. La vérité, c'est que c'est mon combat, le premier que j'ai à livrer de toute ma vie. Tu peux pas me protéger cette fois-ci. Va falloir faire face. Et on va affronter ça ensemble. Tout ce que tu peux faire, c'est m'accompagner là-dedans pis arrêter de dire que tu aurais voulu que ça t'arrive à toi.

Le TACO (bouffe mexicaine en sus)

18 septembre. Jour du TACO, cette machine qui révèle les taches indésirables, les organes blessés et tous les secrets de notre intérieur. Je suis pétrifiée dans l'attente des résultats.

On me prépare et j'attends que ce soit mon tour. Je prends de grandes respirations pour retenir les larmes qui menacent de couler à tout moment, laisse dériver mon regard dans la pièce qui m'entoure. Je jette des coups d'œil furtifs dans la salle d'attente de l'autre côté, où se trouve Tom. Il ne me voit pas, mais de le regarder me fait du bien, me calme. J'aimerais qu'il soit à côté de moi à me tenir la main, mais il ne pouvait pas m'accompagner au-delà de la porte rouge. Je me laisse guider par les consignes de la technicienne et le test se déroule sans embûches. En dix minutes, tout est terminé. Lorsque je sors de l'examen, une autre dame attend dans la salle. Nous discutons pendant que l'infirmière retire mon cathéter. Elle a peur, elle aussi. Francine me confie qu'elle attend de savoir si elle a une récidive de cancer du sein. Je la rassure, comme j'aurais aimé l'être il y a quelques minutes. Au final, en jaquette bleue, nous sommes tous les mêmes, aux prises avec nos angoisses. Je lui souhaite bonne chance ; elle me dit qu'elle va prier pour moi.

Je dois par la suite retourner dans la salle d'attente pour rencontrer D\ B. Tom me serre la main. Il trouve même la force de me faire rire. Il est merveilleux, comme toujours. Je suis appelée et nous nous retrouvons dans un bureau de consultation. D\ B. passe la porte, visiblement essoufflé ; il vient de recueillir les résultats du TACO et est tout sourire en m'annonçant que pour le moment, aucun autre organe que le côlon n'est affecté. Il se peut par contre qu'il y ait des ganglions qui le soient, puisque certains paraissent enflés sur la radiographie. Il ne pourra me le confirmer qu'après avoir retiré tout ça à l'opération. Le plan de match est donc maintenu. Opération dans deux semaines ; il n'y a pas de temps à perdre. Il enlèvera l'entièreté de mon gros intestin et fera un tour de passe-passe de magicien pour rabouter le petit intestin au rectum pour que les conséquences à long terme soient moindres. La tumeur de sept centimètres et ses petits (s'il y a lieu) sont condamnés à la guillotine. Je serai aux premières loges pour applaudir leur perte. Dr B., leur bourreau, aussi.

Les avantages d'être aussi agressif ? On s'assure que le cancer ne revienne jamais au même endroit et j'évite les tests du bus magique pour le reste de ma vie. Il paraît qu'on peut très bien vivre sans côlon, que le corps finit par s'habituer et pallie l'absence. Je n'aurai d'autre choix que de mettre ma vie entre les mains de magicien de Dr B., qui se dit confiant de l'issue. Il me dit que l'avancement de la recherche et de la technologie fait en sorte qu'il peut m'opérer par laparoscopie, sans ouvrir le corps au complet pour atteindre sa cible. Il fera quelques petites incisions sur mon ventre. Il retirera un mètre et demi de tuyau par l'une des fentes, un peu plus longues que les autres, tout près du pubis et sous la limite des sous-vêtements. Les autres trous serviront à manier ses outils pour décoller le monstre et le découper en petits morceaux éjectables. Pour me rassurer, il me dit que l'été prochain, je pourrai sans problème porter un maillot de bain et que ça ne paraîtra pas trop. Avec le temps, les cicatrices pâliront. Cette manœuvre de haute voltige durera de quatre à sept heures, où je serai profondément endormie.

J'en profite pour poser toutes les questions qui me hantent depuis hier :

1. Est-ce que je devrai porter un sac, une stomie ?

Réponse du Dr B. : Si tout se passe bien lors de l'opération et que la liaison entre les tuyaux est un succès, tu n'en auras pas besoin.

Je vous épargne ici les détails moins *glamour*, mais tout ce que je peux dire, c'est que parler de rectum et de stomie, ça te ramène sur terre assez vite, merci.

2. Qu'en est-il de la chimio ? Est-ce que je vais perdre mes cheveux ?

Réponse du Dr B. : Nous aurons la confirmation seulement après l'opération, mais normalement, la recette de chimio offerte pour les cancers colorectaux ne fait pas perdre tous les cheveux d'un coup. Ils aminciront progressivement avec l'accumulation des traitements. Mais tu m'as l'air d'en avoir épais, ce qui joue en ta faveur.

3. Quand pourrai-je recommencer à travailler ? J'ai un congrès à la mi-octobre pour lequel je suis le chef d'orchestre. Est-ce que vous pensez que c'est réaliste que j'y sois ?

Réponse du Dr B. : Il faudra déléguer. Tu pourras peut-être y être comme observatrice, mais certainement pas comme leader. Pour le reste, ça va dépendre si tu dois faire de la chimio ou non.

Je n'ai aucune idée dans quel bateau je m'embarque. Vers quelle destination, surtout.

4. Vais-je quand même pouvoir avoir des enfants un jour ?

Réponse du Dr B. : Pour l'opération, ça n'affectera en rien ta fertilité. Pour la chimio, tu pourras reparler avec l'oncologue des risques, mais normalement, tout devrait bien se passer aussi. Dans ton cas, Anne-Sophie, on vise la guérison complète. Et ta meilleure chance pour atteindre cet objectif, c'est d'opérer et de tout enlever.

Me voilà rassurée.

5. Combien de temps durera la convalescence sans chimio ?

Réponse du Dr B. : Environ trois mois au total. Les trois premières semaines seront les pires. Tu te sentiras déjà mieux après.

Je prie fort pour ne pas avoir besoin de chimio. J'ignore à quel point la pensée positive influence le processus de guérison, mais c'est la seule chose sur laquelle j'ai une emprise. En sortant de l'hôpital, ce jour-là, je me jure que le cancer n'aura pas le dessus sur ma vie, qu'il ne chamboulera pas tout, qu'il ne me fera pas mettre ma vie sur pause pendant plusieurs mois. Que je ne me laisserai pas faire ! Je crois qu'on n'est jamais prêt, peu importe l'âge qu'on a, à faire face à la maladie. À la regarder droit dans les yeux, à dompter la bête et à se jurer qu'elle ne viendra jamais à bout de soi. Cette saloperie n'aura pas ma peau. Point.

La gestion des communications

Par la suite, parce que j'étais tannée de raconter la même histoire triste encore et encore et que je me suis dit que ce serait plus simple pour tout le monde si j'exprimais clairement mes besoins, je me suis dotée d'outils pour faciliter la gestion des communications liée à la maladie. Je me suis d'abord créé un groupe Facebook dans lequel je souhaitais donner des nouvelles à mon entourage. Puis, j'ai profité de l'occasion pour transmettre un petit mode d'emploi concret pour la suite des choses.

Voici les règles de base.

Pour que tout le monde soit à l'aise et que ce soit le moins lourd possible.

Tu sais à quel point je supporte mal la lourdeur ☺ et à quel point j'ai le souci des communications efficaces.

Voici comment j'aimerais que tu réagisses quand tu me verras :

1. *Si tu étais content avant de me croiser, continue d'être content. Je ne veux pas devenir un détraqueur qui absorbe la bonne humeur et la joie, comme dans Harry Potter. Quand on se voit, j'aimerais qu'on parle de tout et de rien, comme d'habitude. Parle-moi de toi. Raconte-moi tes trucs. Je veux qu'on rie et qu'on partage de beaux moments. Je reste moi-même et je ne me définis pas par cette épreuve.*

2. *Parle-moi franchement. Je vais répondre à tes questions. Ça va me faire plaisir.*

3. *Sois prudent dans tes propositions de thérapies alternatives ou miraculeuses. Pour l'instant, je me concentre sur les solutions médicales. Je sais que tu es bien intentionné et que tu veux mon bien, mais tu comprendras que ce dossier, c'est comme ouvrir une boîte de Pandore et que tu n'as jamais l'impression d'en faire assez. C'est un peu culpabilisant et je n'ai pas besoin de ça.*

4. *Ne me demande pas constamment comment ça va, si j'ai bien dormi ou bien mangé. Je ne veux pas me sentir malade encore plus.*

5. *Tu peux m'appeler, venir me visiter, m'écrire et m'envoyer toutes les ondes positives de la planète. Ça me fait un bien fou. Tu fais partie de mon armée puissante de courage et j'ai besoin de toi. J'ai cette chance inouïe d'être entourée de gens extraordinaires. Tu en fais partie et je vais avoir besoin de toi. Merci d'être là !* ☺

Je t'aime. ♡

Octobre et sa robe grise

Les deux semaines suivantes ont passé comme un feu roulant. J'ai tenté d'oublier ce qui allait se produire le plus possible en me plongeant dans le travail pour sauver les meubles et distribuer mes tâches d'organisation parmi le reste de l'équipe. J'ai reçu une vague d'amour incroyable de la part de tous mes proches. Je me suis exilée pendant une journée complète avec mon *chum* au spa pour la détente et pour passer du temps de qualité ensemble. Massage, spa et souper aux chandelles. Nous étions fusionnels.

Mes perceptions ont changé depuis mon diagnostic. Je vis chaque moment comme si c'était le dernier. C'est peut-être irrationnel, mais même si mes amis médecins m'ont rassurée par rapport aux risques de la procédure et l'anesthésie, je continue d'entretenir la peur maladive de ne jamais me réveiller. Et comme je ne sais pas dans combien de temps je pourrai refaire chaque activité, je pratique chacune d'entre elles comme si c'était la dernière fois.

On devrait toujours chérir et aborder la vie de cette façon. C'est fou ce qu'un coucher de soleil brille plus qu'à l'ordinaire. Tu ressens chaque étreinte dans tous ces mouvements décortiqués. Chaque baiser te remplit d'un sentiment de bien-être si puissant que tu voudrais que ça dure toujours. La gêne et l'autosabotage n'existent plus. Tu accueilles simplement de tout ton être chaque moment comme il vient, sans te poser de question. Ce n'est pas un peu ça, la définition du bonheur et du lâcher-prise ?

La semaine précédant l'intervention, j'ai dû passer une journée complète à l'hôpital pour la préparation. Ce fut la parade des spécialistes et le festival des tests en tout genre pour cerner mon état de santé global. Lily, mon accompagnatrice du jour, a réussi à transformer ce moment pénible où tu visites chacun des départements de la maison de fous d'Astérix en véritable partie de plaisir, ou presque. Je me demande quelle mouche l'a piquée, mais elle fait des parallèles constants entre chaque étape et le Village Vacances Valcartier. Le guichet d'accueil est devenu la billetterie, l'infirmière attitrée à mon dossier, la G.O qui nous guide vers les attractions. Nous avons besoin de rire et elle a réussi son coup bon nombre de fois.

1er octobre

Ce qui nous mène à la veille du jour J. J'ai une procédure de jeûne à respecter et une éponge désinfectante à appliquer sur tout mon corps. Je m'assure une fois de plus que ma valise est prête pour les prochains jours. Je fais le tour du guide d'explications et coche chaque élément sur la liste. Je pense que je suis prête. Mais prête à quoi ? Je n'ai aucune idée de ce qui s'en vient. Je sais seulement que je vais m'inscrire demain à l'hôpital, que je vais me coucher sur une table dans une salle froide, nue comme un ver, et que je vais m'endormir pendant plusieurs heures. Je m'en veux de faire subir autant d'inquiétudes aux gens que j'aime. C'est Tom qui sera responsable des communications pour donner des nouvelles aux amis ; ma mère s'occupera de la famille. Tout le monde m'appelle pour me souhaiter bonne chance et me dire qu'ils vont penser à moi. Bonne chance pour quoi, au fait ? Je n'ai aucun contrôle sur la situation. Je dois simplement faire confiance à ceux qui auront ma vie entre leurs mains.

Tom m'a fait un délicieux souper, que nous avons dégusté un peu à la manière du dernier repas d'un condamné. Sans appétit et le *spleen* dans l'âme. Nous avons fait l'amour comme s'il n'y avait pas de lendemain. Nous avons ensuite essayé de dormir un peu, mais ni lui ni moi n'avions sommeil. Nous sommes restés en cuillère, sans nous lâcher une seule seconde. Il a peur lui aussi, je le sens, mais il fait mine d'être aussi solide que le roc pour me rassurer.

À trois heures du matin, je me réveille en sursaut. Je peine à respirer entre deux sanglots. J'hyperventile. À vrai dire, je panique complètement. C'est la deuxième fois seulement que ça m'arrive. La première fois, c'était sur une motoneige en pleine tempête de neige dans un champ d'un blanc immaculé à perte de vue. J'étais derrière mon père et je recevais toute la neige sur moi. Je ne voyais que du blanc partout. Nous roulions à vive allure et il y avait des bosses ; je me tenais si fort pour ne pas tomber. J'étais pétrifiée et certaine de ma mort prochaine, incapable de taper sur l'épaule de mon père pour lui indiquer de ralentir.

Cette fois-ci, je parviens à réveiller Tom pour qu'il constate mon état et m'aide à me calmer. Il me dit de suivre sa respiration, de me coucher sur le dos et de me concentrer sur le son de sa voix. Tom a plus d'un tour dans son sac quand vient le temps de rassurer des gens anxieux qui paniquent. Cette nuit-là, il les déploie tous pour moi. Il commence en me disant de m'imaginer dans un endroit où je me sens bien, où je me sens en sécurité. Je fais tout ce qu'il dit et ma respiration redevient moins saccadée.

Je ne sais pas pourquoi, mais le premier endroit qui me vient est cette terrasse où nous avions goûté du merveilleux vin dans un petit village de la Toscane, en Italie, quelques mois auparavant. Il m'invite à me déplacer vers une gare. Dans un esprit de continuité, je visualise la gare de Pompéi où nous avions attendu le train les pieds ballants, au bord du quai. Notre train était en retard et nous avions eu une discussion philosophique ce jour-là après un magnifique après-midi à parcourir les ruines reconstituées de cette mythique citée ensevelie par le Vésuve. Nous étions dithyrambiques, béats devant tant de mystère et de beauté, et si heureux. J'ai des bagages à côté de moi. Ils représentent tous mes soucis. Il me propose alors d'imaginer le train qui arrive, de déposer mes bagages à l'intérieur lorsque les portes s'ouvrent et de regarder le train s'éloigner avec mon fardeau, les deux pieds à la gare, dans cet endroit où je me sens bien. Au lieu de les déposer, je lance mes sacs devant le train en marche. Ils explosent sous mes yeux. L'exercice a l'effet escompté ; je me suis calmée.

Je lui confie que je n'ai jamais eu aussi peur de ma vie. C'est la première fois que je me fais opérer et j'ignore complètement dans quel état je vais me réveiller, un tuyau d'un mètre et demi en moins et, surtout, *cancer free*. Tom me recommande de me concentrer sur l'extermination de cette charmante tumeur que nous avons gentiment surnommée Raspoutia. Parce que ça sonne comme un vilain de film de superhéros. Après cet épisode, j'ai de la difficulté à retrouver le sommeil. Tom aussi. Je tente de rationaliser mes émotions dans le creux si réconfortant de son épaule.

Avant de laisser le silence de la nuit envelopper notre chambre à coucher, il me dit qu'il aurait aimé que ce soit lui, qu'il aurait voulu prendre ma place demain. Encore la même tirade! Décidément, tous les hommes de ma vie semblent penser que je suis une petite chose à protéger. C'est bien gentil, mais non! C'est la première fois que la vie me réserve une telle épreuve et c'est à moi de passer au travers. Un point c'est tout. Je dois me montrer forte. Pour eux. Pour leur montrer à tous, et à moi aussi, tout ce que j'ai dans le ventre.

Jour J – 2 octobre

C'est en groupe que nous franchissons les portes de l'hôpital ce matin-là. Je sais que tout mon monde pense à moi, prie pour que ça se déroule bien. Je ne me sens pas seule. À l'accueil du département de la chirurgie, on m'offre gentiment une jaquette bleue, un peignoir jaune serin, un petit bonnet et des pantoufles en papier assorties. On m'invite à enfiler de magnifiques bas aux genoux trop grands qui tombent sur mes chevilles. Le jaune n'est assurément pas ma couleur. J'ai l'air d'un cadavre. Je remets mes effets personnels dans un sac-poubelle à ma famille.

Je m'inscris alors dans la mécanique préopératoire; on vérifie que j'ai bien fait tout ce qu'il faut. Le jeûne et les éponges antiseptiques. On mesure mes signes vitaux. Allez hop, deux aspirines en prévention ! J'attends qu'on me dise de me rendre au bloc opératoire. J'obéis au doigt et à l'œil tel un bon petit soldat en habit du dimanche. Je suis la première à l'horaire du matin, donc la première à être appelée. On me dit que c'est ici que je quitte mes proches, qu'ils auront des nouvelles du médecin dans la salle des accompagnateurs, une fois l'opération terminée. Les adieux sont déchirants. Encore cette sensation que c'est la dernière fois que je les vois ! Pourquoi faut-il toujours que je sois aussi émotive et théâtrale ? Je pourrais leur faciliter la vie en étant plus courageuse, mais non, il faut toujours que je ressente tout jusqu'au bout des ongles et que je l'exprime. C'est lourd. J'aurais voulu faire mieux. J'aurais voulu éviter de leur infliger cette attente interminable. Ils me promettent de s'occuper l'esprit d'ici nos retrouvailles.

Je serre mes parents dans mes bras. Les larmes coulent allègrement sur mes joues. Je leur dis que je les aime, je leur dis merci pour tout. Vient le tour de Thomas. Je n'ai tout simplement pas de mots. Il me prend le visage dans ses mains et me dit que ça va bien aller, qu'on se verra après, qu'il m'aime. Je me sens comme dans le film *Titanic*, quand Rose doit lâcher, impuissante, la main de Jack, qui sombre dans les profondeurs de l'océan. Mon attitude est d'une lourdeur incommensurable… Je ne me gère plus du tout. Iiihhh boboye.

Je me répète ma résolution d'hier soir. Sois forte, Anne-So, sois forte ! Je parviens à m'extraire de l'étreinte de Tom et à me diriger avec mon dossier dans les mains, ma jaquette et mes pantoufles en papier au bloc opératoire, situé au troisième étage. J'ai l'air ridicule, comme ça, dans l'ascenseur, affublée de mes plus beaux atours, les yeux rougis par les larmes qui ne cessent de couler. Dans la salle d'attente du bloc, je me présente et je m'assois à côté d'un gars de mon âge, jumeau cosmique de la robe de chambre jaune, qui a déjà son bonnet bien en place. Je suis incapable de lui dire un seul mot.

Lorsqu'on l'appelle pour son opération du genou, l'infirmière au comptoir d'accueil vient s'asseoir à côté de moi. Elle se présente tout doucement. Elle s'appelle Marie-Angélique et est infirmière depuis dix ans au bloc opératoire. Elle est d'origine haïtienne et très croyante. Son apparition presque divine m'apaise instantanément. J'avais besoin d'elle exactement à ce moment précis. Elle me dit que ça va bien aller, que Dieu est là pour moi et qu'Il me portera dans son cœur tout au long de l'opération. De penser à Lui avant de m'endormir. Je n'ai jamais eu autant envie de faire une prière qu'à cet instant précis. Marie-Angélique me couvre les épaules d'une couverture bien chaude pour me réconforter en attendant mon tour et elle retourne à son poste en me disant qu'elle n'est pas bien loin si j'ai besoin d'elle.

Par la suite, les membres de l'équipe chirurgicale défilent un à un devant moi. Il y a d'abord l'infirmière, puis l'anesthésiste et, enfin, Dr B., tout sourire.

— Bon matin, Anne-Sophie ! Je voulais te dire que mes enfants m'ont laissé dormir hier et que je me sens *top shape*. Ça va bien aller. Je vais tout enlever ce que je vois. On va faire le grand ménage du printemps dans ton ventre et on va faire ça ensemble.

Même si je ne sais pas trop à quel niveau se situe ma contribution dans cette histoire, étant donné que je serai inconsciente pour les prochaines heures, il arrive à me faire sourire. Je me dis à ce moment-là que je n'aurais confié ma vie à personne d'autre que lui.

— Tu es prête ?

Depuis qu'il m'a annoncé qu'une tumeur visqueuse avait pris possession de mon corps, c'est difficile à verbaliser, mais j'ai cette étrange sensation constante d'être habitée par un indésirable qui grandit de jour en jour. Une espèce d'extra-terrestre intrusif qui fait son nid. Je me sens souillée, comme si une partie de moi ne m'appartenait plus. Quand on s'y attarde, le cancer tire son origine d'un amas de cellules déréglées qui s'affolent et qui s'agglutinent pour se multiplier à un rythme anormal. J'ai peut-être trop d'imagination, mais je visualise bien une armée de Gremlins rouges sans âme qui se cognent les uns aux autres jusqu'à envahir tout l'espace. Dans mon for intérieur, je crie : « Qu'on leur coupe la tête et qu'on en finisse ! » Alors la réponse à sa question est très simple : « Absolument ! *Let's go !* »

Marie-Angélique revient quelques minutes plus tard et m'invite à me coucher sur une civière qui, joliment envelop-pée de couvertures, symbolise ma vulnérabilité prochaine. Même si je me dis que je peux très bien marcher, vient un moment où il faut lâcher prise. Je m'installe et me fais pousser jusqu'à la glaciale salle d'opération. Les infirmières se présentent toutes à tour de rôle, histoire de me mettre à l'aise, posent sur moi les ventouses pour mesurer mes signes vitaux ainsi qu'un cathéter pour que l'anesthésiste puisse faire son travail. Je suis branchée de toutes parts. Je ne contrôle plus rien. Je l'accepte et alors que le sédatif qu'on m'injecte fait son effet, ma dernière pensée se tourne vers la prière et Marie-Angélique. J'implore le Seigneur et la vie de prendre soin de moi. Je lui promets d'être une meilleure version de moi-même si je m'en tire indemne.

Sept heures plus tard, quand j'ouvre les yeux, je vois un plafond parsemé de néons agressifs. J'essaie de me relever d'un coup, mais quelqu'un intervient tout de suite pour me recoucher. Où suis-je ? Je ne comprends pas ce qui se passe. J'ai l'impression qu'un dix roues a roulé sur mon corps. Je vois un visage doux avec des sourcils noirs comme l'ébène se pencher sur moi. La femme m'explique que je suis en salle de réveil et que Dr B. viendra me voir dans quelques minutes. Je suis dans un état second. Quelqu'un se lamente plus loin, mais ça me semble tellement lointain.

— À combien se situe votre douleur, sur une échelle de 1 à 10 ?

Soudainement, je prends conscience de mon corps et la douleur m'envahit. J'arrive à baragouiner un 8.5 alors que je n'ai jamais eu aussi mal de ma vie. Elle déplace un bloc de glace posé sur moi et m'injecte une nouvelle dose de morphine. Je replonge entre deux mondes.

Je ne sais pas combien de temps passe, mais, cette fois, c'est le visage de Dr B. que j'aperçois dès que je me réveille. Il me dit que tout s'est bien passé, que l'opération est un succès ! Puis, je replonge dans l'inconscience.

Quand j'ouvre les yeux, j'ai quitté la salle aux néons blancs. Je suis dans un corridor. Je vois Tom et mon visage s'éclaire. Il me flatte les cheveux. Je suis bien. Je me rendors.

Quand je reviens à moi, je suis installée dans un lit tout blanc. Mes parents et Tom sont là, assis à mes côtés. Entre deux périodes de sommeil, aussitôt que je les vois, je ne fais que leur répéter la même chose, encore et encore :

— Ahhh… je vous aime !

Et je me rendors une fois de plus. Chaque fois, c'est la douleur qui me tire de ma torpeur. Les premières heures, je règle le problème en pesant simultanément sur le bouton de morphine posé dans ma main. Jusqu'au moment où un charmant infirmier d'environ mon âge vient me voir près de trois heures après mon arrivée dans ma chambre pour me dire que je dois me lever. C'est une excellente blague! J'ai toujours l'impression qu'un géant est stationné sur mon corps meurtri. Impossible que le bloc diffus qui me sert de thorax puisse coopérer!

— Je vais t'aider et on va y aller tranquillement.

Quand je constate qu'il ne blague pas et qu'il reste planté devant moi avec son air sérieux, je ne veux pas le décevoir. Je me donne alors un élan avec tout mon corps pour me lever, comme à l'habitude, et une crampe douloureuse me saisit par son intensité. C'est le début d'une longue convalescence.

Mon hospitalisation a duré trois jours. Je me rappelle très peu la première journée, puisque j'étais dans les vapes la plupart du temps. Le lendemain de l'opération a été la pire journée. J'ai fait une intolérance à la morphine qui s'est soldée par la régurgitation de toute nourriture ou boisson, une douleur intense chaque fois que je vomissais mes tripes et une déshydratation par-dessus le marché. Cette journée-là, on m'a aussi retiré ma sonde urinaire. Toutefois, mon corps était si traumatisé de cette récente agression qu'il ne voulait plus coopérer. Il a pris congé de moi! À deux reprises, l'infirmier *cute* a donc dû venir vider ma vessie «manuellement» en insérant une tige dans mon urètre. Le 3 octobre a marqué une cassure définitive en moi. C'est le jour où ma pudeur a pris la poudre d'escampette en criant: «C'en est trop!»

Je partageais ma chambre avec Jessica, une jeune femme de mon âge. Elle souffrait d'une forme avancée du diabète de type 1. Elle s'est confiée à moi dans nos moments de tranquillité, à l'abri de la procession des professionnels de la santé dans notre chambre. Quand elle était adolescente, Jessica n'avait pas fait attention à sa santé ; elle voulait vivre comme tous les jeunes de son âge en faisant abstraction de sa condition. Elle en payait maintenant le prix puisque sa maladie avait progressé, si bien qu'elle avait perdu presque totalement l'usage de la vue, que ses reins peinaient à fonctionner correctement et qu'elle était incapable de se nourrir toute seule. Elle devait être gavée avec des tuyaux. Jessica était en attente pour se faire greffer un nouveau rein pour améliorer sa qualité de vie. Elle avait mon âge, mais paraissait beaucoup plus jeune tellement elle était maigre.

Sa mère était constamment auprès d'elle et en prenait soin. La plus grande partie de leur journée consistait à former la maman au gavage pour qu'elle puisse rapporter la machine qui maintenait Jessica en vie, et par le fait même ramener Jessica à la maison. C'est ce qui conservait leur moral à flot : la perspective du retour à la maison. C'était l'apanage de pas mal tous les patients hospitalisés, d'ailleurs…

Je ressentais beaucoup de compassion pour sa situation. Je trouvais que son fardeau était lourd à porter et que le prix à payer pour un déséquilibre à l'adolescence était horrible à assumer. Il était trop tard pour changer quoi que ce soit et elle le paierait toute sa vie. Elle n'avait pas nécessairement droit à une deuxième chance, puisque les dommages étaient permanents. La vie était bien cruelle, parfois. Ma condition me paraissait soudain plus rose. Moi, je savais que je repartirais d'ici sur mes pieds, que ce calvaire finirait un jour. Je me suis donc efforcée, pour le reste de mon séjour aux côtés de Jessica, de faire preuve d'un positivisme sans faille et d'encourager autant la mère que la fille à persévérer. Il y aurait du soleil pour elles aussi au bout du tunnel. Comme le disait ce cher Leonard Cohen : « *There is a crack in everything ; that's how the light gets in* ».

Les marques rouges

On m'a donné mon congé de l'hôpital le jour de mes vingt-sept ans. Le 5 octobre. Les anniversaires ont toujours revêtu une importance toute spéciale à mes yeux, puisqu'il s'agit d'une magnifique occasion d'être entourée de tous ceux que j'aime en même temps et parce que j'ai toujours aimé rassembler les gens. Dès mon plus jeune âge, je suppliais mes parents d'inviter le plus d'amis possible pour remplir le sous-sol et festoyer en grand. Cette année, ce serait un peu différent, mais au moins, nous avions chassé l'intrus qui sommeillait en moi. Déjà ça de pris !

Le chemin a été laborieux pour revenir à la maison, chaque nid-de-poule sur la route me rappelant sauvagement ma douleur au ventre, et ce, même si Thomas conduisait le plus tranquillement possible. À mon arrivée, j'ai eu la merveilleuse surprise de trouver ma famille et plusieurs de mes amis qui m'attendaient avec des fleurs, des ballons et un gâteau. C'est Thomas qui avait orchestré tout cela et j'aurais aimé être plus en forme pour eux. Malheureusement, je me sentais encore droguée par la médication contre la douleur et je ne pensais qu'à me reposer. Je n'ai pas pu déguster mon gâteau cette journée-là. J'ai plutôt passé une bonne heure à vider mes tripes en pleurant pendant que Florence me tenait les cheveux en me flattant le dos. Puis, je suis allée me coucher pour reprendre des forces. Gros *party*!

Dans les semaines qui ont suivi mon retour, mon *chum* a été parfait sur tous les points, même si moi, j'avais de la difficulté à le laisser me voir comme ça, aussi amochée. J'avais besoin de soutien pour me lever, de soutien pour me laver. Il y a des choses simples de la vie, comme celles-là, qu'on tient trop pour acquises alors quand on perd le contrôle de nous-mêmes, les perceptions prennent une tout autre tournure. Tu dois alors te concentrer sur chaque petite victoire. Comme la première fois après l'opération où tu réussis à prendre ta douche toute seule armée d'une chaise de maintien que ton *chum* est allé louer pour toi.

Un bon samedi matin, quelques jours après être revenue à la maison, j'ai pris deux minutes en sortant de la douche pour observer mon corps charcuté dans la glace embuée. Il est parsemé de marques rouges qui ne sont pas parties à l'eau. Je ressemble à la planche à dessin d'un enfant de deux ans ou à une œuvre d'art abstrait. Mon ventre est un champ de bataille sanglant. Barbouillé d'iode dont le chirurgien t'asperge pour éviter les infections avant d'insérer son scalpel bien effilé. Le hic, c'est que ça colle et que c'est difficile à faire partir. Comme les étampes pour entrer dans les bars; il faut frotter fort. Seulement, ces marques-ci ont une tout autre signification pour moi. Je suis marquée au fer rouge, symbole du mal qui me ronge, symbole d'une opération agressive qui m'aura laissée amoindrie avec quelques organes en moins. *Cancer free* aussi, il faut quand même le spécifier!

C'est superficiel, je sais, mais je me sens souillée et tellement laide. Mon ventre est enflé et tout rouge. Les larmes se mettent à couler doucement sur mes joues. Tom m'aperçoit dans l'entrebâillement de la porte. Sans rien dire, il va chercher une débarbouillette mouillée, me prend par la main, m'amène sur le divan et m'incite à me coucher sur lui, la tête sur ses cuisses. Il me dit en me regardant droit dans les yeux à quel point il me trouve belle. Puis, il entreprend délicatement de frotter chacune des marques pour les faire disparaître. Ça fait mal, mais j'admire tant sa détermination que je le laisse poursuivre, attendrie. Une grande vague d'amour m'envahit. De la catégorie de celles qui te coupent le souffle tellement ce que tu ressens est puissant.

— Tom, le sais-tu à quel point je t'aime ?

— Oui, mon cœur, dit-il en souriant. On va les faire disparaître, ces marques-là, et tu verras enfin que les cicatrices ne sont pas si pires que ça.

— Tom, c'est lourd, ce qu'on vit. Si tu savais à quel point je m'en veux. On n'est pas censés vivre ça à notre âge. C'est contre nature. Je me sens comme une vieille femme de quatre-vingt-dix ans courbaturée et diminuée. Et ce n'est que le début. Si tu trouves ça trop difficile, si tu as envie d'autre chose… si tu veux partir, je ne t'en voudrai pas. Je veux que tu saches que je comprendrais.

Il me regarde, les larmes aux yeux, pendant un moment qui semble durer une éternité. Il cherche les bons mots.

— Anne-So, je suis là et je n'ai aucune envie d'être ailleurs. Si tu savais comment j'aimerais prendre ta place et t'éviter tout ça. Je me sens tellement impuissant. Je voudrais tant te protéger, mais je ne peux pas. La moindre des choses que je puisse faire, c'est d'être là et de te tenir la main à chacune des étapes. Toutes les étapes à venir aussi. Pensais-tu vraiment que j'allais te laisser affronter ça toute seule ? Que j'allais dire ouin… c'est vrai, j'ai pas mal plus envie d'aller faire le *party* avec mes *chums* que de te flatter les cheveux ? Ça aurait fait de moi le dernier des imbéciles. Tu ne te débarrasseras pas de moi aussi facilement, mademoiselle.

Je tenais à lui offrir une porte de sortie. Parce que je l'aime et parce que je veux lui éviter de souffrir, moi aussi. Parce que je sais que ça en fait beaucoup sur ses épaules en ce moment avec la fin de session, les échéanciers serrés pour sa thèse, la gestion des communications liées à ma maladie… Parce que je sais qu'il n'a qu'une seule idée en tête, celle d'être avec moi, et que toutes les autres sphères de sa vie prennent l'eau, malgré toute la compréhension dont tout le monde fait preuve. Je ne veux pas ça pour lui. Je veux le voir rire avec ses amis, des étoiles dans les yeux. Je veux qu'ils prennent de ses nouvelles à lui et qu'ils arrêtent de lui demander seulement comment moi je vais. Je veux qu'il garde sa belle légèreté et sa joie de vivre légendaire. Parce que je sais qu'il se met tant de pression sur les épaules, qu'il est fatigué et à fleur de peau. Il ne le démontrera pas devant moi parce qu'il veut si fort demeurer mon port d'attache à l'épreuve de tout, mais je sens que ses fondations commencent à se fissurer. Il a quitté précipitamment ma chambre et fondu en larmes dans le corridor lors de la visite du médecin, la journée suivant l'opération, lorsqu'il nous a confirmé qu'il y avait de bonnes chances que je doive faire de la chimiothérapie, d'après ce qu'il avait retiré à l'opération. C'est Florence qui l'a réconforté et qui me l'a confié. Moi, j'étais encore trop *stone* pour m'en rendre compte. Présentement, je me sens comme une source de souffrance pour tous ceux qui m'entourent. Je les inquiète bien malgré moi et je leur fais tant de peine. Le pire, c'est que je n'y peux rien.

— J'espérais que tu dirais ça. Je veux juste que tu saches que je sais que c'est loin d'être évident pour toi de me voir comme ça. Je suis là pour toi, moi aussi, OK ? Je veux que tu me parles de ce qui te tracasse. Si ce n'est pas à moi, je veux que tu me promettes de te confier à quelqu'un quand tu as besoin d'une épaule sur laquelle pleurer. Parce qu'il y a de bonnes chances que ça arrive encore…

Ma voix se brise en sanglots, mais je tiens à continuer.

— Même si je suis loin de me sentir *glam* en ce moment, même si je me fâche souvent en raison de cette perte de contrôle sur mon corps, même si tu as l'impression que je ne suis plus tout à fait la même, je veux que tu saches que tu me mets en confiance et que je me sens si près de toi. Notre couple sera solide comme du roc après avoir traversé cette épreuve. À l'épreuve de tout, en fait.

Nous passons l'heure suivante allongés, comme ça, sur le divan. Quand ça fait trop mal, Tom arrête de frotter les marques et me flatte les cheveux. Il est doux, patient. Il poursuit sa mission en essayant de me faire penser à autre chose en me racontant, avec toute sa flamboyance, des histoires de gens que nous connaissons. C'est un sacré conteur, mon *chum* !

À la fin, il ne reste presque plus de marques et je vois enfin l'ampleur des dégâts. Tom avait raison ; c'est vraiment mieux que ça en avait l'air et mon ventre commence à ressembler à quelque chose, quelques petites marques de pirate en plus.

Le furoncle

Quand on m'a appris que j'avais le cancer, je n'avais aucune idée de l'ampleur de l'aventure qui m'attendait. Vraiment, pas la moindre. Après l'opération, l'infirmier et ma vessie, la chaise de soutien pour la douche, l'épisode où ma mère et Florence m'ont aidée à me laver, il y a aussi eu la fois où mon copain s'est transformé en *cheerleader* quand j'arpentais les corridors de l'hôpital pour me délier les jambes et que je fournissais l'effort d'une marathonienne, une patère, une sonde et une épidurale dans la moelle en suppléments.

Durant ces moments de ma vie, j'ai pensé très fort à tous les patients en CHSLD. Parce que moi, je savais que c'était temporaire. Ce n'est pas tout le monde qui peut en dire autant, malheureusement. Quand la pudeur prend congé parce que tu dois combler tes besoins de base, la fierté en prend un coup, elle aussi, l'autonomie et la dignité étant intimement liées.

On m'aurait préparée à ces éventualités avant de franchir les portes de la salle d'opération que je serais partie en courant bien loin, sans préavis. Quand tu le vis, par contre, c'est une autre *game*. Tu avances, un pied devant l'autre, avec ton bâton de pèlerin, sans regarder en arrière. Et c'est fou ce que tu réussis à surmonter quand tu n'as pas d'autre choix, une étape à la fois.

Trois semaines après l'opération, j'étais prête pour le prochain chapitre : la préparation à la chimiothérapie. Une autre procédure chirurgicale était nécessaire pour m'installer un morceau de robot dans la clavicule, une espèce de plateforme sous-cutanée à trous dans laquelle les infirmières pourraient piquer allègrement pour m'injecter la recette chimique devant me guérir. Une espèce de bouton d'urgence surexposé ressemblant drôlement à un gros furoncle ovale. L'idée, c'est de donner un *break* aux veines qui ne sont habituellement pas très coopératives en contexte de chimiothérapie.

Le jour de l'installation, j'attends patiemment avec Tom. C'est le retour de mon *look* d'enfer : jaquette bleue, robe de chambre en tissu jaune serin et pantoufles en papier. On joue à des jeux sur son téléphone, histoire de tuer le temps. Plusieurs heures plus tard, enfin, on m'appelle. Il y a eu des urgences et j'étais la dernière de la journée. Dr B. n'avait plus le temps de faire venir l'anesthésiste pour me donner des sédatifs, mais souhaitait quand même procéder. Il m'a assuré que j'allais être capable de garder mon calme pour cette courte procédure, alors je l'ai cru. Je suis consciente que les choses pressent et je n'ai pas envie de revenir ici perdre une autre journée.

Il m'envoie deux infirmières à mon chevet pour me changer les idées et me faire la conversation pendant qu'il amorce le processus. On pose un rideau sur ma tête. Je me trouve sous une tente avec deux têtes chercheuses, curieuses d'analyser mes installations. Dr B. me pique sur la zone à opérer pour geler. Je n'avais jamais pensé au fait qu'il y avait aussi peu de gras sur une clavicule avant ce moment précis. Il pique encore avec sa grosse aiguille et mon cœur s'emballe. Je le vois sur le moniteur cardiaque entre les deux infirmières qui me parlent de leur fin de semaine, de mon travail et d'autres banalités. Je suis gentille, alors je réponds, mais mon cœur continue de pomper. Je me fixe une mission : faire baisser mon rythme cardiaque. Je me concentre là-dessus très fort pendant que Dr B. fait ce qu'il a à faire avec son attirail de robot. Quelques minutes plus tard, ma peau est refermée et le furoncle, posé.

Coup de grâce de Raspoutia

27 octobre : premier traitement de chimio.

Je reprends encore des forces, mais je me sens quand même mieux que le jour où j'avais l'impression qu'un dix roues m'avait « écrapouti » le corps. Quoi qu'il en soit, on juge que je suis prête à recevoir ma première dose de potion magique. Douze doses me sont recommandées. Une fois toutes les deux semaines pour un total de six mois. La *full* dose, par-dessus le marché, parce que je suis jeune et en forme.

On m'a donné le choix de faire ma chimio au même hôpital où je me suis fait opérer, dont le département d'oncologie est plus intime, ou bien au centre intégré d'oncologie à l'Hôtel-Dieu de Québec. Le choix est facile : j'ai envie qu'on se rappelle mon nom durant ce moment de vulnérabilité.

Tom et ma mère m'accompagnent pour ce premier traitement et me jurent que je ne viendrai jamais ici seule. Étonnamment, il y en a plusieurs autour de moi qui m'ont l'air en solo. Je me sens vulnérable et j'ai peur de l'inconnu. C'est le fait de casser la glace, j'imagine. Et puis, dès que je mets les pieds dans le département, on me prend en charge. C'est le retour de la procession des professionnels de la santé, qui ont tous un rôle à jouer. On m'initie au système, à la fourmilière. Attache ta tuque parce que les ramifications du manège peuvent en étourdir plus d'un.

Mon équipe de soins se compose :

- d'un quatuor d'oncologues, qui alternent d'une semaine à l'autre. Ligne éditoriale ici : j'aurais préféré en avoir un seul, le même, qui connaît mon dossier par cœur, mais bon, on m'indique que ça ne fonctionne pas comme ça ;
- des infirmières Sylvie et Hélène, qui sont chargées de me piquer, de m'installer confortablement, de surveiller mes signes vitaux et de veiller à mes moindres besoins (au petit département d'oncologie, elles sont deux plus une infirmière volante qui change d'une fois à l'autre ; ça me rassure de savoir que ce seront toujours les deux même qui seront là) ;
- d'une pharmacienne, dont le rôle est de m'expliquer et de gérer les multiples effets secondaires (la potion magique venant avec son lot de médicaments pour atténuer les effets) ;
- de la bénévole au café et aux biscuits de mamie, qui nous sert toujours avec un beau sourire (un véritable baume sur le cœur) ;
- de mon infirmière pivot, bien sûr, une soie dévouée à 110 % à ses patients et disponible pour répondre à mes questions et angoisses, pour m'aider à me démêler dans les ramifications du système aussi ;
- de Dr B., qui n'est jamais bien loin.

La fourmilière s'active et dévoile son spectacle pour m'expliquer le programme des six prochains mois. Attache ta ceinture, on décolle !

1. Quelques jours avant le traitement, je dois me rendre à l'hôpital pour une prise de sang afin de valider si mon niveau de globules blancs est suffisant pour recevoir la potion magique et vérifier si mes autres organes se portent bien.

2. Si je passe le test, je revois tout ce beau monde le lundi suivant pour un avant-midi intensif d'injection, sur chaise.

3. À la suite du traitement, on me remet en cadeau un sac banane bleu dans lequel on insère une petite bouteille qui distribue, jusqu'à la dernière goutte, le précieux liquide dans mon corps pour un autre quarante-six heures. Je me promène avec, je dors avec ; la bouteille est attachée à mon morceau de robot et moi en permanence. Il y a même une procédure à respecter si le tube qui nous relie se rompt ou fuit, protocole des plus sérieux qui implique son lot d'instruments : un tapis de protection, des gants, une pince pour contenir les ravages ; on me dit même de jeter, voire de brûler mes vêtements, s'ils entrent en contact avec le liquide. Il ne faudrait pas oublier que c'est conçu pour l'intérieur et non l'extérieur du corps…

4. Quarante-six heures plus tard, on me retire le sac banane au CLSC près de chez moi. Je peux alors prendre ma douche et récupérer du traitement durant les jours qui suivent.

5. Répéter ce manège toutes les deux semaines pendant six mois.

Je baptise affectueusement mon sac banane Louis Vuitton, pour lui donner une personnalité à détester. Parce qu'il s'agit d'un accessoire de mode tape-à-l'œil dont la « marque » me relie trop au cancer. Inutile de vous dire que je n'ai pas beaucoup dormi lors de ma première nuit avec mon sac *high fashion*, un peu comme en début de relation, quand tu t'habitues aux mouvements de l'autre. Ce sont mes propres mouvements que je crains, avec Louis Vuitton. J'ai peur de l'écraser et de devoir appeler d'urgence pour gérer le déversement toxique parce que j'ai oublié comment utiliser les pinces ou comment disposer des déchets. C'est d'une lourdeur…

Chimio « préventive »

Lors de mon premier traitement, alors que les gentilles infirmières ont fini de m'installer, l'oncologue revient me voir. Il avait oublié de m'avertir qu'il y avait des chances que la chimio me rende un peu plus infertile que la moyenne. Pour pallier ce problème, trois options s'offrent à moi :

1. Me plonger dans une ménopause précoce pour la durée des traitements, ressentir tous les symptômes hormonaux qui viennent avec et retarder le premier traitement.
2. Prélever des ovules et les congeler en attendant d'être prête. Retarder inévitablement le premier traitement.
3. Faire confiance à l'avenir et commencer maintenant le premier traitement.

Je suis déjà branchée aux tubulures et ils attendent ma réponse pour peser sur le bouton *Start*. Je regarde Tom et ma mère à tour de rôle, paniquée. Ils m'incitent à choisir l'option trois, conscients que les effets néfastes des deux premières ne valent pas le coup. C'est pourtant la première question que j'ai posée au Dr B. le lendemain de mon diagnostic! Pourquoi alors est-ce qu'ils reviennent avec ça à ce moment précis? Je suis tellement fâchée que je peine à réfléchir. Toutefois, devant l'urgence de la situation et parce que je ne peux plus vraiment reculer à ce stade-ci, je me range du côté de la famille.

Ce que je trouve le plus difficile, dans leur plan de match, c'est d'être collée à Louis Vuitton toutes les deux semaines, alors que techniquement, on a retiré la tumeur au complet et qu'il ne reste plus de trace de cancer dans mon corps. Comme c'est une maladie vicieuse et que les oncologues s'expliquent mal son développement, on me conseille fortement de faire de la chimio préventive pour mettre toutes les chances de mon côté en termes statistiques. Parce qu'il y avait un ganglion atteint dans la chaîne que Dr B. a retirée lors de l'opération et qu'il y a des risques que la maladie se soit propagée au niveau microscopique. Dans leur tête, que ce soit un ganglion ou dix ganglions, une fois que la maladie a traversé le système lymphatique, le plan reste le même : on te donne de la potion magique en prévention. Ensuite, tu as 50 % des chances que la maladie ne revienne jamais et 50 % qu'elle soit cachée quelque part et qu'elle revienne un jour. Prenez vos paris !

Cette partie d'acceptation de se rendre malade pour éventuellement guérir ce qu'on ne voit pas est difficile à assumer. Me voici donc sur la chaise à imaginer, à chaque traitement, au même moment qu'on me branche, la substance blanche qui parcourt mon corps et qui enveloppe un à un mes organes pour les traiter contre le cancer. Je m'efforce de la voir comme une potion et non pas comme un poison. J'aborde le dossier avec le *minding* d'une guerrière et je déploie des outils avérés par les spécialistes, comme la visualisation ou la méditation.

C'est ma façon d'accepter tout ça et de trouver une part d'emprise sur la situation. De faire pencher les statistiques en ma faveur aussi, je l'espère. Chaque traitement a sa mission. Le premier sert à protéger l'intestin restant. Puis, tout y passe : le foie, les poumons, le cerveau, l'estomac, les reins, etc. J'arrive à visualiser dans la foulée l'organe en question. Je le google pour savoir à quoi il ressemble, puis je vois la substance bienveillante envelopper la zone pour qu'elle devienne verte par la suite. Pourquoi verte ? Je ne sais pas trop ; c'est mon inconscient qui en a décidé ainsi. Mon analyse : feu vert pour une vie en santé bien loin de la maladie, un *check* vert supplémentaire sur la liste. Ça a beaucoup de sens dans ma tête ; c'est ce qui compte, non ?

Je n'ai pas regretté d'avoir choisi Saint-François d'Assise pour les traitements. Les chaises sont disposées les unes face aux autres comme pour favoriser les échanges et il y a une belle fenêtre qui puise la dernière lumière colorée d'octobre. C'est réconfortant. Sylvie et Hélène, les infirmières, prennent bien soin de nous et tout le personnel nous connaît par notre nom et est toujours content de nous voir. J'y ai aussi rencontré des gens touchants. Il y a Paule et Michel, mes deux acolytes, avec qui je discute de tout et de rien, mais aussi du processus pour se débarrasser du cancer. Paule a l'âge de ma mère. Michel, celui de mon père. Je suis de loin la plus jeune sur l'étage, dans notre petit groupe de cancéreux du côlon. Chacun a sa propre histoire, ses propres angoisses, mais beaucoup de choses nous rassemblent.

Michel est un entrepreneur de la construction dans la cinquantaine. Coco rasé, bouille sympathique, d'immenses mains rudes qui ont beaucoup travaillé, l'œil pétillant et allumé. Michel est en chimio palliative, c'est-à-dire qu'on lui achète du temps de vie dont il tente de profiter au maximum. Il reçoit une potion nommée Folfiri doublée d'un traitement expérimental complémentaire. Pas la même que la mienne. Il est toujours souriant et il prend même ses appels de travail assis sur la chaise de chimio. Il veut à tout prix conserver une vie le plus normale possible, malgré la maladie. Il fait souvent des pauses de chimio pour aller en vacances et profiter de la vie. Il revenait tout juste de la Barbade avec sa femme quand je l'ai rencontré pour la première fois. Michel m'inspire par son approche. Il est loin de se laisser abattre. Il lutte à sa façon contre cette saloperie en continuant d'avancer. Il ne le laisse pas transparaître parce que c'est de sa génération, mais il y a sûrement des jours où il pleure dans sa douche pour que personne ne l'entende. Pour se lamenter un peu sur son propre sort. Parce que ça fait partie du cheminement. Michel vient toujours seul à ses traitements avec sa petite boîte à lunch parce qu'il n'aime pas la nourriture de l'hôpital et qu'il y passe la journée. Il a dit à sa femme de rester à la maison. Elle lui dépose toujours un petit mot dans sa boîte à lunch et une petite gâterie sucrée qui n'est jamais la même. Chaque fois qu'il ouvre la boîte devant moi, je le vois saliver devant sa surprise et esquisser un sourire attendri en lisant son petit mot. Comme un écolier coquin.

Paule reçoit la même potion que moi. Le Folfox, qu'ils l'appellent. Paule est une enseignante de quatrième année en fin de carrière aux cheveux courts poivre et sel. Un port altier, une silhouette sportive amaigrie et un cou gracieux. Elle se pose énormément de questions. On ressent son anxiété aussitôt qu'elle ouvre la bouche. Elle a toujours bien pris soin d'elle ; elle est végétarienne, fait du yoga, de la méditation, du sport. Pourquoi elle ? Elle a ouvert la boîte de Pandore des pourquoi et ça ne semble pas lui réussir. Paule attend de savoir si le cancer a aussi élu domicile dans son foie. Ils ont vu une drôle de tache au dernier TACO qui n'augurait rien de bon. Elle attend les résultats de la biopsie. Elle parle toujours du cancer, des traitements alternatifs, du fruit de ses recherches maison. Elle l'a laissé envahir sa tête. Paule aussi vient seule à ses traitements. Elle m'a confié que son *chum* n'avait pas su l'accompagner là-dedans, qu'il était parti parce que c'était trop. Après avoir fait leur connaissance, je me suis juré de toujours arriver en chimio pétillante et positive. Parce qu'il y a pire que ma situation. Parce qu'en agissant comme on voudrait se sentir, on finit par le croire et le ressentir.

Les premiers traitements se sont déroulés sans trop d'anicroches. J'ai des nausées, qui sont tout de même bien contrôlées grâce à des antipsychotiques aux utilités multiples. Ma peau est plus sèche et je suis beaucoup plus fatiguée qu'à l'ordinaire. C'est pire la semaine où je reçois la potion. Les effets secondaires sont à leur apogée deux jours plus tard, lorsqu'on me retire Louis Vuitton au CLSC. Une routine s'installe peu à peu. J'avance dans le processus sans trop me poser de questions ; je fais ce que je dois faire et je mets l'accent sur le plan de match. Je reçois tout le soutien nécessaire pour traverser chacune des étapes, la plus grosse vague d'amour dont on peut rêver. Et tout cet amour m'aide sans contredit à avancer. Mon entourage rapproché, mes Jedi adorés, se relaient pour m'accompagner. Je me rends toujours au traitement avec une ou deux personnes et on apporte de la joie dans le département avec nos jeux et nos éclats de rire. Parce que c'est déjà assez lourd comme ça, tout de même ! Faut pas en rajouter ! C'est la seule règle à respecter pour ceux qui veulent m'accompagner. Tu te gères et tu m'accompagnes avec le sourire. Ils ont tous bien compris. Lily et ses lunettes de plongée (la comparaison de Valcartier, vous vous rappelez?), Florence qui aide les infirmières à monter l'arbre de Noël dans la salle; Ari et Kim en duo avec qui j'ai passé la séance à écouter de la bonne musique; Tom, qui joue inlassablement aux cartes avec moi et qui me fait rire en me racontant toutes sortes d'histoires; mes parents, qui m'ont tenu la main à chaque pas; mon frère Hugo, tous ils se sont relayés pour m'accompagner.

La semaine où je reprends des forces et où je fais relâche de chimio, j'arrive à aller faire un tour au travail pour une journée ou deux et à aller jouer au volleyball avec l'équipe que j'avais jointe au début de l'année. De cette façon, j'ai l'impression de moins mettre ma vie sur pause et de faire ce que j'aime.

Pendant ce temps-là, à la maison, Tom subit beaucoup de stress. Les journées d'étude qu'il a laissées de côté pour pouvoir être auprès de moi le rattrapent. Il a envie d'être plus léger, mais tout est plus sombre dans ses yeux en ce moment. Il est fatigué et anxieux. Son superviseur de clinique l'a solidement confronté la semaine dernière par rapport à un patient avec lequel il n'était pas à l'aise, ce qui l'a profondément ébranlé. Il n'est pas habitué de se faire brasser de la sorte, ce qui a généré en lui un lot de remises en question. Il ne dort plus beaucoup. Je me mets à penser qu'il traverse peut-être une dépression saisonnière. Après tout, novembre apporte souvent un froid sur le moral quand il passe. Je suis tellement obnubilée par mon plan de match pour ne pas me laisser submerger par l'angoisse que j'ai de la difficulté à être là pour lui. D'autant plus qu'il ne veut pas me déranger et qu'il se sent coupable d'être triste comme ça. Il finit par m'en parler un soir de novembre.

— Je sais pas ce que j'ai en ce moment. Y a plus rien qui m'emballe. Je me sens déconnecté de mes émotions et de ma vie. Je sais pas pourquoi et ça me fait peur… Je voudrais être plus présent pour toi, mais je n'y arrive pas.

— Tu fais ce que tu peux, Tom, et tu le fais très bien. Laisse-moi être là pour toi à mon tour. C'est *tough*, ce qu'on vit en ce moment. Laisse-toi le droit d'avoir de la peine et de me l'exprimer. Je suis certaine que ça va passer, mon amour. Tu devrais peut-être aller voir un psy pour en parler à quelqu'un de neutre. Pour essayer de comprendre ce qui te chamboule comme ça.

J'ai l'impression que son mal-être est lié à ce qu'on vit. Ça ne peut pas faire autrement. Étant donné que le stress de me perdre est retombé, il est maintenant happé de plein fouet par la lourdeur de la maladie. Je suis loin d'être au *top* de ma forme et notre couple s'en ressent. Force est de constater que la maladie est un *turn-off* solide et qu'il a besoin de continuer sa vie normalement. Il s'éloigne de moi parce qu'il a besoin de décompresser. Je comprends son besoin ; je prendrais bien congé de la situation moi aussi, si je le pouvais. Je me sens dépassée parce que j'ignore comment changer ça. Autant j'ai besoin de lui en ce moment, autant je m'en veux terriblement de lui faire vivre ça et autant j'aimerais qu'il se confie à moi. Je pense que je dois lui laisser de l'espace. Et aussi me reconnecter avec moi-même pour qu'il retrouve la Anne-So d'avant, la femme d'action pleine de vie et pétillante de qui il est tombé amoureux. Cette femme-là doit lui sembler bien lointaine en ce moment.

Avant Noël, on essaie de multiplier les occasions de plaisir. Le *party* d'Halloween et la recherche du costume parfait. L'installation du sapin avec du café Coureur des bois.

Des soupers entre amis, qui se finissent souvent beaucoup plus tôt que d'habitude parce que je suis fatiguée de plus en plus rapidement. J'essaie de l'encourager, de lui dire que ce n'est qu'une mauvaise passe et qu'on en ressortira plus forts. Mais j'y crois à moitié moi-même parce que mon cœur est plus gris lui aussi.

Tom finit de plus en plus tard le soir parce qu'il a beaucoup de travail et, quand il est à la maison, il n'est pas vraiment 100 % présent non plus. J'essaie d'être la plus légère possible pour ne pas trop lui imposer la maladie. Mais lui, il s'éloigne un peu plus chaque jour…

HIVER

*« Les amis qui tiennent ta main à travers les épreuves
et se réjouissent de ton âme qui virevolte de bonheur
sont ceux avec lesquels tu devrais passer ta vie à danser. »*

STACIE MARTIN (traduction libre)

Le chalet

Début janvier. Nous souhaitions amorcer l'année en beauté par un rassemblement dans un magnifique chalet au cachet unique situé à flanc de montagne, à Saint-Ferréol-les-Neiges. Le terrain qui l'entourait était vaste et propice aux randonnées en raquette. Avec la petite neige qui tombait doucement sur le chalet en pierre, le cadre était féerique. Tout dans cet endroit inspirait l'hospitalité et le confort. Que ce soit la grande table en bois, les deux foyers en pierre, la véranda, la cuisine ou les chambres joliment décorées. Ce lieu était tout simplement parfait.

L'alcool coulait à flots, la nourriture abondait. Le bonheur de se retrouver était palpable et les confessions, au rendez-vous. Malgré la fatigue due aux traitements, j'étais tellement contente d'être là avec mes amies. Mon Dieu que ça me faisait du bien et que ça me redonnait de l'énergie!

Je regardais Lily nous raconter dans le détail, avec éloquence et passion, sa dernière *date* Tinder, pendant que les autres pouffaient de rire à l'écouter, et j'éprouvais un puissant sentiment de bonheur. On a ensuite fait un tour de table pour procéder à notre traditionnel bilan de début d'année, qui consistait à répondre aux deux questions suivantes :

- De quoi as-tu été le plus fière au cours de la dernière année ?
- Quels sont tes projets et résolutions pour la prochaine ?

Nos questionnements introspectifs exaspéraient Kim au plus haut point, mais nous la forcions à se prêter tout de même au jeu. Cette tradition était importante et nous y tenions.

Le souper fondue tirait à sa fin quand nous avons soudainement été plongées dans le noir. Après avoir fouillé le chalet à la recherche de chandelles, nous avons vu le propriétaire émerger de la tempête pour faire une entrée spectaculaire par la porte de la véranda, à la manière de l'abominable homme des neiges. Il était venu nous avertir que le poteau électrique de la rue avait été endommagé par le verglas tombé la veille et que la réparation prendrait environ deux heures. Content que nous ayons mis la main sur suffisamment de chandelles, il nous avait également conseillé de prendre soin d'attiser le feu pour nous réchauffer. Puis, il est reparti dans la tempête. Bien sympathique, ce yéti !

Nous avions donc pris place, avec toutes les bougies en réserve, devant le foyer central. Il régnait une petite atmosphère d'épouvante, comme dans les films d'horreur quand le méchant guette ses victimes de l'extérieur par la fenêtre givrée. Ça me faisait aussi penser à la maison des sœurs Halliwell dans *Charmed*, quand elles préparent des sorts dans le grenier. L'ambiance était d'autant propice aux confidences et les discussions avaient rapidement bifurqué vers un second niveau de profondeur.

Lily : On dirait que depuis qu'on a appris que t'avais le cancer, Anne-So, je ressens comme une espèce d'urgence de vivre qui ne me lâche pas. J'ai envie de profiter de la vie plus que jamais, d'essayer de nouvelles choses, de vous voir constamment. Ça a comme réveillé quelque chose en moi dont je ne pourrais plus me passer. Une espèce de *wake-up call* que la vie est fragile et qu'il faut en profiter au maximum. Ça me pousse aussi à remettre en question mes priorités et mes envies.

Florence : Je comprends tellement ce que tu veux dire, Lily ! C'est la même chose pour moi. Il n'y a pas une journée où je ne pense pas à toi. J'aimerais pouvoir en faire plus… Prendre une partie de cette épreuve sur mes épaules, n'importe quoi ! Je me sens tellement impuissante…

Ariane : Ta manière d'aborder la maladie et de foncer avec confiance là-dedans m'impressionne tellement, ma belle amie. Ton positivisme et ton attitude rayonnent sur nous tous. C'est contagieux, dans le meilleur sens qui soit. Cette épreuve m'a fait prendre conscience que personne n'est à l'abri ou invincible.

Lily : Pour faire du chemin sur ce que tu dis, Ari, avez-vous vu cette affiche dans la salle de bain du chalet ? C'est Charlie Brown qui parle à Snoopy, assis sur un quai sur le bord d'un lac. Il dit : « Un jour, nous allons tous mourir, Snoopy. » Et Snoopy de répondre : « Oui, mais tous les autres jours, nous allons vivre. » C'est un signe que la vie nous envoie, une confirmation qu'on a le bon état d'esprit. C'est beau, non ?

Moi : Oui et, surtout, tellement vrai ! Mais arrêtez de me louanger, les femmes. Je ne me sens pas courageuse ni inspirante ; j'ai juste pas le choix de continuer à avancer. Dans ma tête, y a pas d'autre possibilité. Je fais seulement de mon mieux pour mettre un pied devant l'autre. Mais y a des soirs où je pleure ma vie sur l'épaule de Tom jusqu'à détremper les draps. Y a des soirs où je n'arrive pas à trouver le sommeil et où tout m'apparaît comme une montagne insurmontable. Y a des moments où, accroupie devant le bol de toilette, quand le cœur me lève, je ne suis juste plus capable. Dans ce temps-là, je me colle la face sur le plancher froid, recroquevillée en petite boule, pis j'attends que ça passe. Le mur de la douche aussi est pas pire réconfortant quand je laisse les larmes couler dans l'eau pour ne pas que Tom m'entende me lamenter sur mon sort. C'est lourd par bouttes, mon affaire.

Kim : C'est probablement inapproprié, mais je ne peux pas m'en empêcher…   Et si je pleure dans la pluie, tu n'y verras que du feu… De l'eau qui tombe sans bruit, que de la pluie dans mes yeux.

Sur ce grand classique de Mario Pelchat, nous n'avons eu d'autre choix que d'éclater de rire.

Florence : T'es terrible, Kim! Mais maudit que ça fait du bien! Anne-So, dans le fond, tu tiens quelque chose dans toute cette notion d'attendre que la tempête passe et d'être le plus sereine possible là-dedans.

Ariane : J'ai lu quelque part que les tortues, au lieu de lutter contre les vagues dans la tempête et de s'épuiser à la tâche, attendent que la mer se calme avant de recommencer à nager. Bref, elles économisent stratégiquement leurs forces et attendent le bon moment pour optimiser leurs efforts. Elles ont compris quelque chose d'essentiel, qu'on devrait tous mettre en pratique. Parfois, la meilleure réponse est de se laisser porter par la vague, d'attendre que ça se calme, d'accepter et de tirer le meilleur de la situation. Au lieu de lutter et de nager à contre-courant, il s'agit d'apprendre à danser sous la pluie.

Moi: La vérité, c'est que je n'ai pas le contrôle sur grand-chose en ce moment. Pis ça m'énerve, bien sûr. La seule chose sur laquelle j'ai réellement un pouvoir d'action, c'est moi et mes réactions. Tant mieux si vous trouvez que je reste positive, parce que c'est exactement ce que j'essaie de faire! Tant mieux aussi si ça vous influence à profiter encore plus de la vie. Ça me fait du bien d'entendre ça. Merci tellement d'être là, les femmes. C'est fou à quel point je suis bien entourée, à quel point ça fait une différence sur mon moral aussi. Vous m'insufflez énormément de force et je ne sais pas ce que je ferais sans vous.

Florence: Et Tom, lui? Comment il vit ça? Le connaissant, ça doit être vraiment difficile pour lui de te voir malade.

Moi: Tom est merveilleux, mais j'ai l'impression qu'il se sent submergé ces temps-ci et qu'il ne comprend pas trop ce qui lui arrive. J'aimerais ça être plus présente pour lui. L'aider à comprendre, le soutenir là-dedans… L'affaire, c'est que j'en ai déjà plein les bras avec la gestion de ma propre situation et les traitements. J'ai besoin de toute mon énergie pour continuer à avancer la tête haute. Je me sens complètement démunie devant sa détresse et je m'en veux pour ça. On dirait que tout ce que je sais faire, c'est jouer à la *cheerleader* beaucoup trop positive pour la ligue vu la lourdeur de la situation. Je sens que je suis vraiment à côté de la plaque par rapport à ce dont il a vraiment besoin. Qu'est-ce que je devrais faire, à votre avis?

Kim : C'est clair que vous allez passer à travers. Vous êtes un couple solide et complice. Je suis certaine que ça ira mieux bientôt. Que c'est juste une mauvaise passe. Ce n'est pas facile, ce que vous devez traverser. C'est le genre de crise qu'on doit gérer à soixante-quinze ans, pas à vingt-sept.

Moi : Je sais … Ce n'est pas normal, à notre âge. Y a des bouts où je me sens comme un fardeau pour tous les gens que j'aime. Je m'en veux de vous inquiéter comme ça. Des bouts aussi où je me sens l'ombre de moi-même. Mettons que ce n'est pas le moment de ma vie où je me sens le plus *glam*. C'est normal que Tom s'éloigne de moi ; je n'agis plus comme la fille que j'étais, celle qu'il aime.

L'émotion était trop forte et des larmes se sont mises à couler sur mes joues. Les filles se sont levées au même moment pour venir me faire une grosse colle collective qui a duré plusieurs secondes.

Florence : Voyons donc, Anne-So ! Ne sois pas si dure envers toi-même. T'es une battante et une meilleure version encore de toi-même ; optimiste malgré l'adversité et tellement solide. Tom ne peut pas faire autrement que de le remarquer et d'admirer ta force de caractère à travers cette épreuve. Ça va passer, mon amie. Continue de t'occuper de toi. Tom n'est pas tout seul. Il est bien entouré, lui aussi. Et il t'aime. Il reste juste six traitements, juste la moitié.

Lily : Bientôt, tu pourras dire que t'auras fait tout ce qu'il fallait pour te débarrasser de Raspoutia, l'indésirable numéro un. Bientôt, tu seras guérie et tout ça sera derrière toi. Derrière vous.

Ariane : Te rappelles-tu ce que ma tante et ses amies nous avaient dit l'été passé au mariage de Marie quand elles nous racontaient, complètement pompettes, les quatre cents coups de leur jeunesse, leurs aventures et leurs beuveries légendaires ?

Moi : Tellement ! Ça devait ressembler à quelque chose comme : «Les filles, je vous souhaite du plus profond de mon cœur d'avoir autant de plaisir dans la vie que nous en avons eu. »

Ariane : Ben, c'est exactement ce qu'on va faire dès aujourd'hui et encore plus quand tu seras remise sur pied ; on va profiter de la vie et de tous ses plaisirs ! Sans retenue. En prenant chaque petit bonheur comme il vient et en étant reconnaissante de ce que la vie nous apporte. Merci… bonsoir !

Ces femmes étaient de véritables petites lumières dans ma vie, des phares qui me guidaient vers le soleil.

Florence : Les femmes, j'ai une question un peu champ gauche. C'est quand la fois où vous vous êtes senties le plus vivantes ?

Kim : *Oh God !* Il y a dix minutes, lorsque j'ai posé mes lèvres sur ce savoureux gin-tonic. Ou la semaine passée quand je me suis procuré un magnifique sac à main griffé…

Florence (habituée au sens de la répartie de son amie) : Sérieusement, Kim ?

Ariane : Je dirais chaque fois que j'empoigne mon archet et que je me laisse porter par la musique qui en sort. Sans pression aucune ; juste pour le *fun*.

Moi: Ça va paraître quétaine comme réponse, mais c'est quand je suis entourée de ceux que j'aime. Tout simplement.

Lily: Sans hésitation, en voyage, quand j'échange avec les habitants de la place et que j'en apprends plus sur eux et leur culture. Je me sens toujours plus libre quand je suis loin de la maison et que je me sors de ma zone de confort. Pour moi, cette sensation de liberté et la notion de bonheur sont intimement liées. Kim, toi?

Kim: J'ai l'impression que j'ai le bonheur moins facile que vous autres. C'est dur pour moi d'identifier ces affaires-là. J'avoue qu'ils sont rares, ces temps-ci, les moments où ça m'arrive. J'ai comme l'impression d'être déconnectée de moi-même et de mes émotions. Mais quand je suis avec vous, je me sens bien. J'ai l'impression de me retrouver. Ça marche-tu, comme réponse, colonel?

Florence: Mieux. Beaucoup mieux. Moi, je dirais que c'est à travers tous ces moments de folie avec vous. Quand on oublie les autres autour et leur regard posé sur nous.

Lily: C'est exactement de ce sentiment que je parle aussi. On l'éprouve plus facilement en voyage parce qu'on ne connaît personne et qu'on n'a pas peur de se faire juger. En fait, on s'en fout de se faire juger. Parce qu'on vole au-dessus de la mêlée et qu'on est zen avec qui on est.

Kim: C'est le mode #RienÀFoutre, dans le fond!

Toutes (en levant notre verre avec un sourire de connivence): Bravo!

De fil en aiguille, l'électricité était revenue et nous nous sentions toutes soulagées. On a sorti le jeu Brin de jasette et on s'est mises à se poser des questions compromettantes sur notre pire *french*, notre meilleure *date*, l'endroit le plus inusité où on a fait l'amour et d'autres confidences du genre. L'atmosphère devenait soudainement plus légère et ça nous a toutes fait du bien.

Au terme de cette fin de semaine au chalet, chacune se sentait gonflée à bloc pour affronter ses défis personnels et refaire surface. Nous avions terminé plusieurs bouteilles de vin, ri jusqu'à en avoir mal au ventre, couvert tous les éléments de nouveauté dans nos vies respectives et fait le tour de notre bilan annuel. Un ordre du jour des plus productifs! C'était aussi la meilleure thérapie qui soit.

Lily

D'aussi loin qu'elle se souvienne, elle avait toujours eu cette boule d'émotions qui lui entravait la poitrine lorsque le stress prenait trop de place. Lily devenait alors une éponge de sympathie. Elle ressentait beaucoup les émotions ; les siennes comme celles des autres. Elle avait un sixième sens pour ça. C'était à la fois utile pour mieux comprendre les autres, mais aussi, un brin exténuant.

Nordicité

La première fois qu'elle avait ressenti cette pression, c'était au primaire, au Nunavut. Passionnés de voyages et aventuriers notoires, ses parents avaient décidé de faire vivre une expérience nordique de deux ans à toute la famille. C'est réellement à sept ans qu'elle avait eu la piqûre des voyages et cette envie prenante de découvrir de nouvelles cultures. Ses parents lui avaient légué cette passion dévorante. Outre quelques expériences traumatisantes, comme cette fois où Lily et son frère s'étaient fait lancer des petites roches dans la cour d'école parce qu'ils étaient blancs et différents, les trop nombreux animaux empaillés qui les surprenaient toujours au détour dans le village ou encore la fois où un vieil Inuit avec une déficience s'était mis à la fixer sans arrêt dans une soirée dansante au centre communautaire du village, ça avait été une expérience vraiment enrichissante. Elle conservait de vifs souvenirs de promenades en traîneau à chiens sur la banquise à perte de vue, de l'immensité du décor et de ce puissant sentiment de liberté, de la beauté des animaux sauvages et, bien sûr, des amis qu'elle s'y était faits et de toutes les histoires qu'ils avaient pu inventer ensemble.

La première fois où elle avait ressenti cette boule dans la poitrine, donc, Lily jouait dans la cour d'école et s'était sentie tiraillée lorsqu'était venu le temps de choisir qui compléterait son équipe de ballon-chasseur. Elle avait le choix entre celle qui était toujours nommée la dernière dans les sports et son ami Karim, qui traversait une période difficile à la maison à cause de son papa alcoolique. Elle ne voulait décevoir personne et s'était vue incapable de prendre une décision. C'est le capitaine de l'autre équipe qui avait dû la prendre à sa place. Parce qu'elle avait complètement figé. Depuis, la boule revenait fréquemment lorsqu'elle doutait d'elle-même ou qu'une personne qu'elle aimait souffrait.

Parenthèse poilue

Sa bonne résolution par rapport à Tinder n'avait pas duré très longtemps. Un mois, tout au plus. Tout comme celle de ne plus s'inquiéter avec son état de santé. Elle s'était mise à somatiser son stress, mais elle avait choisi d'ignorer les signaux que son corps lui envoyait, en espérant que les symptômes disparaîtraient d'eux-mêmes. Pendant ce temps-là, elle tentait le plus possible de mettre l'accent sur ses examens de mi-session, même si la concentration tenait du miracle, ces jours-ci.

Pour se changer les idées et se divertir, elle avait planifié une deuxième *date* avec Lucien, un Français d'origine haïtienne qui lui semblait intéressant à première vue. Leurs discussions coulaient bien jusqu'à présent et elle était emballée pour la suite. Elle lui avait donné rendez-vous chez elle, mais, perdue dans ses pensées, n'avait pas vu le temps passer à la bibliothèque. Si bien que sa coloc avait dû faire la conversation à Lucien pendant près de trente minutes, le temps qu'elle accoure aussi vite que ses jambes endolories par son premier essai de CrossFit de la veille le lui avaient permis. La gestion du temps n'était définitivement pas sa plus grande force! Après que Lily se fut confondue en excuses auprès d'elle (clairement, elle lui en devrait une), sa coloc était partie rejoindre des amis pour la soirée, et Lily et Lucien s'étaient préparé un bon souper à l'appart. La conversation était intéressante; jusqu'ici, tout allait bien.

Après le souper, ils avaient décidé de regarder un film. Durant toute sa durée, Lily sentait que Lucien avait envie de se rapprocher et ça la rendait mal à l'aise qu'il ne tente rien, tout en continuant de se torturer de l'intérieur. Elle le sentait complètement paniqué. Était-elle si intimidante? À la fin du générique, il s'était tourné vers elle sans rien dire. C'est à ce moment qu'elle avait senti l'urgence de dire quelque chose pour éviter qu'il ne succombe à une crise cardiaque devant ses yeux.

— Est-ce que ça va, Lucien?

— Oui, je crois… C'est parce que j'ai vraiment envie de t'embrasser, mais je n'ose pas…

Quoi répondre à cela ? Après un long moment à hésiter, parce que sa gêne maladive n'avait rien de charmant ni de romantique, elle dut rendre son verdict.

— Ben… ose, mon cher, ose !

Lily s'était dit qu'en l'encourageant à passer à l'action, elle aurait par le fait même l'heure juste concernant son réel intérêt envers lui. Pour ça, elle fut servie, puisque ce fut le PIRE baiser de toute sa vie. Il y avait beaucoup trop de salive impliquée et elle avait la vague impression de frencher son meilleur ami d'enfance : l'honorable chien barbet Baltazar. D'une lourdeur incommensurable ! Pour Lucien, ce baiser eut l'effet inverse. Il semblait avoir soudainement gagné en confiance, libéré de son angoisse des premiers pas. Elle fut par la suite surprise, lorsqu'il enleva son chandail sans véritable invitation, de découvrir une toison aussi fournie que celle d'un ours en hibernation. Il avait du poil absolument partout ! Devant, derrière, partout !

La situation dans laquelle elle se trouvait bien malgré elle était délicate. Le simple fait de l'embrasser avait sollicité tout son courage et la dernière chose dont elle avait envie, c'était de démolir sa confiance en lui. Lorsqu'elle voulut prendre le taureau par les cornes et lui expliquer en enfilant ses plus beaux gants blancs que ça ne fonctionnerait pas entre eux, il l'avait devancée pour lui susurrer à l'oreille avec un petit air coquin :

— Lily, est-ce que tu sais ce qu'est le 69 ? C'est parce que j'aurais bien envie de te sauter.

Ce commentaire fut de trop. Elle ne ressentait plus du tout le besoin de l'épargner. Tant pis s'il ne comprenait pas tout. Directe, elle rétorqua alors sur le même ton en se relevant du coup :

— Toi, Lucien, est-ce que tu connais Uber ? Parce que je vais clairement t'en appeler un au cours de la prochaine minute pour que tu partes.

Il n'y avait pas eu de suite. Fin de cette courte parenthèse poilue.

La semaine de relâche

Dans l'optique de faire le vide et le point sur la fin de ses études, elle avait pris la décision de s'envoler vers la Colombie-Britannique pour deux semaines, seule avec elle-même. L'automne avait été dur sur son moral et l'hiver s'étirait. *Spleen* de février, quand tu nous tiens. Elle doutait beaucoup et jonglait constamment avec cette folle envie de tout laisser derrière et de repartir à zéro. Son âme d'aventurière la conjurait d'écouter sa petite voix intérieure. Elle était toutefois rapidement rattrapée par la voix de la raison qui lui indiquait de se trouver un emploi sûr dans le domaine pour lequel elle avait consacré plusieurs années. Ayayaye… Tant de questions et si peu de réponses. Quoi qu'il en soit, il lui manquait quelque chose et elle espérait avoir une illumination dans l'Ouest.

Lors de son arrivée à l'auberge de jeunesse, elle avait fait la connaissance de Karen, une étudiante en art dramatique originaire d'Allemagne qui venait d'arriver pour une session d'études à l'étranger et avec qui elle partageait sa chambre. Karen se cherchait un appartement et logeait en attendant à l'auberge. Lily en avait profité pour l'inviter à l'accompagner dans sa découverte de Vancouver. Elles avaient énormément marché en flânant dans les boutiques et les cafés, la meilleure façon de découvrir une ville à son avis. Ce fut une magnifique journée. Au retour, sa nouvelle amie, plutôt du genre farouche, lui avait faussé compagnie pour se pencher sur ses études et sa recherche d'appartement. Lily avait la vague impression que Karen avait eu sa dose de social pour la journée. C'est quelque chose que Lily avait de la difficulté à comprendre, puisque ça ne lui arrivait jamais d'avoir envie d'être seule ; elle était une petite bibitte avide de contacts humains.

Elle avait donc choisi sa tenue la plus décontractée, des pantalons de sport et un coton ouaté, et s'était résolue à aller souper seule devant un livre au petit restaurant de l'auberge, se promettant de retourner se coucher tôt. Avez-vous déjà remarqué que la magie opère souvent dans des moments inopinés ? Quand ça ne nous tente pas trop de sortir, mais qu'on se force à y aller quand même ? Pour Lily, ce fut ce genre de soirée là.

Ses plans furent vite chamboulés lorsqu'un groupe de joyeux lurons un brin éméchés assis à la table d'à côté lui avaient fait signe de venir les rejoindre. Son arrivée dans le groupe coïncidait avec une profonde conversation sur l'art de saisir les opportunités en voyage. En plein sa tasse de thé ! Elle avait donc pris un malin plaisir à pratiquer son anglais avec ce groupe de voyageurs hétéroclites. Il y avait Cameron et Daphnée, un couple d'Australiens qui préférait de loin la *vibe* des auberges de jeunesse ; Vlad, un Roumain en mode jamaïcain et Hector, un Brésilien à la peau parfaite et à la chevelure si soyeuse que l'idée d'y glisser ses doigts lui traversa l'esprit.

Après un festin de mini-burgers, trois parties de *baby-foot* et quelques moments où la musique était si enivrante qu'ils n'avaient pas pu s'empêcher de danser sur un rythme reggae en plein milieu du restaurant, ses acolytes avaient commencé à quitter pour la nuit jusqu'à ce qu'il ne reste plus qu'Hector et elle. Ils continuèrent à discuter jusqu'au petit matin de la vie et de l'amour. Ça faisait longtemps qu'elle n'avait pas connecté avec quelqu'un à ce point. Ils dansèrent jusqu'à s'en étourdir, émoustillés par le frôlement de leurs corps et les effluves de rhum. Hector avait le rythme dans le sang et son déhanchement était des plus *caliente*!

Ils n'étaient plus que deux dans le bar et le regard du barman en disait long sur son désir de les jeter dehors. La joie de vivre incarnée! Ils n'avaient aucune envie de rejoindre leur chambre respective, aucune envie de se quitter.

Dans un élan mâle assumé, Hector lui empoigna doucement la crinière frisée pour l'embrasser avec passion. Ils avaient ri du regard torve du barman en disparaissant de sa vue, puis s'étaient embrassés encore et encore sur le chemin de leur chambre. Gros dilemme côté hébergement entre sa chambre ou la chambre d'Hector. Aucune option ne leur semblait idéale logistiquement, puisque chacun d'eux la partageait avec quelqu'un d'autre. Or, ce quelqu'un d'autre devait fort probablement être dans les bras de Morphée depuis longtemps à l'heure qu'il était! C'est du moins ce qu'elle se répétait pour se convaincre au moment où elle prit la décision d'entraîner Hector vers sa chambre. La tentation était trop forte. Elle avait mis son doigt devant sa bouche sensuelle pour lui indiquer d'être le plus discret possible. Le rhum étant ce qu'il est, ils ressemblaient fort probablement davantage, malgré toute leur bonne volonté, à des éléphants dans un magasin de porcelaine. Ils avaient rejoint son lit et continuaient de s'embrasser et de se toucher sous la couette, le plus silencieusement possible, pour respecter le sommeil profond de son amie Karen, couchée juste à côté.

Hector avait quitté avant le lever du soleil, mais quelle nuit ils avaient passée! Avec du recul, ils n'étaient pas subtils du tout et le regard de Karen le lendemain matin témoignait de l'ampleur de son intolérance vis-à-vis de leur scène érotique. Elle avait tout entendu et était hors d'elle. Elle lui avait crié des mots incompréhensibles en allemand qui ne laissaient rien présager de bon. Elle souhaitait changer de chambre et ne plus jamais revoir Lily. Lily s'était alors confondue en excuses, confuse et gênée par la situation. Elle se sentait très mal de cette nuit de folie, aussi satisfaisante fût-elle. Pourquoi les choses proscrites étaient-elles toujours les plus excitantes?

Fort heureusement pour toutes les deux, Lily devait quitter le matin même pour poursuivre sa route vers l'île de Vancouver, son dernier arrêt avant de retourner à la maison. *Adios*, le bel Hector basané! La vie était mal faite parfois, car elle aurait vraiment aimé le revoir. Elle était déçue que leur rencontre ait eu lieu la veille de son départ et non pas avant. En revanche, une relation à distance Brésil-Québec, très peu pour elle!

Elle avait donné et ça ne lui avait jamais vraiment souri. Elle repensa brièvement à son premier amour, un sourire en coin. Un beau Calédonien qu'elle avait rencontré alors qu'il effectuait un stage à Sept-Îles. Il avait été éventuellement forcé de retourner dans son pays et ils n'avaient pas survécu à l'amour à distance. Elle gardait toutefois de leur histoire, de ces nuits chaudes d'été sur la Côte-Nord au voyage en Nouvelle-Calédonie en passant par leurs retrouvailles après quelques mois d'éloignement, d'impérissables souvenirs. Elle était contente d'avoir tenté l'expérience parce que leur amour en valait la peine. Pourquoi est-ce qu'il fallait toujours qu'elle s'entiche des plus exotiques du lot ?

Quoi qu'il en soit, cette nuit avec Hector resterait gravée dans sa mémoire pour longtemps. Après tout, c'était peut-être mieux comme ça. Ils n'auraient pas le temps de ternir ou de gâcher ce précieux souvenir. Il ne resterait que la magie du moment et les vapeurs de rhum.

Elle avait adoré sa semaine sur l'île. Elle s'était loué un vélo pour visiter les vignobles, s'était fait dorer la couenne sur des plages à perte de vue, avait profité du charme anglais de Victoria, s'était payé une excursion en bateau dans la baie de Nanaimo et s'était extasiée devant les plus gros arbres qu'elle avait vus de sa vie à Cathedral Grove. La veille de son départ, elle était retournée dormir à l'auberge de jeunesse qui avait vu naître la flamme avec Hector, parce qu'elle se situait à proximité de l'aéroport. Vous ai-je parlé de la chance légendaire de Lily ? Eh bien, parmi toutes les chambres disponibles, elle s'était retrouvée face à Karen, qui la fusillait du regard. Bonjour le malaise ! Pour détendre l'atmosphère, Lily lui avait promis qu'elle ne la dérangerait pas longtemps, puisqu'elle n'était là que pour une nuit et, surtout, promis qu'elle serait seule dans son lit !

Son but ultime, avec cette semaine de vacances, était de faire le point sur ce qu'elle voulait vraiment. Elle rapportait plutôt une urgence de voyager et de se sortir de sa zone de confort. La vie rangée de 9 à 5, très peu pour elle. Peut-être avait-elle sa réponse, au fond ? Elle voulait se façonner sa propre vie ; une vie de rencontres et d'aventures. Une vie

d'imprévus et remplie de surprises. C'est donc plus déterminée que jamais qu'elle avait repris l'avion le lendemain matin
pour sa dernière session d'université à vie.

Ariane

Elle avait beau envoyer tous les portfolios du monde, ce n'était jamais suffisant. Il y en avait toujours qui étaient meilleures qu'elle, plus belles, plus passionnées, plus connectées à leurs émotions ou qui étaient tout simplement plus confiantes qu'elle. La concurrence était féroce et ne faisait pas de cadeau.

Ariane revenait tout juste d'une énième audition pour laquelle elle croyait sincèrement en ses chances. Tout au long de la journée, on lui avait fait miroiter ce rêve d'intégrer le convoité orchestre symphonique d'Ottawa. On l'avait complimentée sur son interprétation, sa rigueur et sa technique. Elle avait franchi une à une toutes les étapes jusqu'à la toute dernière, où elle s'était heurtée à un mur. Un seul commentaire lié à son manque de lâcher-prise avait suffi à lui faire perdre tous ses moyens. Par la suite, ce fut la déconfiture totale. Elle n'arrivait plus à se connecter à sa musique, n'arrivait plus à intégrer les consignes. Elle avait raté des notes dans son énervement. Comment sa confiance pouvait-elle être si fragile, aussi facilement abattable qu'un château de cartes ?

Au terme de la journée, alors qu'elles n'étaient plus que deux candidates, le comité avait sélectionné sa rivale. Comment réussissait-elle à tout coup à s'autosaboter ainsi ? C'était de la haute voltige. Elle était verte de jalousie et incapable de se satisfaire de s'être rendue aussi loin dans le processus de sélection. La défaite était d'autant plus cuisante. Parce qu'elle s'en voulait de sa réaction et parce qu'elle détestait se sentir de la sorte, elle voulut renverser la vapeur en s'empressant d'aller féliciter l'heureuse élue. Même si à l'intérieur elle bouillait de rage de ne pas avoir été à la hauteur, elle se força à être sincèrement contente pour la gagnante et réussit à sauver la face.

À quel point voulait-elle percer, à quel point était-ce important pour elle ? Sa psychologue lui posait souvent la question. Le problème, c'était que même si la musique était vitale, tout cet univers la ramenait invariablement à ses échecs et à sa médiocrité. Elle devait être un brin sadomasochiste, mais elle voulait y croire. Il y avait toutefois des jours où elle se demandait sincèrement si elle était faite pour ça. Sa confiance n'avait jamais été aussi chambranlante. Les chefs d'orchestre qui lui hurlaient d'habiter plus son corps la hantaient et elle se mettait à analyser à outrance absolument tout dans sa démarche artistique. Comme lui répétait souvent son père : «Ariane, l'analyse paralyse. Sors de ton carcan et allume tes fusées!»

Même s'ils ne comprenaient pas toujours ses choix, ses parents l'avaient toujours soutenue dans son art. Ils étaient ses plus grands et premiers admirateurs. Il leur arrivait fréquemment de prendre l'avion de Sept-Îles pour Montréal, lorsqu'elle se produisait en spectacle. Juste pour avoir le bonheur de contempler leur fille faire ce qu'elle aime. Nicole et Jean-Guy avaient assisté à tous ses récitals étant enfant et l'avaient même encouragée à retourner sur scène le jour où, à l'âge de sept ans, elle avait quitté précipitamment en pleurs après une fausse note. À force d'encouragements, ils lui avaient inculqué ce jour-là que le spectacle devait continuer, peu importe les difficultés. Elle avait donc séché ses larmes, empoigné son archet courageusement et était retournée au centre de la scène pour reprendre sa pièce depuis le début.

Sa mère, qui était plus du genre terre à terre, aurait souhaité un emploi plus stable pour sa fille. Elle se faisait souvent un sang d'encre pour elle, s'assurant tous les deux jours par téléphone qu'elle mangeait à sa faim et dormait bien. Jean-Guy jouait de l'accordéon depuis toujours et avait bercé ses enfants de sa musique dès leur plus jeune âge. C'était sans aucun doute grâce à lui qu'Ariane avait développé sa passion. Il était très fier de sa fille et lui souhaitait une carrière à la hauteur de son talent.

Quand on y pensait, il y avait pire qu'une fausse note ! Bien pire qu'une gamme trop rapide ! Elle aurait aimé relativiser en situation de stress, mais elle en était incapable. Ariane se sentait comme une éponge quand elle recevait des critiques ; c'était loin de rebondir sur son dos. Ça laissait plutôt des marques indélébiles. Elle voulait être parfaite, être exactement ce que les juges recherchaient, pour une fois.

À travers sa remise en question, nous lui avions suggéré de se trouver une passion complémentaire pour qu'elle se réalise autrement et qu'elle regagne sa confiance en elle. Elle trouvait l'idée géniale, mais ne savait pas dans quoi s'investir. Trop de choses l'interpellaient. Apprendre un autre instrument de musique ou une troisième langue, s'impliquer chez Greenpeace, s'inscrire à un cours de nutrition ou de cuisine, apprendre à faire son propre kombucha… Pourquoi ne pas s'ouvrir un café littéraire avec une galerie d'art intégrée ?

En attendant d'avoir une révélation, elle continuait de se plonger dans ses livres pour s'évader de cet hiver maussade. Elle avançait sur le pilote automatique entre ses rares contrats à la pige, son boulot d'enseignante à temps partiel et le réconfort de son appartement. Elle m'appelait aussi toutes les semaines pour voir comment j'allais, pour voir si le froid polaire et la chimio ne me glaçaient pas trop les veines ou, surtout, n'amenuisaient pas mon positivisme légendaire. Elle m'écoutait, me faisait rire, malgré ses inquiétudes et son humeur grise. Elle me faisait du bien.

Hubert

Pour les nuits froides où elle se sentait seule, il y avait Hubert. Elle l'avait rencontré lors d'une pratique d'improvisation musicale. C'était le frère d'une des filles avec qui elle pratiquait et un *breakdancer* professionnel plutôt doué. Il lui avait appris avec plaisir quelques mouvements de danse et ils s'étaient vite liés d'amitié. Sa désinvolture, sa douceur et son petit air réservé avaient tout de suite charmé Ariane. Il avait des airs de surfeur californien avec ses cheveux blonds qui dévalaient en vague sur ses épaules et ses grands yeux bleu océan. Difficile cependant au premier abord de savoir s'il était intéressé. Il n'était pas du genre démonstratif et il l'intimidait un peu. Chaque fois qu'il la textait, elle esquissait un sourire qui ne la lâchait plus, toute la journée durant.

Après quelques plans à plusieurs, elle avait décidé de prendre les devants et de l'inviter à prendre un verre en tête-à-tête. Il lui avait rapidement précisé qu'il sortait d'une longue relation et qu'il ne cherchait rien de sérieux pour le moment. Elle avait été étonnée de la rapidité avec laquelle il avait tenu à apposer une étiquette à leur balbutiement de relation, mais valait peut-être mieux que les choses soient claires. En même temps, ça avait un peu tué la magie pour qu'il ne reste plus que l'empressement de la chaleur de leurs deux corps. Le sexe était bon et la proximité physique avec une autre âme lui faisait du bien. Elle adorait aussi jaser de musique et de danse avec lui sur l'oreiller. À chaque rencontre, Hubert lui en divulguait un peu plus sur lui et son histoire, en se gardant toujours une part de mystère.

Ariane savait qu'il y avait d'autres filles, qu'ils n'étaient pas exclusifs. Elle aurait pu tirer profit de cette liberté elle aussi, mais elle n'en ressentait pas le besoin. Mine de rien, leur relation l'empêchait d'être ouverte à autre chose. Elle ne regardait même pas ailleurs. Pourtant, une partie d'elle avait bel et bien agréé à cette relation ouverte. Pourquoi alors était-elle incapable de se laisser aller complètement ? Avec Hubert, mais aussi avec d'autres hommes. Elle souhaitait pourtant si ardemment faire partie de ces esprits libres et ouverts qui ne se cantonnent pas à la relation hétérosexuelle classique et exclusive. Ce qu'Hubert lui offrait témoignait de cette exploration et de cette volonté.

L'amour qui dure toujours, elle n'y croyait pas. À l'âme sœur non plus. Elle était convaincue que de nombreux êtres pouvaient marquer notre passage sur terre et qu'on pouvait aimer profondément plusieurs personnes au cours d'une vie, et ce, parfois, simultanément. Ce qu'ils partageaient n'était pas de l'amour, mais ça aurait pu le devenir s'ils avaient abaissé leurs gardes mutuelles et s'étaient permis d'être vulnérables l'un avec l'autre. Si…

Ils répétaient ce manège à raison de deux ou trois soirs par semaine. Hubert ne textait pas beaucoup. Surtout par souci d'organisation. Pourtant, chaque fois qu'il textait, elle souriait bêtement. Parce qu'elle était bien dans ses bras. Parce qu'il lui plaisait plus qu'elle ne voulait se l'avouer. Elle commençait à devenir vulnérable avec lui et elle s'en voulait. Il y avait de ces matins où elle aurait souhaité qu'il reste pour l'enlacer très fort sous les couvertures. En même temps, elle appréciait vraiment leur temps ensemble et ne voulait pas tout gâcher avec ses sentiments. Ce n'est pas l'amour qui fait mal, mais plutôt ces foutues attentes déçues. Elle essayait très fort depuis plusieurs mois déjà de les étouffer. Plus ça allait, plus elle se sentait vide lorsqu'il quittait au petit matin. Au fond d'elle-même, elle souhaitait secrètement qu'il change d'idée et qu'il en vienne à vouloir plus, lui aussi. Ariane espérait être assez merveilleuse pour qu'il ouvre à nouveau son cœur à l'amour.

Un bon matin, elle en avait eu assez. Elle s'était levée avec la volonté d'exprimer ses besoins avec lui et de revoir ensemble les balises de leur relation. Elle l'avait donc invité à souper et lui avait concocté un bon repas végétalien, comme il les aimait. Elle avait même mis une touche de mascara pour l'occasion et attaché sa longue chevelure d'ébène en un chignon lâche. En se regardant dans le miroir, elle ne se trouvait pas trop mal. Elle ne savait pas si c'était la longue marche qu'elle avait faite ce matin-là, mais le soleil emmagasiné faisait ressortir les taches de rousseur sur ses joues. Quand Hubert était arrivé, il l'avait embrassée et elle avait perdu tous ses moyens l'espace d'un instant. Ils avaient parlé de tout et de rien jusqu'au dessert, où elle avait enfin pris son courage à deux mains pour aborder le sujet qui la tourmentait.

Sa réaction n'avait pas été celle qu'elle espérait. La situation lui convenait très bien telle qu'elle était, mais, si elle n'était plus à l'aise avec l'idée, valait mieux couper les ponts. Sa désinvolture lui tapait soudainement sur les nerfs. L'idée de la perdre ne semblait pas lui faire un pli. Très calme, il lui avait redit qu'il ne souhaitait pas être en couple pour le moment et qu'il ne savait pas s'il le serait un jour. Il ignorait même s'il adhérait simplement à l'idée d'être en couple. C'était un électron libre qui n'aimait pas rendre des comptes, qui avait été blessé par le passé et qui avait peur. Peur de perdre à nouveau. Peur de se laisser aller. Peur de se montrer vulnérable. Elle comprenait enfin pleinement le personnage. Malgré tout ce qu'il lui en coûtait, elle prit donc la décision d'en rester là. Parce qu'elle valait mieux qu'une baise deux fois par semaine. Malgré son marasme hivernal, elle était au moins capable de le reconnaître. Parce qu'elle se devait de se laisser la chance de retomber amoureuse, peu importe l'étiquette qu'elle déciderait d'y apposer.

Lydia

En mars, elle reçut un appel de Bruno.

— Ariane chérie, comment ça va ? J'ai su pour ton audition avec l'orchestre et je suis sincèrement désolée. J'ai peut-être une opportunité intéressante pour toi. Ce n'est pas un contrat, mais plutôt quelqu'un à te présenter pour t'inspirer. Je crois que vous pourriez vous faire beaucoup de bien mutuellement dans votre pratique et que vos sons se marieraient très bien.

— Quelle belle surprise, Bruno ! Ça fait longtemps ! Tu sais que je suis toujours partante pour pratiquer avec de nouveaux musiciens. Est-ce qu'il joue aussi du violon ?

— Lydia est une virtuose multi-instrumentiste de grand talent qui revient d'une tournée internationale. Elle fait surtout du jazz et c'est une passionnée ! De son côté, elle cherche à reconnecter avec les bases techniques classiques pour s'ancrer. Elle a accepté de te rencontrer et d'échanger quelques notes avec toi. Vous verrez bien si ça donne un résultat intéressant!

Le lundi suivant, elles se rencontraient dans une petite salle de spectacle feutrée choisie par Lydia. Ce fut un coup de foudre professionnel. Lydia était intuitive, emportée par son art et tellement confiante. Dès la première note, Ariane sut que c'était une naturelle. Elle jouait à la perfection du piano, de la guitare et du violoncelle, sans jamais avoir pris de cours. Originaire d'une famille bohème de musiciens, elle ne lisait pas de partition et interprétait instinctivement des morceaux qu'elle n'avait besoin d'entendre qu'une seule fois.

C'était l'inverse d'Ariane, qui avait travaillé dur et qui s'était reposée sur sa technique pour atteindre son niveau actuel. Elles étaient réellement impressionnées par leurs forces respectives en plus d'apprécier la compagnie de l'autre. Lydia n'était pas comme les musiciennes qu'Ariane croisait normalement au sein des orchestres. C'était un esprit libre et aussi léger que sa jupe à fleurs et ses petits cheveux courts. Elle rayonnait et sa passion dévorante transcendait la scène pour toucher droit au cœur. Elle était loin d'avoir la langue dans sa poche et semblait opérer en permanence sur le mode #RienÀFoutre, un aller simple pour le bonheur. Ariane s'était sentie instantanément à l'aise en sa compagnie. Elle avait l'impression qu'elle pouvait tout lui dire. Elle lui confia donc sa difficulté à recevoir la critique et comment elle laissait celle-ci la paralyser. Mais aussi sa volonté d'être parfaite en tout point. Lydia l'écouta attentivement avant de s'exclamer, du soleil dans la voix, qu'elle devait plutôt se reconnecter au plaisir de jouer de son instrument et le reste suivrait. Retrouver cette sensation vive de la petite fille qui vient de commencer à jouer du violon et la ressentir jusqu'au plus profond de son être.

En échange du partage de sa technique classique pour parfaire son art, Lydia accepta de l'initier au pouvoir puissant du lâcher-prise. Elles consentirent à se rassembler deux fois par semaine au même endroit pour répéter ensemble. Toutes deux sentaient que ce partenariat porterait ses fruits et leur apporterait énormément, autant d'un point de vue professionnel que personnel. Bruno avait vu juste en les jumelant.

C'est donc sur les notes de *Danse macabre* de Camille Saint-Saëns qu'elles terminèrent leur première répétition en un duo de cordes convaincant. Les murs résonnaient au son des vibratos. Les filles se laissaient tout simplement transporter par le moment. Ariane ne pouvait s'empêcher de sourire en constatant les mouvements amples et sentis de sa comparse. Elle se rendit vite compte que c'était contagieux quand elle se surprit à fermer les yeux sans regarder sa partition. La magie opérait.

Kim

Rien n'allait plus à la maison. Kim ne se reconnaissait plus et détestait la personne qu'elle était en train de devenir. Elle n'avait pas confiance en Christo alors elle fouillait dans son téléphone dès qu'elle en avait la possibilité, à la recherche de preuves incriminantes qui lui donneraient raison de douter. Elle se sentait à fleur de peau et un petit rien démarrait une chicane. Il lui prêtait des intentions qu'elle n'avait pas. Ils se criaient des noms. Christopher maîtrisait parfaitement le *gaslighting*, une méthode de détournement cognitif ou d'abus psychologique qui consiste à déformer ou à omettre sélectivement l'information pour favoriser l'abuseur. Et ça fonctionnait. Il la faisait douter de tout. De ses propres réactions, de ses perceptions, de sa valeur et même de sa santé mentale.

Leurs chicanes drainaient toute son énergie. Elle se dévouait corps et âme au bureau et, lorsqu'elle avait terminé, elle filait tout droit se mettre en pyjama à la maison. Elle n'avait plus envie de rien. Ma maladie soudaine la poussait également à remettre beaucoup de choses en question dans sa vie. Ça lui avait fait prendre conscience qu'elle n'avait plus de temps à perdre pour être heureuse. Elle s'était rendu compte qu'elle remettait constamment son bonheur à plus tard ; à l'été, au moment où elle aurait fini ses études, à celui où elle trouverait l'amour… Mais voilà que ce jour ne venait jamais. Elle réalisait aussi à quel point c'était paradoxal, pour ne pas dire indécent, de dire à quelqu'un qui est gravement malade qu'elle n'avait pas particulièrement envie de vivre…

Kim avait délaissé beaucoup de choses au nom d'un amour qui la coupait d'elle-même et elle se demandait pourquoi elle faisait tant de sacrifices. Depuis qu'elle était avec lui, elle s'isolait de plus en plus. Elle se rappelait ces soirées endiablées à faire le *party* avec ses amis, chose qu'elle faisait de moins en moins souvent. Parce qu'il n'aimait pas tellement ses amis et qu'il voulait la garder pour lui tout seul. Ça avait tout pris pour qu'il accepte de la laisser aller à notre chalet hivernal. Ils s'étaient également chicanés quand elle avait insisté pour faire le *road trip* aux *States*. De vouloir passer du temps avec nous provoquait assurément un séisme dans son couple, risque qu'elle prenait de moins en moins souvent. Et quand elle était loin de lui, il la textait constamment pour savoir ce qu'elle faisait. Ou il faisait du chantage émotif pour qu'elle rentre plus vite.

Dès que quelque chose lui déplaisait, il la punissait. Quand elle avait travaillé en équipe avec un garçon durant son stage, il s'était vengé en courtisant la serveuse devant ses yeux lors d'un souper au restaurant. Trop furieuse pour réagir, elle avait subi cette humiliation tout au long du repas, ce qui lui avait laissé un goût amer en bouche. Hier, elle lui avait fait part d'une invitation qu'elle avait reçue pour un 5 à 7 avec ses collègues. Il avait été insulté de ne pas être invité et, pour lui faire du mal, il avait installé Tinder sur son téléphone.

— Tu vas cruiser tout ce qui bouge à ton 5 à 7 ? Parfait ! Ben moi, j'ai le droit de magasiner aussi !

De la grande maturité !

La Kim d'avant

Kim ne chantait plus. Pourtant, elle avait l'habitude de toujours fredonner : dans la douche, en faisant la vaisselle ou le ménage, tout le temps.

— Je sais que tout le monde t'a toujours dit le contraire pour te faire plaisir, mais tu chantes vraiment mal, Kim. Peux-tu chanter dans ta tête, s'il te plaît ? Mes oreilles te remercient.

Elle était incapable d'oublier ce commentaire. Elle avait donc arrêté de chanter, même si ça la rendait heureuse. Il avait un don pour la faire sentir mal et pour discréditer tout ce qu'elle aimait, en la regardant de haut. Avant, elle avait aussi l'habitude d'aller voir de l'improvisation et des spectacles d'humour. Elle n'y allait plus. Parce que lui, il n'aimait pas ça.

— Si tu préfères choisir des activités qui mettent ton cerveau à *off*, c'est ton affaire. Moi, je n'encouragerai pas ça.

Avant, elle était vive d'esprit et énergique. Maintenant, elle perdait tous ses moyens devant Christopher. Elle s'effaçait complètement derrière son égo qui empiétait sur tout le monde autour. C'était comme être aspiré par des sables mouvants : plus on se débat, plus on s'enfonce. Elle avait donc abdiqué, et stagnait pour ne pas se noyer.

À la mi-janvier, en faisant du ménage dans ses affaires, elle était tombée sur ses *dream boards* dans le fond d'une boîte soigneusement rangée. Kim avait l'habitude de faire un tableau par année. Sur celui-ci, elle avait mis l'accent sur son acceptation en médecine, la décoration zen de son nouvel appartement et une remise en forme pour être mieux dans sa peau, tous des objectifs qu'elle avait réalisés cette même année. Dans la même boîte, elle était retombée sur une lettre qu'elle avait rédigée pour elle-même le 1er janvier 2008 pour coucher sur papier ses bonnes résolutions. Elle ne s'y reconnaissait plus. La Kim qui avait écrit cette lettre venait d'être admise en médecine. Elle était déterminée, fonceuse et confiante en ses moyens. Elle était passionnée par une multitude de choses. Elle avait une seule parole et entretenait ses relations. Assise à travers les cartons dans sa chambre, Kim avait versé des larmes en retrouvant ces objets. Où était-elle passée ? Pourquoi avait-elle arrêté de faire ses tableaux ? La réponse lui sauta aux yeux, empreinte d'une cruelle vérité. Parce qu'elle n'avait plus de rêves ni d'objectifs. Elle déambulait comme un automate, comme l'ombre d'elle-même. Était-ce Christo qui l'éloignait d'elle à ce point ? Retrouverait-elle son essence un jour ? Un torrent de larmes se déversa sur ses joues. Prise de panique et pétrifiée face à l'avenir, elle referma la boîte et sortit marcher pour aérer ses pensées.

À travers son regard

Avec lui, elle avait souvent l'impression d'être une mauvaise personne. Elle était la méchante qui ne faisait pas d'efforts avec ses amis. Elle était la jalouse possessive qui l'empêchait de mener son train de vie d'avant. Elle était celle qui essayait de contrôler tous ses faits et gestes. Une Germaine comme il ne s'en fait plus. Elle était bipolaire, folle, manipulatrice… Et il se victimisait constamment.

Pourtant, c'était lui qui l'appelait cinquante fois par jour pour savoir ce qu'elle faisait. C'était lui qui lui donnait des raisons flagrantes de douter de son honnêteté et de sa fidélité. C'était lui qui dénigrait méchamment sa famille et ses amis en prétextant qu'ils ne le portaient pas dans leur cœur non plus…

— Ça paraît dans leur regard, dans leur poignée de main qu'ils ne m'aiment pas. Ils ne t'aiment pas vraiment non plus, Kim. Ils essaient de soutirer le maximum de ta petite personne. Ils t'utilisent. Ta mère ne t'appelle que quand elle a besoin de toi. Ton frère est mou. Tes amies ne sont là que quand tu les fais rire, quand c'est léger et joyeux. Ou quand elles ont besoin d'un conseil médical. Quand tu vas moins bien, comme en ce moment, ça ne cogne pas fort à la porte, hein?

Comme Kim savait qu'elle n'aurait jamais gain de cause, elle préférait laisser tomber. Sans rien ajouter pour nous défendre. Au fond d'elle-même, elle savait pourtant que c'était faux. Que son cercle rapproché avait toujours été là pour elle et le serait toujours. Pourquoi elle ne se confiait pas davantage à nous ces temps-ci? Parce qu'elle avait peur que nous la jugions faible de ne pas quitter Christopher. Parce qu'elle avait honte de rester malgré tout. Parce qu'elle avait l'impression que personne ne la comprenait vraiment. Parce que nous avions un mauvais *feeling* à son égard, c'est vrai. Si nous avions su ne serait-ce qu'une infime partie de ce qu'il lui faisait endurer, nous serions montées au front pour l'extirper de son emprise malsaine. Mais en réalité, malgré toute notre bonne volonté et notre inquiétude, il n'y avait que Kim qui pouvait réellement décider quand elle en aurait assez.

Christopher ne semblait être bien que quand elle jouait à la mère avec lui : quand elle préparait ses lunchs, qu'elle lui rappelait ses rendez-vous, qu'elle lui flattait les cheveux ou qu'elle planifiait son emploi du temps. Dans ces moments-là, il lui parlait avec sa voix de bébé, comme quand on parle à des enfants. Elle devenait son petit bébé d'amour, son petit canard, la meilleure blonde de tout l'univers. Mais quand elle réagissait négativement à ce qu'il disait ou faisait, quand elle osait le contredire, elle devenait la dernière des hypocrites. Et il passait très vite d'un état d'esprit à l'autre, sans avertissement.

— T'as encore voulu m'obstiner. Juste pour faire ton intéressante ! Tu savais pourtant que ça allait me fâcher ! Ben, tu laisseras faire pour le resto samedi. Ça me tente pus ! Retourne donc à tes carottes pis ferme-la !

L'art du « complimarde »

Toujours pour la blesser et lui faire perdre en confiance en elle, Christopher excellait dans l'art de faire un semblant de compliment sous lequel se cachait pourtant une insulte. Le genre de phrases qui te laissent pantois et devant lesquelles tu ne sais pas trop comment réagir :

- T'as vraiment un corps parfait. Tout ce qui te manque, c'est plus de seins.
- T'es trop gentille avec tout le monde. Tu acceptes trop de choses et tu te laisses piler sur les pieds. En tout cas, t'es pas comme moi.
- Si j'étais une fille, je voudrais avoir ta *shape*, mais plus en forme.

- Ça m'a toujours dégoûté, les problèmes de peau comme ton eczéma, mais avec toi, je sais pas, on dirait que je suis capable de passer par-dessus.

- Tu es mignonne, mais la plus *sexy* sur cette photo, c'est Ariane.

Elle aurait tellement aimé qu'ils se comprennent mieux. Elle détestait qu'il la voie si négativement. Ça la rendait malade. Elle voulait qu'il la voie telle qu'elle était. Qu'il la présente positivement à son entourage. Qu'il soit fier d'elle. Elle s'acharnait et s'essoufflait à redorer son blason à ses yeux, mais il ne voulait rien entendre. Christopher n'écoutait jamais pour comprendre, seulement pour répliquer.

Elle avait essayé tant de fois de partir, mais cette volonté de rectifier les faits pour qu'il admette ses torts l'obsédait et la poussait à rester. Il aurait dû être la personne qui la connaissait le mieux au monde. Peut-être qu'il avait vu quelque chose en elle qu'elle ignorait jusqu'alors? Après tout, ses réactions étaient de plus en plus intenses et imprévisibles. Il faisait ressortir le pire d'elle-même. Il lui arrivait de plus en plus fréquemment de se regarder dans le miroir et de devoir se répéter : « Kim, tu es une bonne personne. »

Elle tournoyait dans cette danse macabre sans fin en perdant chaque jour au change : une certitude ou une partie de son essence. C'était toujours le même *pattern*. Quand elle menaçait de partir, il la suppliait de ne pas l'abandonner et déployait toutes ses techniques de charme. Il pleurait. Il lui disait qu'il l'aimait trop et qu'il ne voulait pas la perdre. Il lui promettait même d'arrêter de se fâcher. De changer. D'être un bon *chum* pour elle. Ça durait deux jours puis leurs querelles reprenaient de plus belle.

Il inventait même des drames pour qu'elle reste : une chicane avec son père, sa mère qui avait le cancer, qui se révélaient évidemment de fausses alertes une fois la menace de départ dissipée.

Des mois de thérapie avaient été nécessaires pour le réaliser. Toutes les fois où Kim était partie chez sa mère pour réfléchir, elle finissait par flancher. Parce qu'il réussissait à la faire sentir tellement coupable.

Conversation texto typique pour la retenir :

Lui : Tu ne fais pas d'efforts pour que ça marche, nous deux. Tu fais juste t'enfuir quand ça commence à brasser. T'es une petite nature, Kim. Tu me mérites pas. Moi, j'ai toujours tout fait pour toi.

Elle : Je sais juste que ça ne peut plus continuer comme ça. Je… je ne sais plus où j'en suis. Ça m'épuise qu'on se chicane constamment.

Lui : T'es toujours up and down. C'est lourd, la vie avec toi. Tu vois toujours juste le négatif. Le verre à moitié vide.

Il faisait toujours ça : l'attaquer et la remettre en doute. Cette fois-là, elle avait réfléchi un peu trop longtemps entre deux textos…

Lui : Tu me réponds pas ? Ben c'est ça, ignore-moi comme une salope ! Vous êtes ben toutes pareilles, tabarnak. Je pensais que tu étais différente, mais non ! T'es comme toutes les autres. Une belle salope qui n'a de respect pour personne. Y a pas un autre gars qui endurerait ce que tu me fais vivre. T'es chanceuse que je veuille encore de toi !

Puis, dix minutes plus tard, il changeait de ton complètement.

Lui : Ce n'est pas ce que je voulais dire, mon amour. Souvent, mes paroles dépassent mes pensées. Tu le sais, c'est à cause de mon père et de mon passé. Ça laisse des traces. Je ne le ferai plus jamais, promis. On a besoin l'un de l'autre. Dis-moi quelque chose, je t'en prie… Je le pensais pas. Je t'aime.

Christo avait du mal à gérer ses émotions et il vivait absolument tout avec intensité. Un moment, elle était la femme de sa vie. Le lendemain, elle était la pire des manipulatrices et leur relation était vouée à l'échec. Ses réactions étaient souvent démesurées et il avait de la difficulté à rationaliser et à réagir avec la maturité que ses trente-deux bougies auraient dû lui insuffler.

Il n'avait pas eu une enfance facile. Même si ça n'excuse pas tout, ça permet souvent de faire la lumière… Sa mère avait quitté son père lorsqu'il avait sept ans. Parce qu'il était violent et alcoolique. Elle n'avait pas eu le courage de traîner de force son garçon avec elle pour le protéger contre son bourreau. Lui, à travers ses yeux d'enfant, n'avait pas voulu abandonner son père. Il avait choisi de rester avec lui. Par solidarité. Malheureusement, son père n'avait pas changé et avait déversé sa colère sur son fils pendant près de dix ans. Avec la parole et les poings ; un deux pour un. Christopher le protégeait toujours devant la DPJ. Jusqu'au jour de ses seize ans où il était parti, avec un sac de tissu vert le plus léger possible, pour ne plus jamais revenir. Il s'en était plutôt bien sorti, compte tenu des circonstances. Même si une telle éducation laisse des marques indélébiles.

Christine

Kim marchait depuis une heure maintenant autour des plaines d'Abraham. Ses pieds l'avaient instinctivement menée vers cet endroit où elle se sentait bien. Elle avait beau essayer, elle n'arrivait pas à chasser de son esprit une patiente qu'elle avait rencontrée aujourd'hui à l'urgence. La jeune vingtaine et plutôt jolie derrière son teint blanchâtre, son œil au beurre noir et son corps meurtri. Elle disait qu'elle s'était infligé ces blessures à cause d'une vilaine chute en sortant de la douche.

Selon le policier qui avait présenté le dossier à Kim, elle ne serait pas venue consulter d'elle-même si un voisin de palier ne les avait pas appelés pour signaler un vacarme anormal. C'était loin d'être la première fois, disait-il, et il en avait eu assez de rester là les bras croisés. Lorsqu'ils étaient arrivés au logement de la dame, il n'y avait qu'elle sur place. Du sang coulait tranquillement le long de sa tempe. Son conjoint? Il était au travail, s'était-elle empressée de leur affirmer. Pour les policiers, la scène était limpide et similaire à tellement d'autres. Pourquoi elle le couvrait? Cela demeurait un mystère, mais ses blessures ne mentaient pas. Kim et l'équipe soignante étaient unanimes: une chute n'avait pas pu entraîner pareilles contusions. Or, sans une plainte en bonne et due forme de madame, ils ne pouvaient absolument rien faire pour l'aider. À part bien sûr traiter ses blessures externes. Pour ce qui est de l'intérieur, c'était une autre paire de manches. Kim lui avait fait des points de suture le long de son arcade sourcilière et avait tenté, le plus doucement du monde et sans jugement, de savoir ce qui s'était réellement passé. Devant l'empathie de Kim, elle avait baissé sa garde.

— C'est ma faute. J'aurais pas dû lui parler des impôts alors qu'il vit du stress à son boulot. Pis moi qui suis en arrêt de travail, en plus ! Je suis qui pour lui dire ça ?

— Qu'est-ce qui s'est réellement passé, Christine ?

— Lorsqu'il est arrivé du travail pour dîner, il m'a demandé comment s'était passée ma matinée et je n'ai pas fait attention. Je lui ai dit que j'étais allée porter des papiers à Paul, notre comptable, pour qu'il finalise nos impôts et que j'avais passé une bonne heure dans son bureau à répondre à ses questions. C'est tout. Je pense qu'il était déjà à bout de nerfs à cause du climat tendu à son travail et de toute la pression sur ses épaules. Il n'aime pas parler d'argent, en plus ! Je n'aurais pas dû prendre l'initiative d'aller voir Paul. Il a trouvé que j'étais restée trop longtemps avec lui. Ça lui a sans doute envoyé de mauvais signaux sur mes intentions... Mon *chum* a pété les plombs. Il m'a traitée de pute qui cruise tout ce qui bouge, de femme facile qui se dévoile aussitôt qu'il a le dos tourné. Je me suis mise à trembler quand sa voix a monté et j'ai échappé une des assiettes, qui a explosé en mille miettes sur le plancher en céramique. À ce moment-là, il s'est levé, m'a traitée d'incapable et m'a frappée au visage puis dans le ventre avant de me jeter par terre. Je me suis placée en petite boule pour me protéger et j'ai crié. Il m'a donné un dernier coup de pied puis est retourné travailler sans même toucher à son assiette, en claquant la porte. Je suis restée là sans bouger pendant de longues minutes avant de me lever et de ramasser les pots cassés. Puis, la police est arrivée et m'a amenée ici. J'aurais très bien pu me soigner toute seule.

Puis, l'attitude de Christine avait changé. La peur était revenue dans ses yeux.

— Je n'avais pas besoin que vous vous en mêliez. Ce sera pire ce soir quand il va s'en rendre compte !

— Tu n'as pas besoin de retourner chez toi, Christine. On peut t'aider à t'en sortir.

— …mais il va me retrouver. Vous ne le connaissez pas. Surtout que c'est ma faute ; je l'ai provoqué…

— Ce n'est pas ta faute, Christine. Et c'est dangereux pour toi, là-bas.

Puis, Kim avait essayé de lui faire comprendre que ce n'était pas normal. Qu'on ne s'en prenait pas ainsi à celle qu'on aime. Qu'elle avait simplement à accepter les mains tendues. Malgré la bonne volonté de Kim et son intervention sentie, Christine avait refusé son aide et était retournée chez elle. Elle n'avait rien pu faire pour la retenir et voyait son départ comme un échec cuisant. Kim avait pensé à Christine toute la journée. Quelque chose dans l'attitude de cette femme la troublait profondément. Son empressement à vouloir le défendre et à prendre tout le blâme sur elle. Toute l'emprise qu'il avait sur elle et la façon dont il l'avait manipulée. Et, surtout, son comportement autodestructeur.

Trop pragmatique pour croire à l'ésotérisme, elle n'avait toutefois pu s'empêcher d'être marquée par une croyance populaire impliquant le scorpion, son signe astrologique chinois. On raconte que lorsqu'il se retrouve dans le feu et confronté à sa mort imminente, il se piquerait lui-même pour s'enlever la vie. D'autres disent que, réalisant qu'il ne peut se sortir d'une situation dangereuse, il attaquerait au hasard, devenant sa propre victime. Il y avait probablement une explication rationnelle à ce comportement, mais l'allégorie n'en était pas moins fascinante.

Kim avait rencontré d'autres femmes victimes de violence dans sa courte carrière de médecin, mais jamais une rencontre n'avait eu un tel impact sur elle. En contemplant les plaines enneigées et presque lunaires devant ses yeux, elle comprit pourquoi. Christine lui rappelait sa propre situation amoureuse et ça lui faisait mal. Le parallèle était fort, même si Christopher n'avait jamais levé la main sur elle, du moins jusqu'à maintenant. Mais émotivement, en revanche, leur situation était similaire. Insidieusement, il l'avait poussée aux limites de ses bastions intérieurs; elle s'en voulait constamment de ses propres réactions jusqu'à ne plus reconnaître ce qui était normal ou non en amour. Elle l'avait dit à Christine; on ne traitait pas la femme qu'on aime de la sorte. Pourquoi alors est-ce qu'elle se laissait traiter ainsi?

Depuis trop longtemps, elle acceptait l'inacceptable. Depuis trop longtemps, il la manipulait, la faisait sentir inadéquate et même parfois un peu folle. Depuis trop longtemps, il l'aimait mal. Parce qu'il ne savait pas comment aimer. Kim ne se reconnaissait plus et avait parfois l'impression qu'elle pourrait commettre un geste grave tellement il avait le don de la faire sortir de ses gonds. *Tu es une bonne personne, Kim*, se répétait-elle en marchant.

Elle devait absolument réussir à couper la lourde chaîne qui la rattachait à lui. Pour son bien, sa santé mentale et sa survie...

Florence

Florence surveillait Laura qui jouait dans le salon avec ses figurines en plastique, tout en répondant à quelques courriels sur le coin de la table. Puis, elle s'attaqua au grand panier de linge à plier qui l'attendait patiemment. Elle se sentait bien et en paix. Plier et repasser du linge réussissait à la calmer à coup sûr puisque, ce faisant, elle ne pensait à rien d'autre. Même plier des draps contours ne la dérangeait pas. Elle s'appliquait à ce que chaque pourtour tombe coin sur coin pour un résultat impeccable. Même chose pour les serviettes, et toujours du même côté. C'est Suzanne qui lui avait appris cette technique et, dans sa tête, il n'en existait aucune autre aussi efficace. Raph utilisait une autre méthode ; c'est pourquoi elle préférait s'acquitter de cette tâche elle-même. Parce qu'elle remarquait trop la différence lorsqu'elle ouvrait la penderie et qu'elle luttait chaque fois contre l'envie de tout replier. Chacun son carré de sable !

Elle jeta un coup d'œil vers Laura, qui écoutait maintenant son émission préférée à la télévision en riant de bon cœur. Elle adorait cette enfant. Elle était si pleine de vie et si imaginative. Ça la fascinait de partager ses moments de créativité et de folie. Puisqu'elle était plutôt du genre cartésienne et pragmatique, Laura la sortait définitivement de sa zone de confort. Ce soir, à l'heure du bain, la petite s'était mise à lui raconter l'histoire de vie de tous ses canards puis avait entrepris de faire un gâteau avec des plats improvisés de différentes formes et couleurs. Florence avait filmé la scène pour les archives et toute la soirée durant elle n'avait pu décrocher ce sourire de ses lèvres. Grâce à cette enfant, elle arrivait à faire abstraction de ses préoccupations de la journée pour se concentrer sur l'essentiel.

Elles avaient tissé une belle complicité. Cette année, à l'école, Laura lui avait même confectionné une belle carte de fête des Mères qui l'avait profondément émue. Dessus, la petite les avait dessinées toutes les deux, main dans la main, et avait écrit : « Merci de jouer avec moi comme tu le fais. Je t'aime. Laura. »

Raph venait de finir de ramasser la cuisine et s'apprêtait à venir chercher Laura pour aller la mettre au lit. Il s'arrêta un instant pour lui sourire et venir l'embrasser au passage.

Cette scène familiale finissait bien la journée, malgré le déraillement qui s'était produit au bureau un peu plus tôt. Un de ses collègues avait malencontreusement supprimé des fichiers essentiels à la mise à jour d'une partie du site Web de la compagnie et elle avait passé la journée à réparer les failles informatiques et à gérer la crise. Sa patience avait été mise à rude épreuve face à toute cette incompétence et elle s'était retenue à maintes reprises de lancer des #Gérez-Vous, bien sentis. Ça n'avait pas été de tout repos, mais ils avaient réussi à éviter le pire. Pendant ce temps-là, les autres tâches avaient continué de s'accumuler. Elle devait bien avoir une centaine de courriels en attente et ça l'ennuyait d'avoir terminé sa journée ainsi. Normalement, elle ne quittait jamais le bureau sans avoir répondu à tous ses courriels, mais dans ce cas-ci, elle y aurait passé la nuit. Elle avait tout de même quitté deux heures plus tard que d'habitude en mangeant du St-Hubert en vitesse, jusqu'à ce que Raph l'appelle pour intervenir. De laisser du travail derrière la chicotait au plus haut point, mais venait un moment où elle se devait de fermer les livres.

D'aussi loin qu'elle se souvienne, elle avait toujours visé la perfection. D'où ses innombrables listes pour ne rien oublier. Elle ne laissait rien au hasard et, quand elle voulait quelque chose, elle ne comptait pas les heures pour y parvenir. À l'école, elle avait toujours été première de classe, mais ne ménageait pas les efforts pour bien réussir, contrairement à son frère ou sa sœur qui s'acquittaient de toutes leurs tâches à la dernière minute et qui réussissaient également très bien. Florence s'était imposé une discipline rigoureuse et éprouvée, fort probablement insufflée par le mouvement des cadets. Quand elle se penchait sur une tâche, elle pouvait facilement y passer la journée et bûcher sans relâche jusqu'à ce que le résultat soit à son goût.

Au travail, c'était la même chose. Elle ne voyait pas le temps passer. Elle gérait des projets de plusieurs millions pour une grosse multinationale et se plaisait à gravir un à un les échelons. Son ambition était bien servie, puisqu'on lui confiait de plus en plus de responsabilités. Elle s'était découvert une passion pour la gestion et se faisait un devoir de mener à bien chacun des projets qu'on lui confiait. Elle avait même gagné cette année le prix de l'employée la plus indispensable à son service, ce qui lui avait valu un beau voyage tous frais payés au Panama. Merci, bonsoir !

Ses preuves étaient faites, mais elle réussissait tout de même à s'en faire concernant ses livrables. Elle avait vraiment beaucoup de difficulté à lâcher prise et à faire pleinement confiance à son équipe. Et si elle avait de hauts standards et de grandes exigences envers elle-même, elle en avait aussi envers les autres. Florence avait la fâcheuse manie de repasser sur le travail de tous ses collègues pour le valider et être certaine que ce soit bien fait. Ces temps-ci, elle devait jongler avec plusieurs gigantesques projets en même temps et se sentait un peu dépassée. Ça l'obligeait à déployer toutes ses aptitudes multitâches et à être le plus efficace possible dans chacune de ses actions. Sinon, elle avait bien peur de ne pas y arriver. Elle travaillait énormément et ramenait souvent du travail à la maison.

Road trip aux States

Parfois, elle regrettait cette époque où elle avait moins d'obligations ou de responsabilités, cette époque où elle avait l'habitude de lâcher son fou plus souvent. Vivement la prochaine sortie arrosée avec les filles !

Florence était bien installée dans l'avion qui la mènerait vers le siège social de la compagnie à Singapour, où elle se rendait pour une rencontre importante concernant la fusion de deux secteurs clés. Ses pensées voguèrent jusqu'à ce début d'automne 2011, voilà maintenant près de quatre ans. Elle et moi avions décidé de faire un *road trip* et de traverser les États-Unis à bord de sa Mazda 3. Florence devait se rendre à San Bernardino pour une session d'études à l'étranger de quatre mois, et moi, j'avais décidé de l'accompagner dans son périple et de revenir au Québec au terme de ces dix jours pour entamer ma dernière session d'université. Juste à y repenser, un grand sourire se dessinait instantanément sur ses lèvres. Nous avions effectué plusieurs arrêts en chemin : Niagara Falls, Chicago, Denver, Las Vegas, le Grand Canyon et, bien sûr, Los Angeles. Juste de se revoir danser dans ce petit club de blues sur de la musique *live*, à Chicago, lui faisait le plus grand bien.

Ce furent dix jours de pur bonheur parsemés autant de fous rires que de grands débats philosophiques, et de camping improvisé dans les prairies américaines ou dans le désert. Notre périple s'était déroulé sans trop d'anicroches, à part cette fois où nous avions expérimenté un petit problème de voiture à Las Vegas et où Flo avait appelé son père à la rescousse pour savoir quoi faire. Nous avions donc dû faire un petit arrêt supplémentaire au garage pour régler le problème mécanique. Ou encore cette fois où Flo avait eu la frousse lorsque nous avions abouti, grâce à notre GPS, dans une station-service à Chicago. La vitre du caissier était blindée et nous étions clairement une minorité ethnique, à cet endroit précis. Nous attirions immanquablement les regards. Et ce fut trop de stress lorsqu'un autre client est venu tenter une technique de *cruise* à la pompe. Flo a simplement répondu : « *Sorry, we don't speak english…* »

Et nous sommes rembarquées illico dans la Mazda pour poursuivre notre route. J'ai beaucoup ri de sa réaction par la suite. Il faut dire que c'était la première fois que nous étions confrontées à ce qui ressemblait beaucoup à un ghetto et que nous ne nous sentions pas parfaitement en sécurité. C'est le revers de grandir dans de la ouate, j'imagine. Mais il était grand temps que nous nous exposions à une autre réalité que la nôtre.

Combien de fois avons-nous eu le souffle coupé devant la beauté du paysage ? Au Grand Canyon, sur les routes du Colorado, entre rivières et montagnes, dans ce camping en Utah, aussi, où nous avions planté notre tente une fois la nuit tombée et qui, au matin, nous réservait la surprise de découvrir le paysage magnifique qui nous entourait. Nous avions passé l'une des soirées les plus excitantes de notre vie à Las Vegas et au Cannery Casino & Hotel. Après être allées assister à un spectacle du Cirque du Soleil, nous nous sommes promenées sur l'artère principale, la *Strip*. Nous nous faisions constamment aborder et inviter à sortir dans tel ou tel club. Les hommes étaient déchaînés et déployaient l'ensemble de leurs techniques de séduction, parfois douteuses. Il y avait même un petit groupe qui avait voulu être pris en photo avec nous. Pensaient-ils que nous étions des vedettes? Aucune idée! Nous ne comprenions plus rien, mais nous nous laissions porter par la vague, tout en nous soutenant l'une l'autre. Nous étions toutes deux en couple, après tout, et nous voulions le rester. Ce fut toute une soirée! Nous avions vingt et un ans et la vie devant nous.

Florence était plus légère à cette époque et elle aurait voulu retrouver cette naïveté d'avant. Avec tous les comptes, l'hypothèque, le travail et Laura, c'était moins facile de voyager ces temps-ci et ça lui manquait. #GrownUp. Heureusement, tout allait beaucoup mieux cet hiver avec Raph. Ils avaient trouvé un équilibre familial qui leur convenait à tous les deux. Mis à part sa surcharge de travail, elle avait enfin repris le contrôle sur leur routine et se sentait beaucoup mieux. Laura était avec eux chaque mercredi soir ainsi qu'une fin de semaine sur deux. Mireille s'était trouvé un nouveau *chum* et semblait plus heureuse et sereine. Depuis la dernière crise, Raph consultait aussi Florence beaucoup plus. Il était vraiment investi dans leur relation.

Par son calme olympien, Raph l'apaisait. Il trouvait toujours les bons mots pour dédramatiser une situation et lui faire voir les choses autrement, plus constructivement et avec un plus grand détachement. Florence avait rapidement tendance à anticiper les événements et à s'inquiéter pour un rien. Elle vivait tout jusqu'au bout des ongles et, parfois, c'était épuisant et drainant. Parce qu'elle avait le cœur sur la main, Florence était prête à donner sa vie pour ceux qu'elle aimait et se laissait rapidement submerger par les émotions lorsque ces mêmes personnes souffraient ou avaient de la peine. Raph, parce qu'il la connaissait si bien, réussissait à neutraliser ce trait de sa personnalité. Il la rendait plus zen et saisissait instantanément le moment où il devait intervenir pour la calmer. Pour sa part, elle dynamisait sa vie par les nombreux projets et rêves qui l'habitaient. Il ne s'ennuyait jamais avec elle. Ensemble, ils étaient de meilleures personnes et se propulsaient vers le haut, et ça, c'était rare, magnifique et si précieux.

Ils partageaient tellement de beaux moments ces temps-ci qu'elle s'était surprise à rêver d'avenir avec Raph. Pour la première fois depuis longtemps, elle les imaginait bâtir ensemble un foyer solide. Elle avait même fait un rêve où ils se mariaient entourés de ceux qu'ils aimaient, avec Laura d'un côté et un bébé tout neuf dans les bras. Après tout ce qu'ils avaient vécu, était-ce possible ?

Les premières années de relation avaient été si rock and roll qu'elle ne savait honnêtement plus ce qui pourrait arriver d'autre qui aurait le potentiel de les séparer. Les trois derniers mois leur avaient permis de se retrouver et de reconstruire leurs bases chamboulées par toutes les crises survenues. Ça avait tellement de fois failli craquer entre eux qu'elle les sentait à l'épreuve de tout. Pour une fois dans sa vie, elle appréciait le statu quo et la stabilité de leur relation. Et leur amour ne faisait que grandir de jour en jour.

Anne-Sophie

Janvier n'a malheureusement pas arrangé les choses à la maison, malgré notre volonté commune de partager des moments de qualité ensemble. Tom n'a plus envie de rien. Il a déjà expérimenté un épisode similaire il y a trois ans, qui s'est finalement réglé lorsqu'il s'est confié à un ami. J'ai donc bon espoir que son moral reviendra avec le temps et au fil de ses consultations psychologiques.

Tom ne me dit pas tout ce qui lui passe par la tête, mais je ressens l'ampleur de sa culpabilité à mon égard. J'ai l'impression qu'il chemine, tout en n'aimant pas trop ce qu'il découvre en thérapie. Je voudrais tellement être plus présente pour mon *chum*. Mais ce bout de chemin, il ne peut le faire qu'avec lui-même, malgré toutes mes vaines tentatives de *cheerleading*. Encore quelque chose sur laquelle je n'ai aucun contrôle ! La liste s'allonge à vue d'œil, à mon plus grand désarroi.

De mon côté, je suis de plus en plus affaiblie par l'accumulation des traitements. Ils siphonnent toute mon énergie. J'en suis au sixième sur un total de douze. La moitié de fait ! L'entrevois-tu comme moi, la fin ? Je ne vais plus au volleyball ni au travail, d'ailleurs. Je me concentre sur ma guérison et le combat cellulaire que je mène. Mon corps me fait de plus en plus mal. Les nausées sont fréquentes et j'ai perdu beaucoup de poids à force de moins manger et de vomir. Je n'ai plus de fesses et je flotte dans tous mes pantalons. Je dors aussi beaucoup ; j'ai besoin d'au moins douze heures de sommeil pour me refaire des forces, le double de ce que ça me prend normalement pour être fonctionnelle.

La thrombose aka l'épisode de la grosse face

Par un bon samedi matin, à la fin janvier, je suis couchée sur le côté, bien enveloppée en cuillère dans les bras de mon *chum* sous une couette douce et chaude. Le soleil fait doucement son apparition entre les fentes du rideau. J'oscille entre le rêve et la réalité. Je flotte. Puis, je suis tirée hors de mes rêveries par une soudaine envie de pipi. Merde, il faut que je me lève ! Rendue à la salle de bain, je sens le sol se dérober sous mes pieds. Une douleur vive me saisit. Je me réveille sur le coup avant de m'évanouir à nouveau sur le plancher froid dans ma petite mare de sang sortie de mon nez qui s'est fracassé sur le bord de la baignoire. Tom a entendu le bruit assourdissant et est venu à ma rescousse. Il m'a transportée dans ses bras jusqu'à notre lit, livide d'inquiétude. Je me suis évanouie une troisième fois dans ses bras. Je suis à nouveau bien dans mon lit, toute molle, avec une débarbouillette mouillée sur le front et de la glace sur le nez. Malgré mes protestations, Tom appelle l'ambulance. Quelque chose ne va vraisemblablement pas et je suis trop dans les vapes pour avoir peur.

Pendant le déplacement à l'hôpital (les accompagnateurs ne sont pas admis dans l'ambulance ; ça ne fait pas partie du forfait), j'ai considérablement enflé du visage, à un point tel que Tom le fait remarquer au personnel lorsqu'il me rejoint. Comme il n'y a pas de miroir à proximité, je ne peux pas constater l'ampleur des dégâts, mais Tom semble vraiment préoccupé et insistant. Le personnel juge pour sa part qu'il exagère et met cette enflure soudaine sur le dos de la chute et de ma légère fracture au nez, trahie par mes contusions au visage. Tsé, quand ça va bien… Lorsque je peux enfin me lever sur mes deux pieds au terme de cette journée, après avoir été suffisamment réhydratée, on me donne mon congé de l'hôpital en me disant que l'enflure va forcément diminuer au cours des prochains jours et que tout va rentrer dans l'ordre.

Quand j'ai enfin pu m'admirer, je ne me suis pas reconnue. J'ai été complètement pétrifiée par mon apparence. Est-ce une réaction allergique? Quoi qu'il en soit, Tom était loin d'exagérer, tout à l'heure! J'ai l'air d'avoir été attaquée par un nid de guêpes en furie. L'enflure s'étend même jusqu'à mon cou et mes épaules. En plus de ressembler à une Thaïlandaise obèse (peau basanée en sus), chaque fois que je me lève, je vois des étoiles et frôle la perte de conscience. Je n'ai jamais été aussi faible de ma vie. Mes parents et Tom ne veulent pas me laisser seule dans ces conditions. Je suis donc allée passer quelques jours chez mes parents, puisque Tom avait beaucoup de travail qui l'attendait à l'université. Ma mère a pris congé pour prendre soin de moi.

Deux jours plus tard, la situation ne s'est guère améliorée, malgré leurs belles promesses. Je suis toujours aussi faible; mes parents m'ont même fait monter un lit au premier étage pour éviter que j'aie à descendre les marches pour aller me coucher et pour pouvoir me surveiller de plus près. Une chose était sûre: je devais retourner à l'hôpital. Ma mère m'a donc accompagnée pour tenter d'élucider l'affaire. S'ensuivit une panoplie d'examens en tout genre et de spécialistes à mon chevet. Le département de médecine interne au grand complet, le pendant québécois de l'équipe du Dr House, a même été réquisitionné pour évaluer mon cas.

Ce qui m'exaspérait le plus dans cette situation ? Personne ne semblait comprendre que je n'étais pas aussi enflée normalement ! Pour leur défense, il faut dire que la fameuse jaquette bleue de l'hôpital était loin de laisser deviner ma silhouette élancée. Pour rectifier le tir, je me suis donc mise à montrer systématiquement à chaque nouveau venu dans ma chambre vitrée de quarantaine une photo de moi avant l'épisode pour leur faire clairement comprendre que je ne pesais habituellement pas quatre cents livres du haut de mes cinq pieds six pouces et demi, mais bien cent trente-cinq…

Après plusieurs heures d'attente et d'anxiété dans mon aquarium, c'est finalement ma perle d'infirmière pivot qui a levé le drapeau rouge. Parce qu'elle en avait vu d'autres. Elle a donc mis l'équipe de détectives sur la piste de la thrombose. En langage clair, il se pouvait que mon corps ait rejeté mon port-à-cath, vous savez ce charmant morceau de robot par lequel est injectée la chimiothérapie…

Pour confirmer cette hypothèse, j'ai passé une échographie des jugulaires (je découvre plein de nouveaux mots à travers mon épopée) dans le but de tester le flot de mes veines principales. La conclusion ? Une multitude de caillots de sang s'étaient formés autour de mon morceau de robot, caillots qui se sont progressivement transformés en amas, soit en grosse thrombose ou phlébite, si vous préférez. Normalement, ce genre de truc se forme dans les jambes. En y pensant bien, c'est préférable pour le *look*. Ça paraît moins…

Mon cas est RARISSIME, m'ont-ils dit avec fascination, les yeux ronds comme des billes. Je me permets une parenthèse ici : ça ne fait aucun bien de se faire dire ça. C'est ce que m'a pourtant confirmé ce soir-là l'interne curieux, pour se justifier de m'avoir réveillée sans raison à trois heures du matin afin d'assouvir sa soif d'apprentissage et me poser des questions inutiles sur mon état. À mon grand désarroi, j'étais soudainement devenue un animal de foire... J'ai répondu le plus évasivement possible à ses questions pour qu'il me laisse dormir en paix. Je suis trop faible pour être fâchée, mais il aurait très bien pu lire mon dossier au lieu de me réveiller égoïstement ! Difficile, d'ailleurs, de se reposer avec toutes ces allées et venues. L'un des seuls avantages d'avoir le cancer (avec le fait que peu importe ce que tu ingurgites, tu maigris quand même), c'est que tu as un accès direct à une chambre en isolement. *Exit* les civières dans le corridor ! Plus d'attente à l'urgence non plus !

L'ambiance générale n'est vraisemblablement pas à la fête. Un monsieur crie dans le passage de le laisser tranquille. Il n'en peut plus des aiguilles. Une autre dame, totalement confuse, est écœurée de porter sa jaquette d'hôpital et veut à tout prix remettre ses vêtements et ses bottes pour pouvoir quitter l'établissement. Elle ne cesse de revenir à la charge ; elle veut retourner à la maison. Elle a dû réitérer sa demande une bonne dizaine de fois.

— J'ai l'air de la chienne à Jacques, habillée de même ! Je veux mes bottes. Où est-ce que tu les as cachées, mon petit sacripant ?

Les infirmiers et les infirmières se montrent tous très patients avec elle, lui expliquant qu'elle ne fait pas exception et que tous les patients doivent porter la fameuse jaquette. Tant qu'elle n'aura pas son congé du médecin, elle devra la porter ; c'est la procédure. Au début, c'est divertissant. À la longue, plutôt triste.

RARE, c'est aussi comme ça qu'on a qualifié mon cancer le jour où il a été découvert. Que le public cible était normalement de genre masculin et d'âge mûr. Pas beaucoup de jeunes femmes dans le portrait statistique.

MALCHANCE, c'est le mot qu'ont employé mes amis en secondaire 5 quand j'ai trébuché avec mon assiette de spaghetti dans une cafétéria pleine à craquer et que j'ai dû arborer mon t-shirt de sport toute la journée parce que j'avais aspergé mon uniforme de sauce, n'épargnant pas ma chevelure blonde au passage. Toute l'école a ri de ma maladresse, et ce, pendant un peu trop longtemps… Je pense que les murs s'en souviennent encore ! Si j'avais pu disparaître sous le plancher, je l'aurais fait. Décidément, les statistiques ne jouaient pas en ma faveur !

Dans cet océan de rareté et de malchance, j'avais tout de même ma bonne étoile pour me protéger, puisque c'était un miracle, vu l'ampleur de ladite thrombose, que les caillots ne se soient pas déplacés pour créer une embolie pulmonaire, un anévrisme ou un AVC. Disons qu'il était minuit moins une et que l'hôpital avait commis une grosse erreur médicale en me permettant de retourner chez moi deux jours plus tôt ! Pendant ce temps, mon sang continuait de s'agglutiner en gros mottons encombrants jusqu'à bloquer une bonne partie de mon réseau veineux. Pour survivre et faire circuler l'oxygène à travers mon sang, mon corps, cette petite bête autonome et pleine de ressources, s'est mis à construire d'autres chemins, des voies alternatives, mais cahoteuses comme les rues de Montréal. Élémentaire, mon cher Watson ! C'était l'évidence même pour expliquer l'enflure de mon visage et ma perte d'énergie fulgurante. Le sang circulait péniblement ! Pour la deuxième fois depuis le début de cette aventure, j'ai eu peur de mourir. Moi qui pensais naïvement que du Benadryl me redonnerait mon apparence normale !

Une fois le diagnostic confirmé, on m'a injecté un médicament beaucoup plus puissant par intraveineuse pour faire fondre les caillots. Même si la situation allait supposément grandement évoluer au cours des prochains jours, seul le temps me redonnerait complètement mon apparence normale. J'ai ensuite passé quelques jours à l'urgence pour me remettre sur pied et pour que les médecins puissent me surveiller de près.

Les jours qui ont suivi, Tom et ma mère se sont relayés à l'urgence pour me changer les idées et me faire rire un peu. Ce sont les seules personnes que j'accepte de voir dans mon état. Ils ont droit à une visite de dix minutes maximum toutes les heures. L'agent de sécurité fait sûrement un *power trip* parce qu'il effectue sa ronde à la minute près. Aucun passe-droit ! Parfois, nous jouons à cache-cache avec le trouble-fête. Ça passe le temps. Tom et ma mère se camouflent derrière le rideau en retenant leur souffle pour réussir à passer une autre heure complète avec moi. L'heure suivante, le garde, qui n'entend pas à rire, les chasse sans pitié. Il se venge parce que nous avons réussi à le mystifier. Le reste du temps, je plonge dans un livre pour m'évader ou bien je pleure.

Les larmes coulent quand ça fait deux heures qu'on essaie de me prélever du sang, qu'aucune veine meurtrie ne veut collaborer, que les infirmières se sont toutes relayées en vain et qu'une d'entre elles est rendue désespérée au point de me piquer le pied. Ce manège recommence six fois par jour.

J'ai aussi pleuré les quelques fois où j'ai aperçu mon reflet dans la glace. J'ai fixé longtemps le plafond suspendu pour me calmer bon nombre de fois.

J'ai ri quelques fois, aussi. Cette fois où Florence m'a rejointe pour un test et qu'elle me cherchait dans les couloirs en plissant les yeux. Lorsque je lui ai fait signe d'approcher du haut de ma civière, elle ne m'a pas reconnue! La fois aussi où Tom a pris une photo de moi mangeant du McDo et où il a éclaté de rire. Quand il m'a montré la photo, j'ai partagé son fou rire, de longues minutes durant. On aurait dit que j'étais la vedette d'une publicité de *Qui perd gagne*. Vous avez envie de perdre du poids? N'attendez pas de vous rendre là!

Ma grand-mère m'a toujours dit: «Si on ne vaut pas une risée, on ne vaut pas grand-chose!» Cet enseignement a dû faire son bout de chemin dans ma tête, on dirait. Merci, mamie Odette!

À la suite de cette aventure effrayante, que j'ai affectueusement baptisée «l'épisode de la grosse face», les oncologues ont aussi dû prévoir un plan B pour la suite de mes traitements, puisque mon cathéter était dorénavant inutilisable, le temps que les caillots se dissolvent complètement. Jusque-là, j'avais complété sept traitements; il en restait techniquement cinq. Leur verdict? Je prendrais dorénavant l'une des substances en pilule alors que l'autre continuerait de m'être administrée par voies intraveineuses. Comme les doses avaient été un peu modifiées, les traitements auraient lieu toutes les trois semaines. Je ferais donc dix traitements au lieu de douze, mais je finirais tel que prévu à la fin mars. Ils auraient le même impact. La bonne nouvelle? J'étais libérée de Louis Vuitton étant donné que mon morceau de robot ne servait plus à rien. La moins bonne? Les infirmières allaient devoir trouver une voie parmi mes rares veines disponibles. Ce fut un calvaire chaque fois. On devait me réchauffer les bras pour faire ressortir les veines survivantes. Ça prenait à tout coup plusieurs tentatives de piqûres. Dire que j'avais une peur bleue des aiguilles avant ! Faut croire que, quand il le faut, les peurs sont reléguées au second plan. On s'en trouve d'autres pour combler le vide.

Février

Mon visage s'améliore tranquillement, mais j'ai encore de la difficulté à me montrer en public par souci de fierté. Pour la Saint-Valentin, j'ai pris mon courage à deux mains et je me suis faite belle pour aller manger dans un des meilleurs restaurants de Québec avec Tom. Nous avions reçu un chèque cadeau de la part d'une amie pour Noël et avions décidé de l'utiliser enfin. C'était l'idée de Tom, qui avait envie de raviver la flamme. Je l'ai reçu comme ça, en tout cas.

Je dois dire que le résultat n'est pas si mal. Alors qu'avant, j'arborais une tignasse blonde épaisse sur ma tête, la réalité est bien différente maintenant : ma couette est beaucoup plus petite. J'ai toutefois réussi à onduler mes cheveux, ce qui leur donne un peu plus de volume. C'est une bonne journée pour la face aussi ; elle n'est pas trop enflée. J'ai troqué mon pyjama trop ample pour une belle robe framboise moulante dans laquelle je flotte un peu. J'ai ajouté une touche magique de maquillage pour me redonner un peu d'éclat dérobé par la maladie. Un peu de fond de teint, du fard à paupières dans les tons de brun pour accentuer la couleur de mes yeux, une ligne de crayon noir et du mascara. C'est la première fois depuis longtemps que j'ai l'impression de me rapprocher physiquement de la Anne-So d'avant. La Anne-So fière et coquette. C'est peut-être cliché, mais j'ai envie de lui plaire ce soir. Que la soirée se termine autrement que par l'envie d'aller me coucher à vingt heures, complètement épuisée. J'ai fait une sieste dans l'après-midi pour m'insuffler le pep suffisant pour veiller tard. Tom ne cesse de me répéter qu'il me trouve belle, mais j'ai quand même de la difficulté à le croire. Je ne sais pas pourquoi. Je devrais. Juste pour ce soir. Malgré le fait que ça fait longtemps que je ne me suis pas sentie aussi femme, ce n'est qu'une illusion pour lui comme pour moi, car mon reflet fade, mes joues creusées et mes fesses plates me ramènent vite à la cruelle réalité.

Le cancer a le dos large, en février. Ma perte d'énergie, l'épisode de la grosse face, mon impression de «bencher», comme les joueurs de hockey, parce que je ne peux plus travailler… Le *spleen* de Tom aussi. J'en ai plus qu'assez! Je ne suis plus qu'une pâle copie de moi-même… moins séduisante, moins vivante. J'espère que le retour de sa joie de vivre coïncidera avec ma renaissance. Je me convaincs que c'est juste un dur moment à passer. Que nous en avons vu d'autres, même si cette montagne-ci est de loin la plus coriace que nous ayons jamais eu à escalader. Notre Everest à nous. J'écoute en boucle la chanson de Jason Mraz *I Won't Give Up* pour me remonter le moral, mais elle me fait plutôt pleurer à tout coup.

♪ *I won't give up on us*
   Even if the skies get rough
   I'm giving you all my love
   I'm still looking up

Le soir de la Saint-Valentin, j'ai fini la soirée à vomir ma vie. Bonjour la romance et *bye* mes beaux projets de fin de soirée! Après l'épisode de la thrombose, les traitements ont été de plus en plus durs à supporter pour mon corps. Je me sentais littéralement en mode survie, comme une boxeuse qui encaisse les coups les uns après les autres sans sourciller.

Le festival des effets secondaires

Vous ai-je parlé de ma chance légendaire ? L'une de ses nombreuses manifestations a été de me faire expérimenter une panoplie d'effets secondaires tous plus charmants les uns que les autres. Je cochais toutes les cases des potentiels. Outre une sécheresse inhabituelle de la peau, la perte de cheveux (merci la vie de m'en avoir donné beaucoup), les nausées, la fatigue et le goût dérangé, le plus étrange consistait en un sentiment d'engourdissement au froid. Pour que vous puissiez en figurer l'ampleur, je devais mettre des gants pour ramasser un aliment dans le frigo et m'habiller comme un Eskimo pour affronter notre hiver québécois.

Par un après-midi particulièrement glacial, j'ai décidé d'aller faire une courte marche jusqu'à la pharmacie en haut de la rue pour récupérer mes médicaments. Même si mon accoutrement ne laissait apparaître que mes yeux, ils ont réussi à geler, si bien que je ne voyais plus clair devant moi. Heureusement, j'ai réussi à franchir les portes au bon moment, le souffle court et la vue embrouillée. J'ai dû attendre plusieurs minutes avant que tout revienne à la normale. C'est paniquant, devenir aveugle momentanément, je vous en passe un papier !

L'explosion

À la fin février, mon monde a commencé à s'écrouler en fracas autour de moi. Tom, que j'ai vu dépérir à vue d'œil à mes côtés au cours de ces derniers mois, m'a confié un lourd secret entre deux traitements. Nous étions assis face à face dans le salon.

— Anne-So, il faut que je te dise quelque chose, mais je ne sais pas par où commencer.

— Tu m'inquiètes un peu, je t'avoue. Commence par le début, mon amour. Je t'écoute.

— Tsé, la fois où je suis monté à Trois-Rivières avec les gars, on est sortis dans un bar avec les amis d'uni de Mathieu. On était soûls, l'alcool coulait à flots et j'ai été attiré par quelqu'un.

— OK… Est-ce qu'il s'est passé quelque chose ?

— Non, mais le problème, ce n'est pas ce qui s'est passé ou non, c'est d'avoir été attiré.

— Pourquoi ? Je ne comprends pas. Ça peut arriver à tout le monde de ressentir de l'attirance pour quelqu'un d'autre à un moment ou à un autre. Ce n'est pas la fin du monde si tu m'aimes encore.

Il regarde par terre, cherchant ses mots.

— C'était un gars, Anne-So. C'est ça, le problème.

— …

C'est à mon tour de regarder par terre pour prendre la pleine mesure de ce qu'il vient de m'avouer. Vous avez bien lu : on parle bien ici d'UN ami. Comme dans «masculin». Je ne comprends plus rien de ce qu'il est en train de me raconter. Je finis par reprendre mes esprits et articuler un faible :

— Est-ce que c'est la première fois que ça t'arrive ?

— Oui et ça me traumatise complètement ! Je ne sais pas quoi faire avec ça. Comment interpréter ça. Depuis que ça s'est passé, à la fin janvier, je ne fais que penser à ça. Je voudrais tellement ne pas en faire tout un drame, mais je ne peux pas. Ça prend toute la place. Ça m'obsède complètement. J'en ai parlé à ma psy et elle voulait que je t'en parle. Parce que je suis quelqu'un de rigide et qu'il faut que j'assouplisse mon schème de pensées.

— Épargne-moi ton analyse psychologique, s'il te plaît. Ça fait beaucoup à digérer.

— Je sais, mais il fallait que tu saches.

J'étais tellement concentrée sur mes propres problèmes de santé que je n'avais pas vu venir le coup du tout. Comment est-ce que j'avais pu être aveugle à ce point ? Ses absences répétées de la maison quand j'avais besoin de lui. Et quand il était là, il n'était pas vraiment là. Il errait dans ses pensées. Mon premier réflexe fut de tenter de banaliser.

— C'était peut-être l'effet de l'alcool… Ça m'est arrivé, par exemple, d'embrasser une fille par défi dans un bar.

— Oui, mais ça ne t'avait rien fait, Anne-So. Je ne l'ai même pas embrassé et pourtant je ne fais que tourner la scène où j'ai bien failli succomber en boucle dans ma tête.

Je suis étonnamment calme, trop calme. Pourtant, dans mon for intérieur, mon cœur menace d'exploser à tout moment. Il s'est transformé en petite bombe à retardement. Je suis devenue une terroriste de ma propre santé mentale. Puis, déconnexion totale. De mon corps et de mon âme.

Par souci d'autoprotection, mon subconscient a pris des vacances, ce jour morose de février. Il s'est dit: « C'est trop! Je m'exile avant la déconfiture totale et l'effondrement. » Incidemment, plusieurs conversations durant cette période creuse de mon histoire m'apparaissent très floues. J'erre dans le déni. Les larmes coulent toutes seules en torrents sur mes joues, mais je ne suis pas complètement présente non plus.

— Est-ce que tu m'aimes encore, Tom? Est-ce que tu me trouves encore attirante? Je comprendrais si ce n'était plus le cas. Je n'ai jamais été aussi fade, aussi peu pétillante.

— Enlève-toi ça de la tête tout de suite. Tu es magnifique et je t'ai toujours trouvée belle. Le cancer n'y change rien. Il ne fait que renforcer toute l'admiration que j'ai pour toi. Je t'aime, Anne-So, mais j'ai l'impression que toutes mes certitudes s'effritent brique par brique. J'ai l'impression que j'avais enfoui tout un pan de ma personnalité bien loin dans mon inconscient et que ça ressort en force aujourd'hui.

— Qu'est-ce que je peux faire, moi? Je voudrais faire quelque chose. N'importe quoi.

— Tu ne peux pas faire grand-chose. Cette réflexion-là m'appartient… Je suis tellement désolé que ça arrive maintenant. Je me sens tellement coupable.

— Mais… Qu'est-ce que ça veut dire pour nous?

J'aurais voulu être plus éloquente, mais je suis sous le choc.

— J'ai besoin de prendre quelques jours pour réfléchir à tout cela, pour faire le point. Je vais aller chez Antoine en attendant, OK?

Je suis mortifiée et je ne sais pas par quel bout traiter l'information. Je refuse d'y croire.

— Si c'est ce que tu veux…

— Ce n'est pas ce que je veux, mais je n'ai pas le choix. Je ne peux pas réfléchir à tout ça pendant que tu es là.

— C'est comme un *break*, dans le fond?

— Ouin, si on veut. On va se reparler dans une semaine pour faire le point.

— Tu n'as jamais cru à ça, les *breaks* de couple…

— Je sais, mais j'en suis là. Je n'ai pas le choix.

Nous avons pleuré longuement dans les bras l'un de l'autre. Je l'ai regardé faire sa valise, impuissante. Ça m'a brisé le cœur. Avant son départ, je lui ai écrit une lettre, que j'ai déposée sur ses chandails. Dans celle-ci, je l'implorais d'être patient. Que c'était normal que notre flamme brille moins, vu tout ce qu'on avait à traverser. Je lui disais que les traitements achevaient. Qu'il allait bientôt retrouver la «moi» d'avant, que j'allais le séduire à nouveau. Je souhaitais du plus profond de mon cœur qu'il me rechoisisse, au nom de l'amour et de tous ces magnifiques moments partagés. Quand il a franchi la porte de notre appartement avec sa valise, je suis allée me réfugier chez mes parents parce que je ne pouvais tout simplement pas supporter d'être seule dans notre petit quatre et demie, celui que nous avions choisi ensemble et qui était le témoin de tant de jours heureux.

Quarantaine imposée

Comme mon système immunitaire était à plat, mon corps était plus susceptible d'attraper les divers virus qui traînaient dans l'air. Évidemment, comme un malheur n'arrive jamais seul, j'ai attrapé la gastro durant notre semaine de *break*. Je rejetais tout (nourriture et médicaments de chimiothérapie), ce qui compromettait l'efficacité de mon traitement. Je vous épargne les détails, mais quand tu n'as plus de côlon, la gastro prend des allures disproportionnées, si bien que j'ignorais de quelle façon mon équipe médicale et moi allions venir à bout du virus.

Encore une fois, j'ai dû être admise d'urgence à l'hôpital pour quelques jours parce que j'étais trop déshydratée. Plus de jeu de cache-cache avec le gardien, cette fois. Beaucoup moins de rires. Sauf la fois où on m'a donné du pâté chinois avec du maïs en crème comme souper ! Décidément, les vases communicants à l'hôpital pouvaient grandement s'améliorer. De toute façon, je n'avais pas faim. Je pleurais des heures durant, recroquevillée dans mon lit froid. Même les visites de mes amis et de ma famille n'arrivaient pas à me consoler. Lucie avait pris sa semaine de congé pour être auprès de moi. Elle allait dormir à l'appartement et revenait me voir plusieurs fois par jour. Une chance qu'elle était là, ma petite maman d'amour.

Une partie de moi se disait que la situation ne pouvait pas être pire, que les choses ne pouvaient aller qu'en s'améliorant. J'ai texté Tom durant un moment de faiblesse. J'avais besoin de lui. Quand il a su que j'étais de retour à l'hôpital, il est venu me voir rapidement, plus piteux que jamais. Il m'a pris la main et nous avons discuté. Je voulais savoir où en était sa réflexion, s'il avait fait le tour de la question. Il est resté plutôt vague concernant les conclusions, me disant qu'il se donnait jusqu'à dimanche pour réfléchir. Je me devais de respecter sa volonté et force est de constater que je n'avais aucun contrôle sur la situation ou sur l'issue. C'était ça, le plus difficile : tout mon monde s'écroulait autour de moi et je ne pouvais absolument rien faire. Pour une fille en mode solution, c'était contre nature. Je rageais intérieurement. Il est reparti en me disant de prendre soin de moi, les larmes aux yeux.

Mars

Au terme de la semaine, Tom était censé venir me rejoindre chez mes parents pour me ramener à la maison afin que nous discutions. Ma valise était prête. J'avais repris quelques forces depuis la dernière fois que nous nous étions vus. La veille de nos retrouvailles, j'étais allongée dans mon lit. Ma mère venait de passer de longues minutes à me crémer les pieds et les mains qui cassaient littéralement tellement ma peau était sèche. Je dormais maintenant en permanence avec des gants de coton et des bas pour que l'hydratation soit plus efficace. Je les appelais affectueusement mes gants de Michael Jackson ou de Mickey Mouse, selon mon humeur du moment.

Lucie est infirmière de formation. J'ai une panseuse de bobos professionnelle à mes côtés, la meilleure par-dessus le marché ! Revendicatrice d'une bonne hygiène de vie, ses questions préférées à mon égard, avant le cancer, ont toujours été :

1. As-tu bien dormi, ma fille ?
2. As-tu bien mangé ?

Elle a toujours trouvé mon rythme de vie intense, que je ne me reposais pas assez. Elle a toujours bien pris soin de sa fille.

Ce soir-là, je me suis surprise à prier pour que le meilleur nous arrive. Je me suis surprise à me dire que peu importe l'issue, je m'en sortirais. J'avais ce sacré Bob dans la tête durant ma prière : *«Everything's gonna be alright»*. J'ai par la suite souhaité très fort que Tom réalise à quel point il m'aimait et qu'il me choisisse à nouveau pour qui j'étais, pour qui nous étions ensemble en tant que couple. Au fond de moi, je savais pourtant qu'il avait ouvert une porte qu'il était impossible de refermer.

Le lendemain matin, un soleil radieux illuminait le ciel. Nous étions le 8 mars, Journée internationale des femmes. Tom est arrivé en fin de matinée et m'a proposé d'aller marcher pour discuter. Ce n'était pas bon signe, je le savais. Il m'a alors expliqué doucement qu'il se devait d'aller explorer pour mieux comprendre ce qui lui arrivait, pour mieux cerner l'ampleur de cette nouvelle attirance envers les hommes. Ça le rongeait trop de l'intérieur et il ne pensait plus qu'à cela. Évidemment, cette exploration ne se conjuguait pas du tout avec une vie de couple. Ça lui brisait le cœur, mais il n'avait pas d'autre choix. Il ne pouvait plus continuer à être là à seulement 50 % pour moi. Je méritais mieux… J'aurais voulu retrouver l'homme que j'avais connu et aimé du plus profond de mon cœur, mais cet homme était déjà ailleurs. Je n'avais rien pu faire pour le retenir dans mes bras. Il ne m'aimait plus comme il aurait dû, comme avant, m'a-t-il dit. Cette dernière phrase m'a fait l'effet d'une bombe. J'étais livide et en état de choc. Je réagis toujours à retardement dans ce genre de situation…

Je n'ai pas versé une seule larme avant le moment où j'ai dû le laisser repartir, sans moi. Après notre promenade, je suis allée le reconduire, à sa demande, au Tim Hortons sur le coin de l'autoroute 20, près de chez mes parents. Il y avait donné rendez-vous à l'un de ses amis pour qu'il vienne le chercher. Il m'a ainsi laissé mon auto, pour que je puisse revenir à notre appartement lorsque je serais prête. Pour sa part, il allait continuer à loger chez Antoine jusqu'à la fin de notre bail. Il y avait encore tant à dire, mais le silence prenait toute la place dans l'auto. Je contemplais le vide. Lui aussi. Je n'arrivais plus à hiérarchiser mes pensées et je me sentais complètement déboussolée, comme si une vague étanche m'avait happée de plein fouet et que je n'arrivais plus à maintenir la tête hors de l'eau.

Une partie de mon âme a été brisée sous le soleil radieux devant le Tim Hortons sur le coin de l'autoroute 20 lorsque nos mains se sont lâchées. Toute mon attention s'est dirigée encore une fois vers mon cœur qui battait si fort et qui menaçait d'exploser à chaque instant. Je n'entendais plus que ça. Tout ce qui se passait autour, l'auto, les va-et-vient dans le stationnement du Tim Hortons, tout ça m'apparaissait si lointain, comme dans un univers parallèle. Je ne saurais vous dire combien de temps a passé, mais j'ai fini par refaire surface, tourner la clé pour démarrer l'auto et conduire comme un automate jusque chez mes parents.

J'ai reçu un texto de Tom alors que je venais d'arriver dans la cour. Il voulait savoir si je m'étais bien rendue. Il était inquiet. Pourquoi faisait-il aussi beau, aussi? C'était tellement aux antipodes de la couleur de mon cœur en ce moment. J'essayais de me ramener à ma réflexion de la veille avec mes gants de Michael Jackson, mais je n'y arrivais pas. Je rejouais plutôt en boucle dans ma tête les paroles de la chanson *Il faut savoir* de Charles Aznavour.

♪ *Face au destin qui nous désarme*
  Et devant le bonheur perdu
  Il faut savoir cacher ses larmes
  Mais moi, mon cœur, je n'ai pas su

En ouvrant la porte chez mes parents, j'ai vu ma valise sur le bord de la porte et je me suis effondrée en larmes devant toute ma famille. Tout le monde se voulait le plus réconfortant du monde, mais rien ne pouvait apaiser ma tristesse. Ils étaient tous sous le choc, eux aussi.

Mon père ne comprenait rien. Il pensait que Tom avait quitté le navire parce que le cancer avait été trop pour lui, que toute cette histoire d'homosexualité, c'était n'importe quoi, une couverture parce qu'il avait été trop lâche. De me voir pleurer comme ça le mettait dans tous ses états. Il était furieux et vraisemblablement rempli d'incompréhension. Je n'ai pas eu l'énergie pour le défendre à ce moment-là, mais ma mère l'a fait pour moi.

— Voyons, Simon ! Ça pas d'allure, ce que tu viens de dire. Tu connais Tom mieux que ça. Il n'aurait jamais pu inventer ça.

Puis, elle m'a flatté les cheveux jusqu'à ce que je m'endorme devant la télévision. Elle est ensuite venue me border comme une enfant en me crémant les mains et les pieds, encore une fois, avant de m'enfiler mes gants de Michael Jackson et mes bas de laine. J'ai réussi à trouver le sommeil, épuisée d'avoir vidé ma réserve de larmes.

J'ai fait un *black-out* les jours suivants, errant tel un zombie, spectatrice de ma propre vie. Mon âme a pris des vacances prolongées. Je me rappelle très peu ces heures difficiles, outre une séance de magasinage avec ma mère pour me remonter le moral ou le moment où j'ai appelé Florence en pleurs pour qu'elle vienne m'aider à retirer toutes les photos de Thomas de notre appartement. Je ne me sentais pas la force de m'attaquer à cette tâche et absolument tout ici me faisait penser à lui. Toutes ses choses y étaient encore, en plus. Il n'avait apporté qu'une seule valise de vêtements. Au bout du fil, je n'ai rien eu à dire. Elle a compris et est venue me rejoindre dix minutes plus tard. Elle a aussi appelé les filles pour un *pep talk boost* plus que nécessaire. Nous avons longuement jasé de la situation et bu beaucoup de vin.

Moi : Les filles, j'aurais pris plein d'autres cancers avant ça. Tout sauf ça. J'ai besoin de lui dans ma vie.

Ma voix se brisa ; ma peine était trop grande.

Ariane : C'est de la marde, mais tu pouvais absolument rien faire, Anne-So.

Kim : T'as pas de pénis, ma *chum*, faut que tu te fasses à l'idée.

Moi : Pensez-vous qu'il était lui-même pendant notre relation ? À quel point tu peux te cacher quelque chose d'aussi gros à toi-même ?

Lily : Voyons donc ! C'est sûr qu'il était lui-même. Il n'aurait jamais pu *faker* une attirance pour toi pendant cinq ans.

Flo : Il est sûrement bisexuel, dans le fond.

Par leur présence réconfortante et leurs folies, elles sont parvenues à me faire un peu de bien et à me changer les idées. Nous avons élaboré plusieurs plans pour les mois à venir, pour que je me concentre sur moi et que j'aille de l'avant, en mettant un pied devant l'autre. La première étape était mon dernier traitement. Puis, je pourrais amorcer ma reconstruction.

Le dernier traitement

Je m'étais juré de rester forte lors de mes traitements de chimio, de ne pas pleurer. Je n'ai malheureusement pas pu honorer cette promesse. Au premier «comment ça va, ma belle?», je me suis effondrée en larmes. Mon père était avec moi pour me tenir la main lors de ce dernier traitement. Il a fait ce qu'il a pu pour me changer les idées. Mon père n'a jamais aimé voir sa fille pleurer.

Je me rappellerai toujours le jour de ma première peine d'amour. Mon copain m'avait laissée au téléphone! *Cheap shot* en crime! Après un an et demi de relation, en plus, ce qui, à seize ans, était plutôt digne de mention! Pour sa défense, il n'habitait pas dans la même ville et n'avait pas d'auto. Quoi qu'il en soit, mon père était le seul à la maison quand j'ai raccroché le téléphone, complètement dévastée. Il n'a pas su par quel bout me prendre et m'a servi une phrase toute faite du genre: «À ton âge, un de perdu, dix de retrouvés…»

Il avait été si maladroit et sa tirade m'avait laissée sans mots. J'étais descendue dans ma chambre pleurer toutes les larmes de mon corps. Il est revenu me voir, mal à l'aise, pour me dire qu'il avait appelé ma mère et qu'elle rappliquerait dans les prochaines minutes. Bref, il a toujours été meilleur pour choisir les cartes de souhaits et démontrer son amour par les gestes que pour intervenir en situation de crise. Tout comme moi, ça lui prend un petit temps de réaction quand quelque chose arrive à quelqu'un qu'il aime.

Dernier traitement de chimio, donc. Un classique ; ça a encore pris plus d'une heure pour trouver une veine utilisable ! Mais je n'en avais rien à faire. Je me laissais charcuter sans broncher. J'avais hâte d'en finir. Comble du malheur, la voie d'accès a explosé une heure après le début de l'injection. Je parlais avec mon infirmière pivot qui a remarqué un gonflement inhabituel de mon avant-bras. J'étais tellement hors de mon corps que je n'ai presque pas senti la vive douleur m'envahir. On m'a débranchée illico, mais le mal était fait. La chimio n'est pas faite pour se déverser à l'extérieur des veines ; c'est pourquoi le personnel revêt toujours son *kit* « cytotoxique » de quarantaine pour manipuler les poches maudites de potion. Mon bras a brûlé plusieurs semaines durant. J'ai appris une semaine plus tard lors d'un rayon X que la chimio avait tué des tissus dans mon bras jusqu'à créer une nécrose…

Quand on a réussi à me rebrancher, j'ai imaginé d'autant plus la potion se déverser en moi pour éliminer toute trace restante de cancer. Chaque organe y est passé durant les dix traitements que j'ai reçus. C'était ma façon à moi d'accepter que cette substance toxique s'ingère dans mon organisme et me rende malade pour… mon bien. Ça me rassurait. J'avais fait tout ce qu'il fallait pour me guérir.

En sortant de la salle de traitement ce jour-là, malgré la nécrose, les nombreuses complications survenues et ma feuille de route chaotique, j'ai senti une immense fierté m'envahir. J'ai serré très fort la main de mon papa. Les larmes continuaient à couler, mais cette fois-ci de soulagement. Papa m'a prise par les épaules et m'a serrée très fort dans ses bras.

Il pleurait lui aussi! J'y étais parvenue! J'avais réussi à traverser cette épreuve. À partir de maintenant, je reprendrais du mieux et je me croisais les doigts pour que le cancer ne revienne jamais.

J'ai reçu un texto de Tom au moment où j'entrais dans l'auto. Un simple : «C'est derrière toi, maintenant! Tu peux être fière et je pense à toi.»

Juste le fait qu'il y ait pensé me remplissait de bonheur.

PRINTEMPS

«L'amitié double les joies et réduit de moitié les peines.»

Francis Bacon

La grâce survient quand tu t'y attends le moins

Au printemps, il y a eu ce moment de grâce qui ne se commande pas. De ceux que tu contemples vu d'en haut en te disant: «Comme je suis heureuse d'être là!» Avec les filles, nous étions dans un bar sur la rue Cartier. La musique était excellente et les *drinks*, savoureux. Nous nous déhanchions toutes comme s'il n'y avait pas de lendemain. En mode #RienÀFoutre par-dessus le marché! La meilleure sensation qui soit. C'était la première fois que je sortais depuis la fin de la chimio. J'avais repris des forces et ma renaissance était bien entamée.

Entre deux chansons, je me suis arrêtée un instant pour contempler tout le bonheur qui émanait de ce moment. Lily qui se déhanche à la manière d'une latino, les boucles lousses au vent. Kim qui chante sa vie par-dessus la toune. Ariane qui ne cesse de sourire de contentement. Flo qui danse avec intensité en gesticulant avec ses bras. J'en ai eu le souffle coupé et une émotion de gratitude a rempli mon cœur de bonheur.

Que j'aimais ces femmes! J'étais tout simplement heureuse d'être là et en forme, à danser avec elles. De revivre une soirée dansante avec elles m'a tiré une larme de bonheur sur le coin de la pupille droite.

J'avais l'impression que nous ressentions toutes la magie de ce moment précieux et si simple à la fois. Comme si cette urgence de vivre qui m'habitait maintenant en permanence, nous la partagions toutes à ce moment précis. C'était si beau. Grandiose, même!

Au cours des mois suivants, nous avons multiplié les occasions d'être ensemble, en essayant d'apaiser nos chagrins. Nous sommes sorties souvent danser en ville. Lily se faisait un mot d'ordre d'être notre *bodyguard* contre les hommes mal intentionnés ou contre nous-mêmes, parfois.

Un soir, nous avons été encerclées au Boudoir par une armée d'Oompa Loompa, les employés de la chocolaterie de Willy Wonka. Ils étaient en fait des marins asiatiques de petite taille un peu trop entreprenants qui avaient fait escale au port de Québec et qui étaient sortis s'amuser. Ils parlaient une langue qui nous était inconnue et ils nous arrivaient tous à la hauteur de la poitrine. Cette scène était plus qu'irréelle, mais je me souviens parfaitement d'Ariane, tout sourire, qui s'amusait à danser avec l'un d'eux et de Kim, qui en pousse un autre en lui faisant non avec le doigt, comme pour réprimander un enfant. Il venait d'essayer de la prendre par la taille par-derrière. Notre *bodyguard* en a eu beaucoup à gérer ce soir-là.

En mai, nous avons vécu une escapade magique à vélo sur l'île d'Orléans à goûter les richesses du terroir! Rien ne laissait pourtant présager le succès de la journée quand nous avons enfourché nos vélos ce matin-là pour nous rendre jusqu'aux chutes Montmorency aller-retour. En voyant le pont de l'île, au loin, nous avons décidé de prolonger notre randonnée en allant faire la tournée des vignobles et des vergers. Lors de notre dernier arrêt dans un vignoble, il s'est mis à pleuvoir des cordes. Une de ces averses d'été avant son temps qui se tolère bien parce que la chaleur ambiante compense amplement.

Nous commencions à ressentir les effets de l'alcool consommé sans modération dans les trois vignobles précédents. Complices, nous nous sommes regardées sans rien dire durant trente secondes et nous sommes mises d'accord, par le simple pouvoir de la pensée, sur la prochaine action à poser. La télépathie venait avec la pratique et la connaissance parfaite de l'autre. Vingt années d'amitié, fallait bien que ça serve à quelque chose! C'était tout un pouvoir à maîtriser!

D'un accord tacite, nous avons stationné nos vélos sur le bord de la route et nous nous sommes mises à gambader à travers un champ pieds nus en zigzaguant et en virevoltant autour des flaques d'eau. Toutes, nous avions le sourire fendu jusqu'aux oreilles. Nous avions l'habitude de faire ça étant petites, mais ça faisait bien longtemps que nous n'avions plus eu l'occasion de danser sous la pluie. Je me suis mise à chanter *Ain't No Mountain High Enough* à tue-tête et les filles m'ont suivie dans ma montée lyrique. Je me sentais si libre, si bien à cet instant précis.

♪ *Ain't no moutain high enough*
  Ain't no valley low enough
  Ain't no river wide enough
   To keep me from getting to you babe

Après cet élan de folie, nous avons continué notre route vers le prochain vignoble, en chantant en file indienne comme les Beatles sur Abbey Road. Nous avons eu la bonne surprise de réaliser qu'un spectacle de musique en plein air se préparait à Sainte-Pétronille. Nous sommes donc allées nous acheter le nécessaire pour nous concocter un petit vins et fromages improvisé.

Bien assises sur une couverture carreautée, nous écoutions la musique qui jouait en arrière-plan. Un mélange de blues et de soft rock. Nous aurions voulu commander un tel moment que nous n'aurions pas pu. Tout était parfait.

Florence : Les femmes, je me demande si mon rythme de vie n'est pas trop intense. Vous me connaissez, je suis incapable de ne pas me donner à 200 %. Je regarde mes collègues qui ont des familles et qui partent souvent à des heures de fou le soir. À les voir aller, je me dis que je ne veux pas les imiter. Que je veux faire comme mes parents et être présente pour ma famille. Le problème, c'est que ma progression au travail et mes ambitions font en sorte que c'est vers ça que je me dirige, mine de rien. Ça me fait peur. Qu'est-ce que je vais faire quand je vais avoir des enfants ? Déjà, avec Laura, c'est plus compliqué, et on ne l'a même pas avec nous à temps plein.

Lily : Tsé, Flo, mes parents à moi m'ont donné l'exemple que c'était possible de prioriser la vie en dehors des heures de bureau. Ils m'ont prouvé qu'il est possible d'aimer ce qu'on fait tout en cumulant les heures pour prendre des congés différés et faire des voyages en famille ou en couple. Tout est une question de choix.

Kim : C'est tellement vrai que tes parents ont réussi à trouver leur propre recette du bonheur et, surtout, à l'appliquer. Ils ont réussi à garder plein d'amis, en plus ! Ce n'est pas le cas de ma mère, qui a tout investi dans son travail et son entreprise.

Ariane : N'empêche que je donnerais beaucoup pour percer enfin dans mon domaine et faire une grande carrière. Je veux voyager aussi ! Et avoir du temps pour vous. Et idéalement trouver l'amour un jour. Je voudrais faire tant de choses, mais le temps passe vite. Nos trente ans approchent et on dirait que je n'ai rien accompli de ce que je voulais. C'est un brin déprimant, quand on s'y attarde…

Kim : Je pense qu'on a toutes le même problème, les femmes : vouloir être partout et s'investir dans toutes les sphères de notre vie à la fois.

Florence : Vraiment. L'affaire, c'est que quand tu as une famille en plus dont tu dois t'occuper, ça change indéniablement la donne. Tes enfants prennent la place la plus importante dans ta vie du jour au lendemain, ce qui demande clairement de l'ajustement. Ça me fait peur parce que je veux tellement être à la hauteur de mes parents avec qui je n'ai jamais eu l'impression de manquer de quoi que ce soit. Leur amour, leur présence, tout ce qu'ils sont m'inspire tellement. Je veux aussi me réaliser au travail. Ce qu'ils ont peut-être moins fait… Même s'ils ne détestent pas leur travail non plus. Et, par-dessus le marché, je veux absolument être là pour vous.

Moi : Je crois qu'on veut toutes atteindre l'équilibre, mais que l'enjeu est plutôt d'apprendre à conjuguer avec le déséquilibre. La réalité, c'est qu'il n'y a que vingt-quatre heures dans une journée et que le temps est limité pour tout faire. Plus la vie avance, plus on aura à faire des choix et à mettre nos limites. Mes parents ont tout investi dans leur vie de famille et leur vie professionnelle, mais ont un peu délaissé leurs amis par la force des choses. Il n'y a pas un modèle pareil ni parfait. Chaque personne décide elle-même de l'endroit où elle décide de dépenser son énergie. Quand tu choisis de prioriser une sphère, une autre écope. Malheureusement, ça ne peut pas faire autrement.

Ariane : L'important, c'est de ne pas toujours prioriser la même sphère. C'est de répartir son énergie. De faire de notre mieux.

Lily : Et d'être là pour ceux qu'on aime quand ça compte.

Kim : Ayayaye. C'est pas drôle, la vraie vie d'adulte. J'oserais même dire, un abus de lourdeur ici. Je ne veux pas vieillir, je ne veux pas avoir à faire ces choix ! Point. #GrosBébéForever. Je pense que le prochain sujet en lice serait la gestion des REER. *Come on !* Ça va être le *fun* !

Moi : Bon, OK, on va changer de sujet, Kim. Mais juste pour clore la parenthèse, je sais pas si vous êtes d'accord, mais je pense sincèrement qu'au terme de notre vie, ce n'est pas de nos grandes réussites professionnelles qu'on se souvient le plus. Ce qui te reste, ce qui te marque, ce sont les moments et les grandes émotions partagées avec ceux que tu aimes. Il y a trop de gens qui attendent à leur retraite pour enfin… vivre ! C'est triste, je trouve. Parce que tu ne sais jamais ce qui te pend au bout du nez. Parce que la santé n'est pas acquise, je suis bien placée pour le savoir. Parce que tout peut basculer du jour au lendemain. On sait tous qu'on va finir par mourir un jour. Ce qu'il nous reste comme certitude dans l'intervalle, à mon avis, c'est qu'il faut vivre pleinement et comme on l'entend. Bref, de modeler sa vie à son image.

Ariane : C'est clair. Le sens à donner à nos actions peut être différent pour chacun. En fonction des besoins et des intérêts. En fonction d'où t'es rendu dans ta vie aussi. Mais je pense que c'est important de donner un sens à ce qui arrive dans notre vie.

Lily : En parlant de vivre, quand est-ce que tu prends tes vacances, Kim ? Me semble que tu es plus que due !

Kim : Dans deux semaines. Et ça va vous surprendre, mais j'ai juste le goût d'aller me reposer chez ma mère, d'avoir la sainte paix. De dormir et de dormir encore. Je sais plus où j'en suis. Avec Christo. Dans mon travail. Je me sens vide et complètement épuisée.

Florence : On te voit aller, ma *chum*, et ça nous inquiète beaucoup. Ta priorité à toi pour les prochains mois, ça devrait être toi. C'est une bonne idée d'aller faire le vide dans un endroit réconfortant.

Lily : Ça va te permettre d'écouter ta petite voix intérieure.

Moi : De refaire le plein et de prendre des décisions pour toi, pour que tu ailles mieux.

Ariane : On est là, ma *chum*. N'en doute jamais.

De fil en aiguille, le spectacle a pris fin et il a fallu retourner à la maison en vélo. Au retour, en file indienne, nous avons crié à tour de rôle le nom d'un pays que nous rêvions de visiter. Nous avons brainstormé sur notre prochaine destination ensemble. Encore une fois, ce puissant sentiment de gratitude qui m'envahit. J'ai les larmes aux yeux. Tout est parfait.

Un grand sage m'a dit un jour que la grâce survient quand tu t'y attends le moins. Aujourd'hui, je suis forcée de lui donner raison.

Lily

Dans l'optique de rencontrer de nouveaux visages, Lily avait délaissé le club des étudiants étrangers pour se concentrer sur le club de plein air. Il faut bien savoir élargir nos horizons, parfois! Le principe du club était plutôt simple : des amateurs de plein air qui se rassemblent et organisent des activités de groupe au grand air. Des parcours Arbre en arbre, du *hiking*, du camping, des randonnées de raquette, et bien plus encore. C'était complètement dans ses cordes de femme des bois et en adéquation avec sa volonté de découvrir quelqu'un qui lui corresponde vraiment.

En vérité, Lily s'était inscrite un peu sur un coup de tête parce qu'elle avait flashé pas mal sur un participant en particulier dans la file d'attente. C'est totalement par hasard qu'elle avait croisé sa route dans un corridor ce matin d'avril. Il se démarquait du lot par sa grandeur et ses longs cheveux blonds qui, au vent, auraient pu se trouver en vedette dans une publicité d'Herbal Essence. Elle n'avait pu faire autrement que de faire la file à son tour, de remercier la vie que ce soit un club de plein air et non pas une ligue de rugby, et de ressortir son matériel de camping pour l'occasion.

Il s'appelait Marc et étudiait en ingénierie. Lily avait l'impression qu'elle ne le laissait pas indifférent non plus. Peut-être parce qu'il se plaçait avec elle lorsqu'ils devaient former des équipes de deux ou qu'il flânait à l'arrière du peloton, alors qu'il aurait facilement pu être le premier à l'avant grâce à ses grandes jambes. Clairement, ses sourires intéressés avaient capté son attention.

Après deux randonnées agréables en raquette à apprécier leur compagnie mutuelle, Marc l'avait invitée à aller prendre un café en tête-à-tête, ce qu'elle avait joyeusement accepté. C'était une excellente occasion d'apprendre à mieux le connaître. Elle ne savait pas trop comment le cerner de prime abord. Il était plutôt mystérieux. Plutôt avare de mots et sérieux. Il la confrontait un peu, puisqu'elle était tout le contraire : un vrai livre ouvert d'authenticité qui se dévoilait facilement, en toute franchise.

Pour démarrer la conversation, détendre l'atmosphère et encourager la confidence, Lily eut l'idée d'une question plutôt *smooth* qu'elle posait fréquemment sur Tinder :

— Quand est-ce que tu te sens le plus dans ton élément ?

— Hum. Sur une planche de surf, sans hésitation. Pour le sentiment de liberté que ça procure.

— Wow ! Je trouvais aussi que tu avais le *look* de l'emploi. J'aimerais tellement essayer le surf un jour ! Tu pourrais m'initier, tu penses ?

— Avec grand plaisir. Je suis toujours partant pour en faire plus. On se trouvera un moment cet été sans faute.

— Merveilleux ! J'ai hâte !

— Et toi, Lily, quand est-ce que tu te sens sur ton X ?

— Quand je réussis à sensibiliser les gens, à les convaincre d'embarquer sur la voie du changement.

— Quelle sorte de changement ?

— La cause environnementale me tient particulièrement à cœur. Si je peux convaincre des gens de l'importance de poser des petits gestes tout simples pour l'environnement, comme le compostage, ce sera déjà ça de pris !

— Une noble cause que la vôtre, mademoiselle. Qui m'importe beaucoup aussi. Dans le cadre de mon travail, je m'efforce de trouver des solutions d'ingénierie pour rendre les machines de la minière moins polluantes. J'ai ainsi l'impression de faire ma part en quelque sorte.

— Ben là ! Tu te cachais où, dis-moi ? Ha ! ha ! ha !

Ils parlèrent longuement de leur passion commune pour l'environnement, de leurs projets de voyage et de cette volonté partagée d'essayer le plus d'expériences possible. Leur *date* fut un succès !

À première vue, Marc semblait passionné par bien des sujets, ce qui lui plaisait beaucoup. Ce n'était pas nécessairement lui qui commençait une conversation, mais il répondait toujours aux questions avec aplomb. Il était grand, avec un corps d'athlète. Ses yeux s'harmonisaient parfaitement au reste de son visage. Rien qui clochait. Même s'il n'avait rien d'exotique (comparé à d'autres candidats passés et à sa palette de goûts habituelle), elle aimait bien son nez aquilin, sa chevelure soyeuse et sa mâchoire carrée. Au terme de cette première rencontre qui se solda par un baiser un peu maladroit mais mignon sur le pas de la porte, elle avait bien envie d'en apprendre plus sur lui. Qui sait où ça pourrait les mener?

Les semaines qui suivirent, ils avaient continué à se voir en dehors du club de plein air. Un soir, il lui avait même fait découvrir un de ses endroits préférés à Cap-Santé. Il avait préparé un pique-nique printanier surprise, qu'ils avaient pu déguster sur une plage de galets avec vue sur le fleuve. Ils étaient restés très tard à boire du vin et à apprendre à se connaître en admirant les étoiles. L'endroit était romantique à souhait, Lily était aux anges et, plus important encore, en sa compagnie, elle s'était à nouveau permis de croire en l'amour. En profitant de leur bulle au maximum, elle s'était complètement laissée aller dans les balbutiements de leur relation. Elle pensait tout le temps à lui. Il avait même passé le test des parents. Après toutes ses expériences Tinder ratées, elle avait de nouveau envie de partager son bonheur, ce qui ne lui était pas arrivé depuis longtemps.

Rapidement, une fois l'excitation des premières semaines passée, ils avaient eu quelques ajustements. Lily s'était vite rendu compte que Marc n'était pas le gars le plus attentionné de la terre. Il était plutôt du genre indépendant. Il avait ses habitudes et se montrait inflexible à cet égard. Quand il voulait aller courir en soirée, il y allait, même s'ils avaient autre chose de prévu à l'horaire. C'était tout simplement non négociable.

Féru de sport, il était impliqué dans mille et une ligues différentes, ce qui laissait très peu de place pour l'imprévu ou tout simplement autre chose avec Lily. Ils se voyaient souvent très tard le soir après ses pratiques. Il prenait tout très au sérieux, particulièrement ce qui touchait au sport.

Souvent même, beaucoup trop. Par exemple, il était exaspéré aussitôt qu'un de ses coéquipiers ratait le ballon au volleyball et il le faisait sentir à toute l'équipe. Dans le genre mauvais perdant, on ne faisait pas mieux. Il jouait pourtant dans la ligue C, loin d'être un calibre professionnel! Finalement, Lily s'était vite rendu compte qu'il ne lâchait pas facilement le morceau quand il était convaincu d'avoir raison, ce qui pouvait parfois se confondre avec de l'obsession. Mis à part tout cela, leur connexion était palpable, et que dire de leur compatibilité sur le plan physique! Tout ne pouvait pas être parfait, non? Elle essayait de se convaincre que toute relation nécessitait invariablement de l'adaptation.

De notre côté, nous avions quelques appréhensions à son égard. Lors des présentations officielles, il avait mollement serré chacune de nos mains en ne nous regardant jamais complètement dans les yeux. Il y avait quelque chose d'étrange dans son approche fuyante. Peut-être de la gêne? Nous ne savions pas, mais de voir Lily si heureuse était pour le moment suffisant pour lui laisser une chance.

Cape Cod

Ça devait faire environ deux mois qu'ils étaient ensemble quand il l'avait invitée pour une semaine de vacances familiales à Cape Cod, au Massachusetts. Il lui ouvrait grand les portes de son univers, ce qui avait beaucoup touché Lily. Enfin un signe clair de sa part qu'il voyait leur relation comme du sérieux! Disons que son indépendance pouvait parfois passer pour du désintérêt, si bien qu'elle se questionnait parfois sur leur avenir et sur ce qu'elle attendait réellement d'une relation. Il lui avait vendu l'aventure en lui promettant de l'initier au surf, comme convenu lors de leur première *date* officielle. Il l'avait convaincue en lui disant que les vagues étaient parfaites, qu'ils auraient bien du plaisir tous ensemble et que sa famille était facile d'approche. Elle était déjà conquise d'avance. Autant par l'invitation que par la destination.

Ils avaient fait la route d'un peu plus de sept heures tous les deux afin d'y rejoindre toute la famille de Marc, qui était arrivée deux jours plus tôt. Ses parents, sa sœur, son frère, leurs conjoints respectifs et leurs enfants, ainsi qu'un oncle, une tante et deux cousins. C'était la première fois qu'elle rencontrait tout le monde, mais ça ne lui faisait pas peur, puisqu'elle était douée avec les belles-familles et que c'était facile pour elle de tisser des liens rapidement avec de purs étrangers.

La villa louée pour l'occasion était gigantesque et tout simplement à couper le souffle. La véranda donnait directement sur la plage et, du haut de la chambre qui leur avait été attribuée au deuxième étage, ils pouvaient apercevoir l'emblème de la région : un fameux phare rouge et blanc. Une grande table était dressée pour célébrer leur arrivée. Jacqueline, la maman de Marc, toute contente de rencontrer enfin la copine de son fils (il ne leur en avait pas présenté beaucoup dans sa vie), avait préparé un opulent et copieux repas de fruits de mer. Ils étaient gâtés. Comme prévu, Lily s'était très vite bien entendue avec tout le monde. Aussitôt les bagages posés que Marc parlait déjà d'aller surfer. Il n'avait que ce mot à la bouche et avait passé l'entièreté du repas à questionner ses cousins sur les conditions des derniers jours. Bref, il ne faisait pas beaucoup d'efforts pour intégrer Lily. Mais bon, elle se débrouillait très bien toute seule. Tous semblaient également vouloir en apprendre plus sur elle.

Le lendemain, Marc l'avait réveillée aux aurores pour son cours de surf 101. Pas question de manquer une seule minute de la meilleure marée du jour ! Trop d'action avant son café du matin = recette d'un désastre annoncé. Elle s'était tout de même prêtée au jeu de bon cœur. Parce qu'elle se rappelait sa promesse d'un bon moment ensemble et qu'elle aimait bien découvrir les passions de son partenaire, quelles qu'elles soient.

L'ensemble de l'œuvre ne s'était pas exactement déroulé comme elle se l'était imaginé. Ça ressemblait davantage à une démonstration d'habiletés qu'à un cours, en fait. Marc était très compétent pour effectuer tous les mouvements requis pour demeurer sur la vague, manifestement moins pour enseigner. Pas du tout romantique comme expérience non plus, puisqu'elle passait son temps à avaler des bouillons. Après environ trente minutes de soupirs et d'exaspération de la voir échouer, il s'était totalement désintéressé de son enseignement pour aller s'adonner un peu plus loin à son sport préféré avec ses cousins. Il l'avait carrément laissée en plan alors que Lily peinait à se tenir debout sur sa planche et qu'elle ne faisait que se faire renverser violemment par des vagues un peu trop imposantes pour une débutante comme elle. Elle avait déjà avalé environ deux litres d'eau quand elle décida de tirer sa révérence en se réfugiant sur un rocher. Sa dernière tentative avait été de trop, puisqu'elle avait bien cru y rester quand le courant l'avait retenue au fond un peu trop longtemps. Plus de peur que de mal, heureusement. Suffisamment par contre pour qu'elle n'ait plus du tout envie de remonter sur sa planche. Son professeur aurait dû être là pour la rassurer et l'encourager à briser tout de suite ce cycle de peur avec un essai plus positif. Mais Marc était tellement obnubilé par les vagues qu'il en oubliait tout le reste.

Lorsqu'il l'avait enfin rejointe plusieurs heures plus tard à la villa, il n'avait pas saisi pourquoi elle était si distante avec lui. Son langage non verbal était pourtant évocateur. Elle s'évertuait à couper des carottes pour donner un coup de main en vue du souper… en silence. Pour éviter d'exprimer sa colère sur-le-champ devant tout le monde. Ça ne lui ressemblait pas d'être effacée de la sorte. Il aurait dû le savoir.

Ce n'est que plus tard en soirée, lorsqu'il l'avait invitée à se joindre à lui pour une balade nocturne sur la plage, qu'elle avait eu l'occasion de revenir, le plus calmement que sa colère le lui permettait, sur les événements de l'après-midi.

— Je ne sais pas si tu as remarqué, Marc, mais je n'ai vraiment pas apprécié que tu m'abandonnes comme tu l'as fait au surf, tantôt.

— …

— À la limite, j'ai perçu ton attitude comme un manque de considération flagrant à mon égard. Tu avais l'air de complètement t'en foutre. De moi et de notre moment ensemble en surf. De moi qui manque me noyer dans les immenses vagues, parce que tu n'as pas vraiment pris le temps de m'apprendre à me tenir debout, en fait ! Tout ce qui comptait, c'était toi et ton plaisir. Je n'existais plus à tes yeux.

— Je ne comprends pas d'où ça sort. Tu réagis fort, il me semble. En *drama queen*. Tout allait bien, pourtant, ce matin. Ce n'est toujours ben pas de ma faute si ce n'est pas ton sport. Y a une question de talent aussi !

— Pas mon sport ? C'est pas comme si tu t'étais vraiment donné la peine de m'apprendre. N'importe qui aurait été plus pédagogue, plus patient. J'avais de plus hautes attentes envers mon initiation au surf et envers mon professeur, qui s'avère aussi être mon *chum*.

— J'ai fait du mieux que j'ai pu, mais tu l'avais clairement pas. Il fallait que tu pratiques. Faque je t'ai laissée pratiquer. Moi, je suis rendu à un autre niveau faque ça avait du sens de partir rejoindre mes cousins.

— Non, pas vraiment. T'aurais dû rester avec moi. Pis revenir ben avant pour voir comment j'allais. J'ai failli me noyer tellement les vagues étaient grosses pis tu ne t'en es même pas rendu compte! T'es réapparu cinq heures plus tard.

— Comment je vois ça, c'est que c'est tout naturel de faire chacun nos trucs de notre côté et de se rejoindre plus tard. On fait ça au Québec, pourquoi pas ici?

— Je suis loin d'être une fille en besoin continuel d'attention, Marc, tu le sais! C'est juste que dans les circonstances, comme je viens de rencontrer ta famille, je m'attendais à ce que tu sois plus attentionné. Je m'attendais à plus de ta part. Point.

Il continuait de ne pas comprendre. Lui avait-elle mal communiqué son besoin? Faisait-elle tout un plat avec pas grand-chose? La rigidité manifeste de Marc l'obligeait à remettre en question sa propre réaction. Non, sa colère était totalement justifiée. Et ils auraient dû être capables de revenir ensemble sur les péripéties de l'après-midi de façon mature et posée.

— Pourquoi t'es juste pas capable de comprendre comment j'ai pu me sentir? J'ai juste besoin que tu reconnaisses mon émotion. J'ai raison d'être en colère parce que la façon dont tu as agi ce matin, c'était loin d'être normal pour un gars qui est censé m'aimer !

Il n'avait rien trouvé à répondre et il était simplement allé se réfugier dans la chambre pour bouder. Il ne voulait plus parler. Ce soir-là, dans leur lit, il y avait un trou béant qui les séparait. Marc avait pourtant essayé de se rapprocher, mais elle n'en avait aucune envie. Elle voulait seulement être ailleurs. Disons que ça commençait très mal leur semaine ensemble. Lily ne reconnaissait plus le gars de qui elle était tombée amoureuse. Le gars qui ronflait à ses côtés était bien loin d'être idyllique, à l'exception de ses abdos. Il manquait cruellement de sensibilité et était égoïste au point de ne penser qu'à son bien-être personnel. Elle aurait aimé qu'il soit davantage à l'écoute, mais quand elle lui parlait, il semblait complètement déconnecté. C'était comme parler à un mur.

Ce soir-là, elle n'avait pas réussi à trouver le sommeil. Elle ne faisait que ressasser leur froide discussion en boucle dans sa tête, mais ne trouvait rien à ajouter. Tout avait déjà été dit. Ils n'étaient tout simplement plus sur la même longueur d'onde. Au bout de sa réflexion, elle avait décidé de lui laisser une dernière chance le lendemain pour voir comment il réagirait à leur dispute et avait fini par s'endormir en espérant le meilleur.

Quand Lily s'était réveillée, il n'était déjà plus dans le lit à ses côtés. Il faisait les cent pas dans leur chambre à essayer de trouver son chandail de surf. Il devait rejoindre ses cousins sur la plage et il était déjà en retard. Sa routine du matin était déjà bien avancée. Il avait déjeuné, pris sa douche, plié et replié son linge à la recherche du fameux chandail… Rien d'autre ne comptait. Elle aurait très bien pu être invisible.

Marc ne lui avait pas proposé de reprendre la leçon de surf ou toute autre activité qui aurait eu le potentiel de l'intéresser. C'était du chacun pour soi. On était loin des excuses et de la réaction mature qu'elle attendait. La nuit n'avait clairement pas porté conseil dans son cas et il avait préféré ignorer leur discussion d'hier, faire comme si rien ne s'était réellement passé. Il ajoutait une couche à l'affront.

Son constat était clair comme de l'eau de roche : ce n'était pas le genre de relation qu'elle souhaitait. Elle voulait des flammèches et des sapristis de papillons dans le ventre, oui, mais surtout, elle voulait un *chum* attentionné qui se souciait de son bien-être et qui la comprenait. C'était bien beau, l'indépendance, mais il y avait des limites, quand même ! Ce matin-là, Lily avait préparé ses valises pour retourner chez elle. Sa décision était prise. Elle lui avait laissé une lettre sur le lit en guise d'explication, avait gentiment remercié sa famille pour l'hospitalité et était partie avec sa voiture le cœur gros comme l'océan qui menaçait d'exploser, comme les vagues qui l'avaient si violemment happée la veille. C'était encore pire aujourd'hui.

À travers toute leur histoire, elle réalisait à présent à quel point ses attentes avaient été déçues. Déçues à cause de son trop-plein d'enthousiasme. Aveuglées par un départ canon. Marc ne la comprenait visiblement pas et ne semblait pas s'en faire avec ses sentiments. Disons que ses capacités d'introspection étaient limitées, tout comme son empathie. Nous avons longuement analysé ses réactions par la suite lors de *pep talk* collectifs et nous avons conclu à un syndrome d'Asperger en raison de ses gestes fuyants, de son manque d'aptitudes sociales, de son obsession pour le sport et de son incapacité à reconnaître ses émotions ou celles de Lily.

Gestion de crise

Quelques semaines après son retour au Québec, une autre brique lui était malheureusement tombée sur la tête. Elle avait du retard dans ses règles et ce n'était pas normal, puisqu'elle était habituellement réglée comme un métronome. Ça ne se pouvait juste pas! Marc utilisait toujours un condom… Peut-être était-il arrivé un accident sans qu'ils s'en aperçoivent? Elle essayait de se rappeler la dernière fois qu'ils avaient fait l'amour. Le fil exact des événements. C'était il y a un mois, juste avant l'escapade à Cape Cod, qui avait sonné le glas de leur relation. Depuis, elle n'avait eu aucun contact avec lui et c'était très bien ainsi.

Pour en avoir le cœur net, elle était allée chercher un test de grossesse à la pharmacie. Ce fut la plus longue minute de toute sa vie. Livide, elle retourna la mine basse à la pharmacie du coin de la rue. Pour acheter trois autres tests de marques différentes. Pour comparer. Et, espérait-elle, se rassurer. Parce qu'en ce moment précis, elle paniquait complètement. Ils étaient unanimes.

Elle fixait le mur de sa salle de bain sans bouger. Des larmes coulaient sans bruit le long de ses joues. Elle croyait vouloir des enfants un jour, mais pas tout de suite. Et surtout pas avec lui! Et si c'était sa seule opportunité de tomber enceinte? Devait-elle lui en parler? Elle ne savait plus à quel saint se vouer alors elle nous a appelées à la rescousse. La crise était de taille et nécessitait l'artillerie lourde: de l'amour à profusion, un immense câlin collectif et des heures de discussion et, surtout, d'écoute.

Florence : Ma *chum*, la décision doit venir de toi et ne doit évidemment pas être prise à la légère. Tu peux te laisser du temps. Et peu importe ce que tu décides de faire, nous serons là.

Lily : Oui, je sais. Merci. Est-ce que je devrais consulter Marc, à votre avis ? On ne s'est pas laissés particulièrement en bons termes, on se rappelle…

Kim : Je pense que tu devrais d'abord te faire une tête sur ce que tu souhaites vraiment. En considérant qu'il ne fera pas partie de l'équation et que tu devras élever cet enfant, seule. Tu verras après si tu veux toujours lui en parler.

Lily : Je pense pas être prête à être mère. Même si ça ne me rentre pas dans la tête de me faire avorter à vingt-sept ans… Y a pire que ma situation. Je pourrais m'arranger. Y a plein de femmes qui élèvent des enfants dans des conditions de misère partout dans le monde pis qui font de l'excellent travail avec ce qu'elles ont. Y a plein de femmes qui se retrouvent mères beaucoup plus tôt que moi et qui s'arrangent ; elles apprennent. Y a plein de femmes qui arrivent pas à avoir d'enfants pis moi, j'en voudrais pas ?

Ariane : Tu ne peux pas t'arrêter à ça, Lily. Ou te comparer. Chaque situation est différente. C'est la beauté du libre arbitre.

Lily : Ouin, mais je me sens mal pareil. Je ne veux pas élever un bébé toute seule. Encore moins avec Marc ! Il est complètement déconnecté. Ça va être beau avec un bébé dans les bras ! Je sais même pas ce que je veux réellement faire de ma vie même si je termine mes études ! Une journée, je veux quelque chose. Le lendemain, complètement autre chose. Bonjour la stabilité! Je ne suis pas prête à accueillir un enfant. Je voudrais plus pour lui ou elle.

Moi : Tu feras une excellente maman, ma belle *darling*, ça ne fait aucun doute. Mais tu as le droit de décider que ce n'est pas le bon moment.

Lily : Je sais déjà ce que je dois faire, au fond. C'est juste de trouver la force. Pourrez-vous m'accompagner?

Après avoir pris sa décision, Lily eut envie d'écouter la chanson *Poussière d'ange* d'Ariane Moffatt. En boucle. Nous l'avons donc mise sur *repeat* et ça nous a toutes fait du bien. Les larmes continuaient de couler sur ses joues pendant que je lui tenais la main.

Après, elle avait pris son courage à deux mains pour appeler Marc. Fidèle à lui-même, il avait réagi d'une façon insensible et détachée. Pas de « tu as pris la bonne décision ». Pas de « je comprends que ça ne soit pas une décision facile ». Pas de « je pourrais venir avec toi ou on pourrait se voir pour en parler, si tu veux ». Il avait simplement paru vaguement soulagé, émis un petit OK et lui avait souhaité bonne chance. Ce n'était définitivement pas le bon gars pour elle. Les dernières minutes lui prouvaient une fois de plus qu'elle avait bien fait de partir.

Les semaines qui suivirent furent difficiles pour Lily. Elle savait qu'elle avait pris la bonne décision, ce qui ne rendait pas le processus moins pénible pour autant. Elle avait pris son rendez-vous à la clinique d'avortement le soir où nous étions toutes chez elle. Le premier eut lieu au début de la semaine suivante. C'était un processus en trois temps. Elle devait d'abord rencontrer une travailleuse sociale pour justifier son choix et en discuter.

Puis, elle devait faire une échographie pour connaître l'âge exact du fœtus dans son ventre. Elle était enceinte depuis plus longtemps qu'elle ne l'aurait cru. Huit semaines. De la grosseur d'une cerise, selon l'affiche dans le bureau du médecin. De voir sa silhouette à l'écran rendait la chose encore plus réelle et lui avait fait l'effet d'un coup de poignard dans le cœur. Ce fut à ce moment exact qu'elle avait vécu son deuil de ce petit être qui ne se développerait jamais et elle s'en voulut beaucoup. Qui sait ce qu'il aurait pu devenir ? Elle se résolut à ne pas pousser trop loin cette réflexion. Parce que c'était trop douloureux et qu'elle n'y arriverait pas, sinon.

Ce n'était qu'au terme de toutes ces étapes préliminaires que l'intervention avait été planifiée, quelques jours plus tard. Parce qu'elle en était à huit semaines de grossesse, elle avait dû se faire insérer une tige, la veille de l'avortement, pour dilater manuellement son col de l'utérus. On lui avait demandé de nouveau si c'était bien ce qu'elle souhaitait. Parce qu'à partir de ce moment où la tige était bien en place, il n'y aurait plus de retour en arrière possible. Il y avait trop de risques d'abîmer le fœtus. L'expérience fut très douloureuse et elle avait passé la journée et la soirée avec un sac magique sur le ventre, couchée sur son divan à pleurer.

À tour de rôle, nous l'avions accompagnée à ses rendez-vous et c'était à mon tour d'y aller pour l'avortement. Armée de la classique jaquette bleue avec des flocons de neige et des pantoufles en papier, elle avait fait son chemin jusqu'à la salle d'intervention. Juste avant, je l'avais serrée dans mes bras très fort, en lui répétant que tout irait bien.

L'avortement n'avait pas été très long. On lui avait donné un calmant pour la douleur et elle avait fixé machinalement l'image peinte au plafond de la salle : une forêt lumineuse vue du sol. Il y avait maintenant une étoile de plus au ciel. Une étoile qui l'accompagnerait toute sa vie.

Malgré les événements des derniers mois et sa déconcentration manifeste, Lily avait réussi, par on ne sait quel miracle, à passer ses derniers examens de la maîtrise ! Sur son babillard, elle scrutait les Post-it éparpillés qui lui faisaient office de *to-do list*. Elle pouvait dorénavant les mettre à la poubelle ou en faire un petit feu de camp. Elle était désormais libre de faire ce que bon lui semblait ! Alléluia ! La vie lui appartenait et elle était bien déterminée à tirer profit au maximum de ce nouveau départ. Pour honorer son étoile.

Ariane

C'était le retour du beau temps dans la métropole. Les pavés glacés cédaient tranquillement leur place à la *slush* et aux nids-de-poule, symboles victorieux du printemps. C'était aussi le début des balades en BIXI et des pique-niques sur le mont Royal avec les colocs. Ariane, elle, ne s'était jamais sentie aussi d'attaque, aussi connectée à son rêve.

Par un bon soir d'avril, alors qu'elle revenait de donner son cours, une lettre l'attendait patiemment sur le comptoir de la cuisine. Une lettre provenant de l'Orchestre symphonique de Montréal ! Elle avait passé une audition à la fin mars à la suite de la recommandation de Bruno. En ouvrant la lettre, elle retint son souffle. Elle n'en croyait tout simplement pas ses yeux. Ils la voulaient dans l'équipe à titre de soliste pour une tournée au son des violons exclusivement. Un projet spécial d'une durée de deux mois en Europe de l'Est. Elle serait dirigée par un chef d'expérience et partagerait la scène avec six autres violonistes tous plus talentueux les uns que les autres. Le départ pour la tournée était imminent ; ils s'envolaient dans deux semaines. Ariane virevoltait de bonheur dans sa cuisine.

Elle s'empressa donc d'appeler pour accepter avec un plaisir non contenu l'offre de l'OSM. Son rêve était enfin à portée de main! Et, surtout, on lui avait fait confiance pour ce qu'elle était et pour ce qu'elle avait à transmettre. Enfin, elle avait été assez!

Elle avait beaucoup à faire en vue du grand départ: sous-louer sa chambre, préparer ses bagages et demander son visa de travail européen. Étonnamment, tout s'était déroulé rondement et, la veille du grand départ, elle ne s'était jamais sentie aussi fébrile et en confiance. Enfin, sa carrière prenait son envol!

4 avril

Mes amies,

Ce soir, j'ai un doux sentiment de gratitude envers la vie. J'ai enfin l'impression d'être à la poursuite de mon propre bonheur. Toutes mes lectures et tous mes apprentissages me disent que le bonheur est une question de choix. Et que faire ce choix revient à entrouvrir la porte qui mène vers une infinité de possibilités. Il y a tellement à apprendre et je veux saisir toutes les opportunités qui s'offriront à moi. Ce n'est que les balbutiements de mon nouvel état d'esprit, mais je voulais prendre le temps de partager ce moment de grâce avec vous. J'ai déjà hâte de vous raconter mes aventures européennes!

Je suis présentement à l'aéroport, le cœur un peu gros de vous quitter pour deux mois, mais tellement fébrile à l'idée d'entamer un nouveau chapitre de ma vie professionnelle. Les derniers mois m'ont permis de mieux m'orienter par rapport à mes valeurs et objectifs à court et moyen terme. Là, je me sens d'attaque et, plus que jamais, mon rêve est à portée de main. La vie est belle et tellement pleine de surprises. Je vous admire chacune pour qui vous êtes. Vous m'insufflez une confiance en la vie, une confiance en moi que je croyais avoir perdue. J'allume enfin mes fusées, comme dirait mon père !

Merci d'être là. Même si des milliers de kilomètres nous séparent, vous m'accompagnez toujours, partout où je vais.

Je vous aime et vous dis à très bientôt.

A.

25 avril

Allô les filles,

Déjà presque la moitié du voyage et j'ai l'impression que le temps a filé à la vitesse de la lumière. Désolée de ne pas vous avoir donné plus de nouvelles ; j'ai été bien occupée avec la tournée. Je vis des expériences si riches que je voudrais les immortaliser d'une manière à en garder toutes les saveurs, les sensations. Les concerts s'enchaînent ; la musique disparaît, mais l'expérience reste. Je m'entends bien avec les autres membres du groupe. Tout le monde est très gentil. Je sens que ma pratique s'ancre à un port d'attache solide ; je ne me suis jamais sentie aussi connectée à ce que je fais. J'y mets tout mon cœur et l'orchestre me le rend bien.

J'en ai profité pour visiter un peu durant nos journées de congé avec quelques membres du groupe. J'ai eu un gros coup de cœur pour Budapest ! Du genre que je m'y verrais y habiter tellement la vibe est relax. Je ne voulais plus partir. Il y a des bains thermaux avec vue incroyable sur l'architecture de la ville ! C'est une ville de party et j'y ai rencontré plein de gens super sympathiques en couchsurfing. Aux abords d'une station de métro, j'ai aussi fait la connaissance d'un bel Italien. ☺ Ne capotez pas ; j'y reviendrai plus tard. Il faut bien avoir le sens du punch !

Prague a des allures de conte de fées, mais est très touristique, quasiment trop. On y perd en magie. Les Tchèques sont assez réservés et plutôt froids, disons-le. Par contre, pour la culture et l'architecture, ça vaut amplement le détour. Et que dire du Rudolfinum ! C'est un honneur et un privilège que d'y jouer. Le premier mois de concerts à Prague tire à sa fin. Nous poursuivons la tournée en Slovénie puis en Croatie. J'ai hâte !

La fin de semaine passée, avec plusieurs membres du groupe, nous sommes allés faire du hiking dans les High Tatras en Slovaquie. Ce fut un des plus gros défis physiques de ma vie, mais aussi la plus belle vue que j'ai eu la chance de voir. On s'est demandé à quelques reprises durant l'ascension quelle mouche nous avait piqués, mais l'effort en valait la chandelle. Les lacs de montagne me donnaient l'impression d'être sur une autre planète. C'était presque un paysage lunaire. De toute beauté ! Ça me fascine chaque fois de constater à quel point la nature est généreuse. J'ai une chance inouïe d'avoir vu ça ! Même si j'ai eu mal aux jambes pendant trois jours !

P.-S. – Je ne suis pas impressionnée par la bouffe tchèque. Il y a de la viande et du chou partout. Ça manque de variété, disons. Et ça me fait m'ennuyer un brin des fruits et légumes du marché Jean-Talon.

Pour revenir à Gregory, mon bel Italien, c'est un artiste magnifique. Un danseur contemporain, en tournée lui aussi. Bien sûr, vous me voyez venir, il s'est tissé une romance entre nous deux. Nous ne nous lâchons plus et explorons les confins de l'Europe de l'Est ensemble.

Re-P.-S. — Il m'a abordée alors que j'attendais le métro à Prague en me parlant du soleil qui faisait briller mes taches de rousseur comme une constellation sur mes joues. Il m'a dit qu'il trouvait ça fascinant. Il a patiné pendant quelques secondes avant de me dire qu'il me trouvait jolie. Comme ça, tout bonnement, avec franchise. Comme dans les films.

La suite au prochain feuilleton.

A.

15 mai

Femmes de ma vie, bonjour!

Je vous écris en direct de la Slovénie. Plus précisément d'un café au centre-ville de Ljubljana, la capitale. La Slovénie est un très petit pays collé sur l'Italie et la Méditerranée, et ça se sent. Les gens sont vraiment plus chaleureux qu'en République tchèque. Plutôt méconnu, ce pays regorge pourtant de trésors naturels et de grands espaces. C'est aussi un véritable carrefour culturel.

Ça me transporte de faire des rencontres éphémères, mais c'est à la fois douloureux de leur dire au revoir. La dame avec qui j'ai pris le thé et qui m'a raconté sa vie, le technicien de scène avec qui je blague avant chaque début de spectacle ou encore ce voyageur bohème rencontré au coin d'une rue, chacun laisse une marque indélébile dans ma vie. Pourquoi suis-je si sensible?

J'ai dû dire au revoir à mon beau Gregory quand nous avons quitté Prague. Il y est encore pour un mois. Nous nous sommes promis de nous rejoindre en Croatie à la fin de son contrat. Je veux prendre des vacances avec lui. Les filles, je tripe sur son cas et… ça me fait peur. Il est drôle, attentionné, ouvert et passionné. Je pense que je suis en amour. Ou peut-être est-ce l'intensité du voyage et ce que j'y vis qui rend la tentation si vive? Qu'est-ce que l'amour, au fond? Quoi qu'il en soit, ça fait bien longtemps que je n'ai pas ressenti quelque chose d'aussi fort pour quelqu'un. Je ne sais pas si c'est de l'amour, mais ça y ressemble drôlement.

Il est venu me voir en Slovénie la fin de semaine passée. Il a assisté à mon spectacle, puis nous avons erré main dans la main dans la capitale, comme deux amants fusionnels, à s'embrasser et à rire aux éclats. Tout m'apparaît plus simple en sa compagnie. Il est d'un positivisme sans égal et est toujours partant pour découvrir un nouvel endroit ou essayer une nouvelle activité. Pour une fois, il n'y a pas d'ombre au tableau et je suis juste bien avec lui. À vrai dire, le seul «mais» est que sa vie normale est basée en Suisse. Pour l'instant, j'essaie de ne pas trop penser au moment où nous devrons nous séparer et de profiter du temps ensemble au maximum.

J'espère que tout va pour le mieux de votre côté aussi. Je pense à vous.

Love,

A.

29 mai

Allô!

Pour une dernière fois avant nos retrouvailles, me revoici! Les femmes, ça fait longtemps que je ne me suis pas sentie aussi bien, aussi en phase avec mon art. J'imagine que ça se ressent dans l'aura que je dégage, ce qui a fait en sorte que j'ai rencontré Greg. Les spectacles qui s'enchaînent me donnent confiance. Toutes mes réflexions convergent vers la canalisation de mon désir d'accomplissement. En fait, je me dis que je n'ai qu'à aborder la chose étape par étape. Oublier mes doutes et mes craintes pour focaliser sur l'objectif et les marches pour y parvenir. Jusqu'à présent, cette nouvelle façon de penser me sert plutôt bien.

Ces dernières semaines à Dubrovnik ont été mémorables. La balade sur les remparts au coucher du soleil, la vie nocturne animée de la vieille ville, les millions de marches qu'il faut grimper pour se rendre du point A au point B, le kayak sur des eaux turquoise majestueuses, les escapades sur les îles de Brac, Mljet (prononcé miette) ou Korcula, l'odeur de lavande et de pin, tout pour marquer les esprits.

Nous avons donné notre dernier concert hier et le reste de la troupe rentre demain à la maison. J'ai décidé de prolonger mon séjour de deux semaines pour profiter des îles croates et de leurs joyaux avec Greg. Il vient me rejoindre demain. J'appréhende le retour. Avec Greg, nous avons eu LA discussion qui tue sur l'avenir de notre relation et avons convenu d'essayer la distance. Nous tenons trop l'un à l'autre pour abandonner. Il va essayer de décrocher un contrat à Montréal en danse. Nous voulons tous les deux que ça fonctionne. J'y crois, même si je sais que ce sera difficile.

J'ai hâte de vous revoir et de vous le présenter aussi. D'ici là, je retourne siroter mon verre de vin à votre santé! À ta santé, surtout, Anne-So!

A.

Kim

Elle l'avait fait! Elle avait mis fin à sa relation avec Christopher! La scène de son départ avait été brutale. Christo l'avait enfermée plusieurs heures dans la chambre en pleurant de l'autre côté, refusant de la laisser sortir tant qu'elle ne changerait pas d'idée. Puis, quand il avait décidé de la libérer, il était entré en furie et s'était mis à empoigner ses vêtements de la garde-robe et à les lui jeter à la figure. Il avait hurlé puis l'avait suppliée de ne pas partir. Elle était restée calme, presque stoïque. Avait attendu qu'il ait terminé son spectacle, puis avait fini par ramasser le linge qu'il avait lancé sur le plancher.

Intérieurement, elle repensait à ce qu'Ariane lui avait dit la semaine précédente et ça l'aidait: «Quand ce moment-là va arriver, quand tu vas partir, réfléchis pas, pense à rien. Écoute pas les mots qu'il va te dire. Écoute pas les émotions qui remontent à la surface. Fais juste te concentrer sur le moment présent et avance, ma *chum*, avance!»

Elle avait déposé les vêtements orphelins dans un sac sans rien dire, avait saisi fermement la valise qu'elle avait préparée et avait quitté. Pour de bon, cette fois.

C'était la première fois qu'il lui faisait aussi peur. Parce qu'elle avait senti toute sa haine envers elle, mais aussi la puissance de son désespoir. Il voulait la garder à n'importe quel prix. Elle avait même eu l'impression à quelques reprises qu'il avait envie de lever la main sur elle.

Depuis, elle n'était plus qu'une loque sans repères. N'était-elle pas censée se sentir mieux ? Se sentir libérée ? Elle ne s'était jamais sentie aussi déboussolée. Il l'avait détruite à l'usure et elle devait maintenant entamer sa reconstruction, se rebâtir avec les mêmes pierres souillées et trompeuses qu'il lui avait jetées. Ce serait un long processus et elle ignorait par où commencer tellement les morceaux restants étaient épars. Elle a commencé par venir habiter chez moi. Dans la chambre d'ami de mon appartement, où Tom avait laissé un vide monumental. Dans un espace qui ne lui appartenait pas vraiment, du moins c'est comme ça qu'elle le voyait. Le sevrage était parsemé de rechutes. Il l'appelait sans cesse et elle avait de la difficulté à ne pas répondre. Il était passif agressif dans ses messages. Rien n'avait réellement changé.

Christo – 8 h 04 : Je comprends maintenant que je ne représentais rien pour toi. Tu ne penses qu'à toi…

Christo – 8 h 15 : Mes amis m'avaient pourtant prévenu que tu n'étais pas une fille pour moi. Qu'avec tes grands airs de médecin, tu considérais tout le monde de haut. Ils se sentaient constamment jugés par toi, dénigrés par le seul pouvoir de ton regard. Dire que je t'ai défendue…
Ben, je suis forcé d'admettre qu'ils avaient raison.

Christo – 13 h 00 : Bébé, je t'en supplie, reviens. Je vais faire mieux. Je veux te rendre heureuse, faire des efforts. Tout ce que tu veux. Donne-nous une chance !

Les premiers jours, c'était plus fort qu'elle. Elle sentait l'obligation de lui répondre, ce qui ne faisait que jeter de l'huile sur le feu et la déboussoler davantage.

Kim – 16 h 08 : Ça fait déjà plusieurs chances que je nous donne, Christo. On revient toujours au même point. On ne se fait pas de bien mutuellement. On s'aime mal. Et je n'en peux tout simplement plus.

Christo – 16 h 20 : Sans toi, je ne suis plus rien. J'ai vraiment besoin de toi dans ma vie.

Kim – 16 h 25 : J'ai besoin de réfléchir et de prendre mes distances. Tu peux comprendre ça ?

Christo – 20 h 27 : T'es juste une agace qui me fait croire tout ce qu'elle veut. Dans le fond, tu ne reviendras pas et tu me fais juste miroiter cette possibilité. Ben, sais-tu quoi ? Reviens pas, ostie de manipulatrice !

Christo – 21 h 00 : Tu vas le regretter. Tu rencontreras jamais meilleur parti que moi. J'ai été crissement bon de t'endurer aussi longtemps !

Christo – 02 h 30 : T'es où quand j'ai besoin de toi ? Tu me détruis. Sérieux, je pense que je pourrais faire une connerie.

Ce fut le dernier texto qu'elle reçut de lui. Tant de fois, pendant les deux années qu'avait duré leur relation, elle avait couru dans ses bras à la suite de ses menaces, pour le rassurer ou essayer de recadrer la situation. Encore et toujours la même rengaine. Elle ne pouvait plus.

La première action qu'elle fit pour elle-même fut de me permettre de confisquer son téléphone et de bloquer le numéro de Christopher. Elle me demanda aussi de le bloquer sur les réseaux sociaux. Puis, nous nous sommes débouché une bonne bouteille de vin et sommes allées chanter dans un bar de karaoké. Nous nous sommes réconfortées mutuellement ce soir-là à coups de *shooters* de téquila et de *Pleurs dans la pluie*. Même si nous avons fini en pleurant chacune dans notre chambre, ce fut une bonne soirée. Nous étions deux âmes éplorées en peine d'amour, mais au moins, nous nous supportions. Ensemble, nous étions sur la voie de la guérison et de la reconstruction.

Tranquillement, Kim a recommencé à chanter. Au début, elle se forçait le soir à s'installer à son petit piano synthétiseur. Puis, elle s'est mise à le faire d'instinct après une grosse journée au travail pour se réconforter. Elle s'est remise à l'entraînement. Et à cuisiner de bons biscuits santé pour nous deux. Elle s'est concentrée sur son travail et sur de saines échappatoires pour éviter de sombrer dans le cognac. Elle connaissait sa kryptonite et avait appris à la contrôler. Jamais plus elle ne retournerait à l'époque de ses dix-sept ans.

Tranquillement, elle s'est remise à sourire. Même à rire à gorge déployée lorsqu'elle allait voir des spectacles d'humour ou d'improvisation. Tranquillement, nous avons retrouvé la Kim que nous connaissions, celle que nous aimons. Éventuellement, elle s'était même sentie libérée et plus sereine.

Dommages collatéraux

Il y avait aussi ces moments, bien sûr, où les traumatismes ressurgissaient d'un coup. On ne ressort pas indemne de pareille relation. D'abord, cette phobie de le croiser partout. Son pied appuyait inconsciemment sur l'accélérateur lorsqu'elle croisait une Hyundai noire sur la route. Elle avait quitté précipitamment un *party* où elle avait cru l'apercevoir. En fait, elle se forçait à éviter comme la peste tous les lieux publics où elle aurait potentiellement pu le croiser.

Elle s'était répété mille fois ce qu'elle lui dirait si elle tombait face à lui, mais au fond elle était loin d'être prête à ça. Il était toujours en colère ; elle le savait en raison du courriel de haine qu'elle avait reçu récemment, quand il avait compris qu'elle l'avait bloqué sur Facebook.

— Tu m'as tellement manipulé. Sérieux, j'espère jamais te croiser parce que je pourrais vraiment perdre le contrôle.

Elle n'avait pas répondu. Elle avait tenu bon.

Elle faisait aussi très souvent des cauchemars le mettant en vedette. Le genre de cauchemar où tu te réveilles détrempée d'avoir trop couru. Des cauchemars éveillés aussi, où elle s'imaginait avec exactitude ce qu'il lui aurait dit dans telle ou telle situation. Le temps qu'elle se rende compte que ces situations n'étaient pas réelles, elle avait déjà du mal à respirer et son cœur battait la chamade. Ceux-là, c'étaient les pires.

Éventuellement, elle avait ressenti de la colère. Contre elle-même, d'abord, de ne pas avoir vu clair dans son jeu plus rapidement. De s'être laissé ébranler. De l'avoir laissé détruire ses repères amoureux. De s'être perdue elle-même en cours de route, aussi. Elle, une femme forte avec du caractère ! Elle était furieuse contre lui de l'avoir si mal aimée. De lui avoir fait de la peine et de l'avoir abîmée à ce point. L'amour est censé te donner des ailes, pas les couper. Bien plus tard, elle avait aussi eu de la peine pour lui. Après tout, il faut être extrêmement endommagé pour faire subir ça aux gens que tu aimes… Il était condamné à connaître des relations détraquées pour toujours, alors qu'elle, elle s'en sortirait.

Vivre son deuil

Les émotions avaient toujours été quelque chose de dérangeant pour Kim. Elle avait beaucoup de mal, d'une part, à les reconnaître, d'autre part, à les nommer. De leur faire face relevait de l'exploit. Parfois, certaines choses n'ont pas à être comprises, seulement à être acceptées. Mais comment savoir sur quoi lâcher prise et à quoi s'accrocher ?

Elle ne réussissait pas à intellectualiser toutes ses émotions, alors elle préférait en geler quelques-unes au passage. Du temps où elle noyait sa peine dans l'alcool, c'était ultimement pour ne plus rien ressentir. Ni la douleur ni la joie. Récemment, elle avait compris qu'une vie à être coupée de ses émotions, ce n'était pas une vie. Elle ne voulait plus tuer toute émotion en elle avec un moyen aussi draconien. Or, dans tout processus de deuil, il faut trouver un moyen d'alléger la douleur et d'aller de l'avant. Elle avait fait du surplace trop longtemps.

Sa nouvelle méthode, c'était de se plonger dans un autre univers pour se forcer à penser à autre chose. Un bon roman policier ou une série télé humoristique, par exemple. Elle pouvait y consacrer des heures et des heures et ça lui faisait du bien. *CSI*, *Friends*, *How I Met Your Mother*, même les téléréalités de Canal Vie du genre *On a échangé nos mères* ou *Mon étrange dépendance* exerçaient un certain pouvoir d'attraction. Le passé était déprimant et le futur anxiogène, alors il n'y avait plus de place que pour le moment présent. Et les petits bonheurs éphémères.

Le printemps fut en quelque sorte propice au renouveau pour Kim, même si la boule au fond de la gorge, celle qui menace de te faire éclater en sanglots, n'était jamais bien loin. Elle n'aimait pas imposer ses états d'âme aux autres. C'était énergivore pour elle d'être constamment en train de livrer une performance pour faire croire que tout allait bien. Alors elle préférait se terrer et vivre sa peine seule. Inutile de vous dire que nous vivions notre peine d'amour très différemment, puisque, moi, j'étais du genre à parler. Nous nous sommes beaucoup soutenues, mais j'aurais voulu qu'il y ait davantage de moments forts de solidarité féminine.

Pendaison de crémaillère

L'un de ces moments de grâce eut lieu en avril. Kim fut invitée à participer à la pendaison de crémaillère d'un de ses amis avec qui elle avait joué au volleyball longtemps et avec qui elle avait toujours entretenu une relation nébuleuse de séduction. Toutes les fois où leur histoire aurait pu aboutir, l'un des deux avait eu peur devant la concrétisation du projet. Elle hésita longtemps puis décida d'y aller et de m'inviter à l'accompagner. Ça nous changerait assurément les idées ! Nous avons pris l'apéro à l'appartement en nous préparant à sortir.

Nous avons mis du temps à trouver le petit appartement rue Belvédère. Lorsque nous avons franchi la porte, c'est un Patrick enchanté qui nous a accueillies aux côtés de son nouveau coloc. L'ambiance était à la fête dans le petit salon décoré sommairement avec la méthode *patchwork*, où chacun avait apporté ses effets personnels sans que l'ensemble soit vraiment en harmonie. C'était le digne décor d'une traditionnelle garçonnière.

Une dizaine de personnes que nous ne connaissions pas trinquaient déjà en discutant tranquillement de politique et de hockey, bien assis dans les fauteuils dépareillés. C'était le temps des séries et les gars étaient bien emballés. Il semblait y avoir une thématique animalière au *party*, puisque tout le monde avait une touche vestimentaire qui rappelait le thème. Un foulard en léopard par-ci, une plume par-là. Nous n'avions vraisemblablement pas reçu le message. Pat portait un t-shirt noir qui mettait en vedette un loup grimaçant et Kim le trouva beau. Sa silhouette imposante. Son teint basané de gars qui revient du sud en permanence. Ses cheveux en bataille. Elle remarqua qu'il avait un nouveau tatouage sur le bras. Une flèche *vintage*, simpliste et épurée, qui se mariait bien avec sa manche colorée.

Notre entrée en matière fut plutôt discrète jusqu'au moment où un joyeux luron nous invita à prendre des *shooters* de téquila. Après deux ou trois *shooters*, les jeux d'alcool se sont enchaînés à un rythme infernal; bonjour le *Beer Pong* et *Flip the cup*! Ce soir-là, l'appel de la fiesta fut plus fort que tout!

Les parfaits inconnus d'un peu plus tôt étaient devenus nos meilleurs amis. Nous avons fini par danser au milieu du salon pour ensuite nous rendre dans un bar sur la rue Cartier. Moi, j'avais jeté mon dévolu sur un beau tigre au sourire ravageur. Il était en peine d'amour lui aussi. Nous avions beaucoup en commun. Le DJ du bar sur Cartier nous a gâtés avec de la musique des années 2000. Il avait bien cerné son public. Résultat: le *dance floor* était plein à craquer. Le beau tigre m'a invitée à danser. Collés, collés. Pendant ce temps, Kim et Pat se déhanchaient eux aussi sur du Sean Paul. Nous étions beaux à voir aller, les yeux dans la graisse de bines, le cœur heureux, l'esprit libre. Lorsque les lumières se sont allumées à trois heures du matin, nous étions bien déçus de devoir nous lâcher. Pat a pris Kim sur son dos. Mon beau tigre a fait de même et nous avons fait la course en riant à gorge déployée. La suite est prévisible. Kim et Pat ont pris le chemin de l'appartement sur Belvédère pendant que mon tigre nous appelait un taxi pour nous conduire jusque chez lui.

Nous nous sommes retrouvées le lendemain matin à notre appartement, euphoriques et énergisées par cette nuit de folie, avec une gueule de bois exceptionnelle. Pas trop souvent, la téquila !

Florence

Florence en avait par-dessus les épaules dans toutes les sphères de sa vie. Ça débordait de partout en matière d'obligations et elle se sentait complètement dépassée par les événements. Son quotidien rodé au quart de tour commençait à dérailler et elle ne faisait que s'enliser de plus en plus dans ce cercle vicieux de panique. Son désir de perfection entravait sa productivité, si bien qu'elle ne savait plus par où commencer pour atteindre ses buts. Pourquoi ne pouvait-elle jamais se contenter d'un résultat décent ?

Elle voulait tant être la blonde, la belle-mère, la gestionnaire, la fille, la sœur, l'amie parfaite… Mais elle ne parvenait plus à porter tous ces chapeaux avec brio. Elle n'y arrivait tout simplement plus.

Très souvent, que ce soit dans sa vie personnelle ou professionnelle, Florence se sentait mal pour les autres, obligée de faire plaisir à tout le monde. Elle ressentait instinctivement les émotions de ceux qui l'entouraient, et ce, jusqu'à les vivre elle-même. Elle se sentait mal pour un courriel un peu trop expéditif au travail. Elle se confondait en excuses lorsqu'elle devait se décommander pour une activité sociale. Elle s'en voulait quand son horaire ne lui permettait pas d'être partout à la fois. Elle disait rarement non, même si ça voulait dire de courir du matin au soir, de courir du bureau jusqu'au 5 à 7 avec les filles pour revenir à temps pour le bain de Laura. Même si ça voulait dire de courir constamment et de ne toucher la douceur de son oreiller qu'après minuit tous les soirs. Même si ça voulait dire d'avoir un cerne plus prononcé le lendemain matin sous l'œil ou l'aurore d'une ridule supplémentaire.

C'était la période des anniversaires en série dans sa famille et, comme toujours, on se reposait beaucoup sur elle pour dénicher les cadeaux idéaux et rédiger les cartes de vœux. Elle en avait plus qu'assez que tout le monde attende qu'elle prenne le *lead* de tous les projets et l'organisation de tout. Même si elle avait habitué ses proches à ça…

Depuis environ un mois, elle ne se reconnaissait plus. Alors qu'elle avait toujours été très sociable, elle n'avait plus envie de voir de monde tellement elle se sentait assaillie de toutes parts. Elle supportait très mal d'être le centre d'attention parce qu'elle avait peur qu'on la juge, qu'on la trouve moins brillante ou moins connectée que d'habitude. Son anxiété la paralysait et son cœur pompait comme si ce qu'elle appréhendait était réellement en train de se produire. Et, malgré toute sa bonne volonté de se tourner vers des idées positives ou de prendre une bouchée à la fois, elle ne faisait que ressasser les pires scénarios. Un mal de ventre banal devenait la crainte de l'explosion de son intestin (elle avait vu que c'était possible à l'émission *Découverte*)… Une rencontre importante au bureau, une occasion pour ses collègues de la juger allègrement. Quand elle sentait Raph plus distant, il lui cachait automatiquement quelque chose… C'était devenu tellement lourd qu'elle voulait à tout prix éviter de déverser ce genre de prises de conscience sur son entourage. Alors, elle s'isolait.

Pendant plusieurs semaines, elle avait réussi à camoufler ses états d'âme à tout le monde, même à Raph. Pour les événements mondains, elle arborait son masque des beaux jours, ce qui lui demandait énormément d'énergie. Elle se réfugiait dans la salle de bain, au bureau, pour pouvoir pleurer en paix. À la maison, elle attendait d'être dans la douche ou que Raph soit endormi pour laisser couler librement ses larmes.

Mais c'était de plus en plus difficile de faire semblant. Parce que la fréquence des moments de faiblesse augmentait. Ça lui arrivait de plus en plus souvent de fixer son ordinateur avec le regard vide, ne sachant pas du tout par quel bout attaquer sa journée. Tout était devenu une montagne, alors qu'avant, elle n'avait aucune difficulté à abattre des tâches efficacement. Lors de la fête de Lily, en mai, elle avait dû quitter précipitamment parce qu'elle s'était mise à chercher son air et à avoir de la difficulté à respirer. Pour se calmer, elle s'était forcée à observer sa respiration de façon détachée, mais elle n'écoutait plus du tout ce que ses amis lui disaient. Ce soir-là, l'anxiété avait pris toute la place.

Ce soir-là, Raph a compris que ça n'allait plus du tout. Il l'a su dès qu'elle a croisé son regard. Il a lu en elle comme dans un livre ouvert et a saisi en une seconde l'ampleur du problème. Parce que, normalement, elle aurait participé activement à la fête. Parce que, normalement, elle aurait passé sa soirée à rire et à s'exclamer. Parce que, normalement, elle aurait eu du plaisir à être là entourée des gens qu'elle aime.

Ce soir-là, en revenant chez eux, Raph lui a pris la main pour l'entraîner sur le divan à ses côtés. Puis, doucement, il s'est mis à lui exprimer son inquiétude de la voir foncer directement dans un mur.

— Florence, j'ai peur pour toi. Je te reconnais plus.

— …

— Flo, parle-moi. Qu'est-ce qui se passe ?

— Je sais pas… J'y arrive plus. J'ai plus d'énergie pour rien et j'ai l'impression que tout m'échappe.

— C'est parce que tu t'en mets trop sur les épaules ! T'es la seule à t'infliger toute cette pression. Et là, ta façade craque. Personne ne te jugera pour la case non cochée sur ta liste. Personne ne te reprochera cette fois où tu as dû décliner une invitation. T'es pas une chokeuse pour autant. Personne non plus ne te tiendra rigueur pour toutes ces fois où tu as fait de l'insomnie parce que tu vivais par ricochet les émotions à la puissance dix de tous ceux que t'aimes. T'es la seule à avoir le pouvoir d'alléger ce poids que tu portes sur tes épaules.

— T'as raison, Raph, mais on dirait que je sais pas comment faire autrement.

— Commence par des petits pas. Il faut que t'arrêtes de mettre l'accent sur des détails insignifiants ou sur des perceptions erronées qui font simplement te pourrir la vie. Pour être en paix avec toi-même, j'ai l'impression que tu dois choisir tes combats. Tu ne peux pas tous les mener de front ; c'est impossible et inhumain. Tu dois délaisser quelques dossiers pour mieux te concentrer sur d'autres. Tu peux déléguer aussi. Faire confiance à ceux qui t'entourent. Me faire confiance. Tu pourrais déléguer la recherche de cadeaux pour tes parents à ta sœur, par exemple. Tu pourrais aussi en confier plus à tes collègues au boulot. Peu importe ce que tu choisis de laisser aller, fais-le ! Et, surtout, sois plus douce envers toi-même !

Florence a fini par lui concéder qu'elle devait remettre en perspective sa façon d'aborder la vie et ses obligations. Qu'elle devait à tout prix soulager son esprit et éluder toute cette pression.

Cette conversation fut pour elle une révélation. Elle savait de quel bois elle était composée, mais de se le faire exposer par la personne qui comptait le plus à ses yeux, c'était d'autant plus révélateur. Des larmes se sont mises à couler en fontaine sur ses joues. Et c'était vrai qu'elle fonçait directement vers le *burn-out* si elle continuait ainsi. Ses orteils se trouvaient présentement sur le bord de la falaise. Un pas de plus et ça y était : elle plongeait dans le vide. Elle se devait de faire des changements substantiels.

Florence prenait enfin la pleine mesure du fait que, pour arriver à être heureuse et épanouie, elle allait devoir délaisser tous ces détails auxquels elle s'attardait et qui la frustraient au plus haut point. Raph avait raison ; elle allait devoir choisir ses combats. Elle s'assit à la table de sa cuisine devant une feuille de papier vierge. Voyons voir ce qu'elle pouvait bien laisser aller :

- La demande de trop à dix-sept heures trente alors qu'elle avait son manteau sur le dos et qui, tout compte fait, pouvait bien attendre le lendemain.
- Sa volonté de vouloir accomplir toutes les tâches ménagères en une seule soirée.
- Le fait que sa belle-mère ait planté des géraniums au lieu des marguerites dans ses plates-bandes comme elle lui avait demandé.

- La quête du parfait article au meilleur rapport qualité-prix lorsqu'elle allait magasiner, qui lui grugeait un temps fou !
- Laisser Raph plier le linge, même si ce n'était pas fait à sa manière.

C'est tout ce qui lui venait pour l'instant, mais elle se devait de déléguer encore plus. Le lendemain matin, elle prit la décision de faire une *to-do list* qui ne contiendrait que des éléments pour atteindre son bonheur et pour se sentir mieux. Elle s'assit devant la fenêtre, crayon et papier en main. Sur sa liste, elle écrivit d'instinct :

- S'inscrire à une retraite de yoga et de méditation pour accéder à plus de zénitude.
- Adhérer à une ligue de badminton amateur.
- Magasiner un psychologue pour aller chercher des outils pour mieux gérer mon anxiété.

Elle allait commencer avec ça !

Yoga et méditation 101

Florence ne savait pas du tout à quoi s'attendre de sa fin de semaine de méditation au Monastère des Augustines en compagnie de sa mère. Elle avait réservé le forfait sur un coup de tête après qu'une collègue lui eut vanté les mérites de la célèbre Hélène Minville, une sommité dans le domaine du mieux-être. Sa mère avait lu tous ses livres et était bien curieuse de la rencontrer enfin en personne. Florence avait peur que sa mère fasse trop *groupie*, ce qui aurait le potentiel de la gêner… Elle se ressaisit bien vite, se rappelant que ce n'était pas une chose sur laquelle elle avait un contrôle de toute façon. Suzanne agirait bien comme elle en avait envie! Wow! Cette première séance de psychothérapie portait déjà ses fruits!

Florence avait décidé d'aborder cette nouvelle expérience avec ouverture et enthousiasme. Ce serait assurément un beau moment à partager avec sa mère, qui avait déjà une longueur d'avance sur elle en matière de zénitude, même si Suzanne lui ressemblait beaucoup par son énergie débordante, sa forte tendance à s'en faire pour un rien et à s'oublier pour les autres. La pomme ne tombe jamais vraiment loin de l'arbre, comme on dit.

Le thème de la fin de semaine, «Se réinventer», l'avait tout de suite interpellée parce que c'est exactement ce dont elle avait besoin en ce moment: revoir ses priorités, mettre l'accent sur ce qui comptait vraiment pour elle et, dans un monde idéal, trouver la force de délaisser quelques dossiers et d'assumer ses choix.

Même si elle se présentait avec l'esprit le plus ouvert possible, prête à vivre l'expérience à fond, elle avait tout de même quelques appréhensions. Allait-elle parvenir à méditer plus de quinze minutes? Réussirait-elle à garder le silence bien longtemps? Serait-elle capable de se laisser aller complètement? Premièrement, était-ce fait pour elle?

Après avoir pris possession de leur chambre, sa mère et elle se rendirent au premier atelier d'introduction. Elles étaient une soixantaine, installées en cercle sur leur tapis de yoga. Certaines mieux équipées que d'autres. Beaucoup de duos mère-fille. Beaucoup de dames dans la cinquantaine aussi. Le féminin est employé ici par souci de transparence, le genre masculin étant clairement en infériorité numérique.

Après une courte présentation, Hélène prit place sur un petit podium au son du gong, les jambes croisées, arborant fièrement une chemise blanche ample au tissu fluide en espèce de résine de bambou. Ses yeux étaient clos et elle semblait léviter. Florence eut momentanément l'image d'un gourou avec ses ouailles et se demanda dans quoi elle s'était encore embarquée !

Le malaise s'estompa rapidement lorsqu'Hélène prit la parole pour leur dévoiler le plan du week-end : beaucoup d'exercices de méditation et de relaxation, pour savoir ce qui convenait davantage à chacune, mais aussi des moments d'échange à propos de l'expérience. Elle leur expliqua ce qui l'avait poussée à s'investir corps et âme dans sa passion pour le yoga et la méditation, jusqu'à aller étudier avec les plus grands maîtres de ce monde en Inde pendant des mois. Elle leur exprima que sa pratique l'avait beaucoup aidée à faire face aux épreuves de la vie, comme la maladie ou le stress. L'enseignement était venu plus tard avec l'accumulation de l'expérience et la finesse de sa pratique. Elle s'exprimait sans aucune prétention et on sentait qu'elle le faisait de bon cœur, parce qu'elle avait la conviction profonde que la méditation et le yoga apportaient beaucoup de bien sur leur passage.

De cette femme émanait une aura de calme assez exceptionnelle. Quelque chose de transcendant et de très inspirant. Une petite étoile dans les yeux. Un mélange de grâce monastique et de vécu troublant qui incite à repousser ses limites et à évoluer à la vitesse grand V. Elle avait compris quelque chose à la vie, atteint un équilibre, et ça se ressentait dans chacun de ses gestes, dans chacune de ses paroles.

La première partie de la journée consista à expérimenter différentes techniques de relaxation et de connexion avec son

« Qi », prononcé « chi », dont Florence n'avait jamais entendu parler avant, et qui était en fait un centre énergétique, situé dans le bas-ventre, qui relie tous les êtres humains entre eux. Elle apprit qu'elle pouvait ramener l'énergie en elle manuellement par des exercices bien précis de respiration contrôlée. Dans la spiritualité chinoise, c'était souvent expliqué comme le souffle vital en toute chose.

Elle se prêta au jeu de bon cœur, même si elle avait souvent envie de pouffer de rire en voyant toutes ces dames se donner à fond dans leurs mouvements de bras, exercice qui s'apparentait vaguement à une danse tribale celtique et qui aurait facilement pu être transposé au beau milieu des menhirs de Stonehenge pour appeler la pluie, le beau temps ou le monstre du Loch Ness... Elle partagea plusieurs sourires complices avec Suzanne, qui devinait les pensées de sa fille.

Puis, elles expérimentèrent un exercice d'introspection particulièrement intéressant qui consistait à écrire dans un carnet trois choses dont elles étaient reconnaissantes dans leur journée, aussi simples soient-elles. Florence adhérait complètement à cette philosophie et pensait bien intégrer le journal de gratitude à son quotidien. Parce qu'elle croyait que tout le monde gagnait à être plus reconnaissant et à s'arrêter deux minutes pour constater sa chance. C'était assurément une voie directe vers le bonheur !

Elle parvint même à méditer pendant trente minutes consécutives, ce qu'elle n'avait jamais fait auparavant. Au son de la voix d'Hélène, ça ne lui avait même pas paru long. Au bout de trente minutes, par contre, elle commençait à se sentir plutôt inconfortable dans la position assise sur ses os de fesses et avait bien envie de se dégourdir les jambes.

En soirée, un exercice de chant de mantras était prévu à l'horaire et elle se demandait bien en quoi ça allait consister. Après un délicieux souper en bonne compagnie, elles se dirigèrent toutes vers la grande salle du monastère, dans laquelle Hélène les attendait avec sa guitare, assise sur le podium. Elle expliqua qu'il s'agissait d'une tradition tibétaine, des hymnes sacrés longuement répétés visant, par la vibration de la voix et sa résonance, à modifier son environnement ainsi que les personnes qui les récitent.

Si on lui avait annoncé qu'elle participerait à ce genre d'exercice avant son inscription, elle aurait fui en courant. Juste le fameux «Om» à la fin des sessions de yoga qu'on répète pendant dix minutes l'emplissait d'un malaise sans nom. Peut-être parce qu'il lui rappelait des rites sectaires ou des courants religieux passés de mode auxquels acquiesçaient les brebis égarées. Puisqu'elle était là, elle participa, se promettant de passer son tour pour le prochain. Le premier mantra dura quinze minutes. Quinze minutes à répéter les trois mêmes sons, les yeux fermés, enveloppée par les effluves d'encens! Le groupe s'était transformé en chorale de chants grégoriens. Des larmes coulaient sur les joues des gens autour d'elle et elle se dit qu'elle avait dû louper un détail important. Elle se concentra donc sur la tâche et commença à chanter plus fort. Au deuxième mantra, elle se sentait déjà mieux. Au troisième, elle comprit le pouvoir de l'exercice. Chanter faisait du bien, apaisait. Elle se promit d'y retourner le lendemain et d'être plus ouverte.

Hélène avait également parlé de la nécessité de se libérer des étiquettes dans nos vies. De les faire tomber. Parce qu'une personne ne se définit pas par une étiquette et que ça l'emprisonne malgré elle, avec toute la pression que cela sous-entend. Qu'il faut voir au-delà, toujours. Pour s'ouvrir à soi et aux autres.

Cet apprentissage avait résonné très fort pour Florence. Elle se rendait compte à quel point elle était victime des étiquettes qu'on lui avait apposées. Anxieuse, perfectionniste, performante, organisée, pour ne nommer que celles-là. Elle se mettait tellement de pression pour répondre aux attentes des gens par rapport à ces étiquettes. Elle ne se laissait pas seulement être, par peur de décevoir. Elle voulait que ça change.

Ce furent deux jours très riches en découvertes, en apprentissages et en lâcher-prise. Deux jours remplis de moments de complicité avec sa mère. De repos et de prises de conscience sur elle-même. Malgré les drôles d'exercices auxquels elle s'était prêtée, elle en ressortait grandie, transformée. La méditation avait clairement éveillé quelque chose en elle et elle était déterminée à s'en servir pour se sentir mieux au quotidien.

Anne-Sophie

Après la fin des traitements, j'ai récupéré des forces et les effets secondaires de la chimio et de la thrombose se sont peu à peu estompés. Les nombreux cheveux que j'avais perdus se sont mis à repousser en petites touffes hirsutes de blé foncé. Je suis même allée faire de l'acupuncture pour traiter la nécrose dans mon bras et, surtout, pour que la douleur diminue. J'avais de moins en moins de réactions au froid et mes mains et mes pieds n'avaient plus besoin de crème constamment. Les fissures se résorbaient tranquillement.

J'avais tout de même perdu de la sensibilité au bout des doigts et des orteils; je ne les sentais plus vraiment, en fait. On m'a dit qu'il se pouvait que ce soit un dommage collatéral permanent, que ça arrivait fréquemment. C'était un peu embêtant pour l'équilibre et les petites coupures de papier, mais bon, j'allais devoir faire avec!

Mon petit cœur, lui? Bof, il était loin d'être guéri. J'étais en mode «je remonte la pente», un dossier à la fois avec *The Show Must Go On*, cette chanson de Queen, pour m'encourager mentalement.

Avril : la renaissance ?

Peu à peu, je me suis remise à faire de l'activité physique, à aller nager, marcher et courir. J'avais enfin le sentiment de reprendre le contrôle de mon corps, ce qui me faisait un bien fou. Après tout ce qui venait de se produire dans ma vie, j'avais besoin de me sentir en contrôle de quelque chose. D'avoir les deux mains sur le gouvernail du bateau. De tenir mes voiles fermement, avec une lorgnette vers la proue, le regard fixé vers l'avant.

Je fus sidérée de constater à quel point je m'accrochais à toutes ces petites choses qui rendent la vie plus belle pour survivre. Un matin ensoleillé, l'odeur du café, la douceur du vent sur ma joue, ma première longueur de piscine après tout ce temps, les filles qui me font rire, mon premier jogging de cinq kilomètres, etc. Les petits bonheurs comme les grandes fiertés. Tout ça m'aidait à continuer à me tenir debout, la tête haute. Pour ne pas m'effondrer moi aussi, même si tout avait basculé autour. Mon équilibre était précaire.

Il y avait aussi cette nouvelle urgence de vivre qui me taraudait depuis la fin des traitements. L'envie de goûter à tout, d'essayer de nouvelles choses, de me sortir de ma zone de confort. Une urgence de vivre que je peinais à canaliser et à retenir dans mes pantoufles, le temps que mes forces reviennent complètement.

La coupure avec Tom ne s'est pas faite facilement ni du jour au lendemain. Nous continuions de prendre des nouvelles de l'autre, de nous voir à l'occasion, de reparler des raisons de notre rupture pour nous apaiser. Ça ramenait à tout coup beaucoup d'émotions, mais nous ne pouvions pas faire autrement. Après presque six ans ensemble, nous avions encore trop besoin l'un de l'autre.

Heureusement, mes amies ne me lâchaient pas et se sont passé le mot pour me changer les idées. Un soir où le vin coulait à flots, elles ont décidé de m'inscrire sur Tinder. Elles avaient fondé beaucoup d'espoir sur ma candidature en sélectionnant avec soin mes plus belles photos pour me créer un profil irrésistible. Nous avons ri toute la soirée en swipant à gauche ou à droite. Nous avions l'embarras du choix dans le catalogue des hommes, entre le passionné de jeu de rôle grandeur nature, le *douchebag* en *chest*, le *redneck* qui n'avait sur son profil que des photos de ski-doo et de chasse, le jeune professionnel propret, le bon gars un peu beige, l'artiste torturé, le bûcheron du dimanche, l'intello *hipster*, et bien plus si affinités. Absolument tous les clichés étaient représentés et c'était divertissant ! Ce que nous n'avions pas prévu, c'est toute la gestion post-match ! En bonne fille de communication, je ne pouvais pas me résoudre à laisser un message sans réponse, ce qui sous-entendait beaucoup de temps.

Ma renaissance fut parsemée de hauts et de bas. Il y a eu ces moments où je vidais une boîte de Kleenex en thérapie aux côtés d'une psychologue aveugle un peu ésotérique qui me faisait tirer des cartes de tarot pour m'inspirer ou je ne sais trop… Elle ne me faisait pas vraiment de bien alors j'ai changé de psychologue après quelques séances. Il y a eu plusieurs moments pathétiques où je pleurais en boule dans mon lit en regardant des photos de nous. Toutes ces fois aussi où absolument tout dans mon environnement me faisait penser à Tom : du club vidéo au café du coin de la rue, en passant par tous ces endroits que nous avions l'habitude de fréquenter ensemble.

Dans la liste des « bas », j'ajouterais ma fixation sur l'opus *In the Lonely Hour* de Sam Smith et les nombreuses séances à chanter à tue-tête *Lay Me Down* sur *repeat* en pleurant dans mon auto.

♪ *The moon, and the stars, are nothing without you*
Your touch, your skin, where do I begin ?
No words can explain, the way I'm missing you

Ce moment aussi où je lui ai écrit une longue lettre pour lui dire au revoir avec les bons mots, pour le remercier pour tous ces moments de bonheur partagés.

J'ai dû magasiner un nouvel appartement pour marquer un nouveau départ. Je n'avais qu'une seule envie : me débarrasser de cette tâche au plus vite. Par chance, mes parents m'ont accompagnée, ce qui a rendu ce fardeau un peu moins lourd, particulièrement quand ma mère a été prise de panique en visitant des trois et demie crades dans Saint-Roch et Saint-Sauveur.

— Hors de question que ma fille habite dans ce taudis !

— Voyons, Lucie, viens voir en dedans au moins !

— Jamais en cent ans ! C'est beaucoup trop miteux comme quartier.

Il y a eu deux appartements où elle a complètement refusé d'entrer ; le premier parce que la rue ne lui inspirait pas confiance ; le deuxième parce que l'actuelle locataire possédait quatre chats ! Nous avions affaire à une grande *fan* de la race féline; elle avait même des couvertures et des bibelots de chats! Pas vraiment mon style de décoration! Grâce à mes parents, la recherche du parfait logement fut moins douloureuse. Nous avons beaucoup ri et, au final, j'ai trouvé un condo qui correspondait bien à mes besoins à Sainte-Foy et qui me permettrait de prendre un colocataire pour l'année. Il ne me restait que deux mois à passer à l'appart.

Durant ma renaissance, il y a aussi eu ces moments où j'avais envie de me sentir belle et désirable aux yeux d'un homme. Dans mon monde idéal, ça aurait été avec Tom, mais ce n'était plus possible. J'ai donc tiré profit des matchs Tinder pour rencontrer de nouveaux hommes et flirter un peu. Même si je ne croyais pas être si douée pour le rôle. Surtout à l'étape du flirt par message. Pour éviter le traditionnel «comment ça va», il m'est arrivé d'utiliser: «Qu'est-ce qui te fait vibrer?» Pour savoir ce qui le passionnait, vous savez? Bon, avec du recul et plusieurs amis qui se sont moqués de moi, je dois avouer que cette phrase avait une connotation un peu douteuse… J'ai amélioré mes messages par la suite.

Comme j'étais toujours en congé de maladie, j'avais du temps à revendre. Je me suis donc mise à placer des hommes dans l'horaire pour voir où ça me mènerait. Je n'avais aucunement envie de quelque chose de sérieux. Mon cœur n'était pas disponible. Je voulais juste me changer les idées. Après analyse, je vous dirais que je voulais créer assez d'action autour de moi pour m'éloigner de mes émotions véritables. Me sentir ensevelie sous les demandes de rencontres pour oublier la perte immense que je venais de subir.

Ma première rencontre Tinder coïncidait aussi avec la première *blind date* de toute ma vie. Avec un dénommé Francis. Je suis arrivée un peu fébrile au café dans lequel nous nous étions donné rendez-vous, ne sachant pas trop si j'allais le reconnaître. Heureusement, il m'a fait un signe de la main lorsqu'il m'a vue entrer, quelques minutes en retard. Il était gentil et avait de la conversation. Fidèle à nos discussions précédentes. Bravo! J'avais pourtant élaboré un plan de sauvetage avec Flo, au cas où ça se passait mal. En bonne fille de comm, je me devais de penser à tous les scénarios potentiels… Elle était prête à m'appeler en panique pour que je vienne la rejoindre parce que «son *chum* l'avait laissée». C'était ma couverture pour me défiler. Un peu cliché, je sais. Le seul faux pas vint de mon côté. Je ne sais pas ce qui m'a pris, probablement le stress, mais je lui ai déballé toute mon histoire lors de cette première rencontre, ce qui avait le potentiel de faire fuir pas mal n'importe qui. Le cancer, le *chum* gai, tout! Étonnamment, il a tout de même souhaité me revoir. Deux, puis trois fois, même! Ça m'a surprise.

Après deux *dates* agréables, j'ai revu Tom pour une séance de magasinage d'une nouvelle couette de lit. Il avait souhaité m'accompagner, puisque c'est lui qui gardait notre couette de lit commune… Nous agissions encore comme un couple dans le magasin. Après cette rencontre, dans le stationnement du centre commercial, j'ai appelé Francis pour lui dire qu'il n'y aurait pas de troisième *date*.

— Je suis désolée, je vais devoir annuler pour demain chez toi.

— Pourquoi, tu as un contretemps ? Tu veux qu'on se reprenne ?

— Non, vois-tu, je croyais être prête, mais je ne le suis pas et je ne veux pas te faire niaiser. Tu as l'air d'un gars sérieux et tu mérites de trouver une fille qui sera prête pour toi. Je te souhaite tout le bonheur du monde.

Fin de mes lignes de communication. Implacables et efficaces. Je jouais la carte de la rupture trop fraîche à la suite d'une longue relation. La carte de l'honnêteté. Parce que c'était vrai et que j'avais le droit.

Durant cette période, je faisais un peu n'importe quoi, je l'avoue. Il m'est arrivé d'avoir une *date* en après-midi et une autre le soir. J'ai toujours eu de la difficulté à dire non. Ça devenait un brin compliqué en revanche de démêler les histoires de l'un ou de l'autre alors je me retapais nos conversations avant chaque rencontre. Lui, c'était bien Philippe ? OK. Pour ne pas faire de faux pas diplomatique, j'arrivais préparée.

Étonnamment, ce fut de belles rencontres presque chaque fois. Sur le coup, du moins. Ça me faisait du bien de rencontrer de nouveaux visages, même si je savais instantanément s'ils me plaisaient vraiment ou non. Je ne rebroussais pas chemin pour autant. Parce que j'aime discuter avec les gens. Un certain *pattern* s'est alors installé dans ma vie. J'ai adopté une technique de gestion de Tinder en établissant certaines règles :

- Trois garçons à la fois.
- Deux rencontres maximum chacun, si ça ne convient pas.
- Je ne me force à rien.

- Mes lignes de communication sont toujours prêtes au besoin.

Dans la pratique, je voyais chaque candidat à deux ou trois reprises, et puis, lorsque je sentais un intérêt très fort de sa part ou que je revoyais Tom entre-temps, je coupais tous les contacts avec les prétendants. C'était de l'autosabotage pur et dur. Et Tom faisait de même. Il était si pressé d'élucider ses questionnements d'orientation sexuelle pour se convaincre qu'il avait pris la bonne décision, qu'il se forçait à expérimenter avec des hommes qui ne lui convenaient pas. Chaque fois qu'il me voyait, il coupait les ponts lui aussi avec ses fréquentations. Nous nous en parlions ouvertement, comme de vieux amis. Mais nous n'en étions pas encore là, même si c'était une volonté commune et très forte de transformer nos liens en amitié, de nous garder dans nos vies respectives. Nous nous étions toujours parlé de tout et nos nouvelles conquêtes ne faisaient pas exception. Je voulais qu'il soit bien. On s'encourageait mutuellement tout en gâchant toutes nos véritables chances d'aller de l'avant.

Mai : elle l'échappe

En mai, il y a eu cette sortie au bar avec Ariane où j'ai testé mes techniques de *cruise*. Je n'étais pas vraiment douée en la matière. J'étais rouillée et, par le passé, je laissais plutôt les hommes m'approcher. Cette soirée-là, j'ai identifié le plus bel homme du bar et je me suis surprise à lui sourire au loin, à établir un véritable contact avec le regard. Il ressemblait à Éric Bruneau, l'acteur. Ça devait être les relents des Belle de Brillet, ce cognac délectable à la poire, que nous ne cessions de consommer, qui m'insufflaient toute cette confiance.

Eh bien, croyez-le ou non, ça a fonctionné ! Il est venu me parler, nous avons dansé avec son ami et lui. Nous avons bien ri en leur compagnie, bien bu aussi. Il était charmant, drôle, beau comme un cœur. Il avait tout pour lui. Ingénieur, joueur et prof de tennis en plus ! Il y a eu rapprochements de part et d'autre du plancher de danse et je me suis surprise à me laisser aller lorsque Maxime m'a embrassée langoureusement.

Lorsque les lumières se sont allumées dans le bar pour nous indiquer la fin des festivités, les garçons nous ont invitées à poursuivre la soirée à l'appartement qu'ils partageaient. Après mûres discussions avec Ariane, nous avons convenu de les suivre ensemble. Nous avons donc pris un taxi pour nous rendre chez eux. Nous avons joué à Mario Kart, jeu auquel j'avais promis de les battre à plate couture. Malheureusement, ils semblaient s'être bien pratiqués eux aussi et ma vue était brouillée par les effets de l'alcool. À la fin de notre compétition amicale de Nintendo, Ariane a souhaité repartir en taxi. Ça avait cliqué avec l'ami, mais pas suffisamment. Moi, j'ai eu envie de rester.

Une fois Ariane partie et le coloc au lit, Maxime m'a menée jusqu'à sa chambre en me tenant la main. Tout y était décoré avec soin dans des tons de gris. Une fois dans la chambre, il y avait cette petite voix dans ma tête qui me criait que c'était trop tôt, que c'était une mauvaise idée. Mais je ne pouvais plus vraiment faire marche arrière à ce point-ci. J'ai donc fait abstraction de ma petite voix. Une partie de moi avait envie de tester l'expérience du *one night*. Je me suis donc laissée aller entre ses bras musclés et je l'ai aussitôt regretté. J'imaginais que c'était Tom qui m'enlaçait. J'hallucinais en prenant le visage de Maxime pour le sien. Mais qu'est-ce que j'étais en train de vivre ? C'était loin d'être aussi satisfaisant que je l'avais cru. J'avais juste envie de pleurer. J'étais complètement figée et je n'arrivais pas à trouver mon plaisir. Il a dû le sentir, puisqu'il était vraiment en mode satisfaction personnelle, sans se soucier vraiment de la façon dont je vivais l'expérience. Nous ne nous connaissions pas et ça transparaissait dans la connexion sexuelle. Il a donc pris son plaisir avant d'expulser sa semence sur mon bas-ventre. J'avais hâte que ça finisse. Il s'est par la suite très vite endormi. Moi, je n'arrivais pas à trouver le sommeil entre ces bras inconnus. Il m'enlaçait, mais moi, je voulais juste être ailleurs.

À cinq heures du matin, le sommeil ne venait toujours pas et j'ai souhaité retourner chez moi. Il m'a remerciée pour la belle soirée et m'a laissé son numéro de téléphone pour que je lui donne des nouvelles. J'ai entré son numéro machinalement pour être polie en sachant pertinemment qu'il n'y aurait pas de suite, puis je suis partie.

J'étais livide, fatiguée et au bord de la crise de nerfs. Je me sentais si sale et j'avais envie de marcher jusque chez moi pour me permettre de laisser retomber toute la honte qui m'habitait. Dehors, il mouillait abondamment. J'ai donc appelé un taxi. La première chose que j'ai faite en entrant chez moi, c'est de prendre une longue douche durant laquelle je me suis lavée deux fois. J'ai beaucoup pleuré. Je me trouvais pathétique. La bouteille de shampoing de Tom, qu'il avait laissée dans la douche, faisait lourdement figure de rappel de ce qui avait été et qui n'était plus. J'avais l'impression de l'avoir trahi. J'ai sorti la bouteille de la douche, l'ai mise hors de ma vue, puis je suis retournée me coucher en petite boule.

Ariane m'a appelée un peu plus tard en matinée pour prendre de mes nouvelles. Quand elle a compris dans quel état je me trouvais, elle est venue à ma rescousse pour m'aider à banaliser le geste. Non, je n'étais pas une pauvre fille ni une salope. Je n'étais pas prête, c'est tout. Il n'y avait pas de raison de m'en vouloir à ce point. Sa présence rassurante m'a fait du bien.

Après cet épisode désastreux, j'ai fait une pause de Tinder. Je devais me laisser le temps de guérir et ne rien précipiter. J'avais grandement besoin de prendre du temps pour moi, pour me retrouver. J'ai l'impression qu'insidieusement, petit à petit, je m'étais un peu perdue, consacrant toute mon énergie au «nous».

Mon épopée avec le cancer m'a permis de constater toute la force qui m'habitait, mais que je n'avais jamais pu mettre à l'épreuve avant. Je savais maintenant que j'étais capable de rebondir quand tout s'écroulait; c'était déjà ça de pris! Une sapristi de révélation sur soi-même quand même. *Bring it*, la vie!

Maintenant, j'avais simplement besoin de temps pour me reconstruire physiquement et émotionnellement des chamboulements des derniers mois. Ça faisait beaucoup à encaisser, tout de même! Tom et moi avions ri du fait que nous avions probablement vécu en six mois l'équivalent de huit saisons de *Top Modèles*!

En mai, j'ai aussi recommencé à travailler à temps partiel. C'est con, mais j'étais tellement heureuse de faire ma boîte à lunch le premier matin. Je me sentais de nouveau utile et j'étais contente de retrouver mes collègues. Rapidement, je me suis surprise à souhaiter davantage. J'avais soudainement envie de propulser ma carrière et de me donner à fond pour apprendre le plus possible et me démarquer. Encore cette urgence de vivre! J'avais envie de nouvelles expériences, mais je devais d'abord me laisser la chance de guérir. Il était plus sage de mettre la pédale douce pour quelques mois encore. J'avais toutefois très hâte de peser sur l'accélérateur pour profiter de ma vie au maximum. J'avais été ralentie trop longtemps.

La boîte dans le débarras

En mai, Tom et moi avons fait le tour de l'appartement pour nous entendre sur qui garderait quoi. Ça marquait la fin d'une époque, un point charnière de nos vies. Nous nous sommes même débouché une bouteille de vin pour trouver la force d'affronter ce moment inévitable que nous redoutions. Qui a dit que nous étions obligés d'arborer des airs d'enterrement commandés par la lourdeur de la situation ? On n'a jamais fait comme les autres.

Je revois la boîte dans le débarras. Rafistolée de toutes parts. La boîte de Noël. Tom qui me dit qu'il me la laisse, que ça lui fait plaisir. Je me revois fixer sans vie le bas de Noël qui dépasse de la boîte et retenir les larmes qui montent. Après avoir séparé à l'amiable les plats Tupperware, les meubles, le contenant des tiroirs de pharmacie et tout l'appartement, c'en est trop ! J'ai pourtant réussi à garder mon sang-froid jusque-là, à plaisanter, même.

Mais ce petit bas qui dépasse avec un renne au nez rouge est lourd de sens. Il me rappelle les doux moments à trouver le parfait cadeau pour lui plaire, mais aussi le foyer qu'on a bâti ensemble et qui s'effondre. Il me jette notre échec au visage, me rappelle tous nos rêves qui s'évaporent en fumée. La fin d'une période. La sensation que ton cœur est sous respirateur artificiel. Le petit nez du renne offre aussi un charmant rappel de couleur avec mon propre nez, rougi par les larmes. J'éclate en sanglots. Tom m'enlace aussitôt. Une pluie torrentielle se déverse sur sa chemise bleue. Il pleure aussi. Le bas a-t-il le même effet sur lui? Ou est-ce de me voir pleurer qui l'affecte autant? Après tout, sans sa révélation récente sur lui-même, nous ne serions pas là en train de pleurer notre vie pathétiquement dans le fond d'un entrepôt, dans une cave humide…

ÉTÉ

«La vie, c'est comme une bicyclette.
Il faut avancer pour ne pas perdre l'équilibre.»

ALBERT EINSTEIN

L'ABC de la parfaite
wooden woman

La parfaite *wooden wo*, plus communément appelée femme des bois, doit adopter le mode *Pirate* lorsque nécessaire, tout en conservant sa classe légendaire. Le mode *Chochotte*, aussi appelé mode *Matante*, est rarement toléré. Tu as droit à un passe-droit par voyage, c'est tout. Ce que ça veut dire en langage clair ? Si tu veux mériter le titre prestigieux de *wooden wo*, tu dois :

1. Être *willing* en tout temps et disposée à tenter de nouvelles aventures. Deviens une madame. OUI !

2. Boire au goulot la bouteille de vin en situation de feu sur le bord de la plage.

3. Rester jusqu'à la fermeture du plancher de danse et dire oui à la danse en ligne sous toutes ses formes : de *Footloose* à Shania Twain en passant par *Cotton Eye Joe* ou *Rivers of Babylon*.

4. Chanter du karaoké lorsque l'occasion se présente jusqu'à ce que mort s'ensuive. Apprends tes classiques ; c'est un *must*.

5. Faire preuve d'autonomie à la pêche en mettant toi-même ton ver sur ta canne. Petit bémol ici (en minuscules

caractères) : quand un bon samaritain s'offre à ta place, l'opportunisme est accepté, voire encouragé. Fais comme moi, saute sur l'occasion !

6. Tester tes capacités de *wooden wo* de temps en temps. Sors de ta zone de confort. Tu n'en apprécieras que plus le retour à la maison avec ta douche chaude, ton petit thé, tes pantoufles et ta couverture de laine. La magie se produit toujours en dehors de la zone de confort.

Afin de mettre le point six de nos règles internes à l'épreuve, les filles et moi avions décidé de commencer les vacances en force par un petit *road trip* de camping. Parce que nous avions une semaine top chrono pour notre escapade, notre choix de destination fut orienté vers la facilité d'accès, les vignobles et les grands espaces de l'Ontario.

La première nuit de camping s'est plutôt bien passée, malgré le peu d'infrastructures disponibles dans le parc national où nous avions réservé une place. Le soleil était au rendez-vous, notre randonnée en montagne nous avait fait le plus grand bien, nous maîtrisions la technique du barbecue et l'allumage du feu de camp. On se trouvait ben bonnes. C'est la deuxième nuit que ça s'est gâté, lorsque dame Nature a décidé de nous envoyer une pluie diluvienne et un fort vent. Plus tard ce matin-là, le toit de notre tente n'a pas tenu le coup et quelle ne fut pas notre surprise, au retour de notre randonnée, de constater que toutes nos affaires flottaient littéralement dans l'eau. Ce fut suffisant pour que nous pliions bagage au plus vite pour nous repositionner dans un *bed and breakfast* plus confortable et, surtout, au sec. Notre bonne intention de faire du camping avait duré deux nuits. Pas très bon pour nos statistiques de *wooden women*, mais que voulez-vous !

Ruth Marshall

Notre aventure ne s'était pas arrêtée là. Ruth Marshall, notre hôte, croyait dur comme fer que nous n'avions pas atterri chez elle par hasard. Nous avons très vite pris la pleine mesure du personnage, peut-être parce qu'en une heure, nous connaissions à peu près tout de sa vie. Depuis qu'elle avait miraculeusement survécu à une relation amoureuse destructrice et à une rare complication de son côlon irritable, Ruth Marshall se sentait investie d'une mission d'éducation envers ses convives. Elle croyait au pouvoir de guérison du reiki et des huiles essentielles ainsi qu'aux anges protecteurs. Bonjour l'ésotérisme !

Ariane et Lily étaient fascinées par son histoire et son mode de vie. Kim, pour sa part, sentait l'arnaque à plein nez, convaincue qu'elle voulait nous vendre quelque chose : des huiles essentielles, un livre révolutionnaire ou d'autres bidules du genre. Flo et moi la regardions avec scepticisme, un brin impatientes de ne pas être dehors à visiter et profiter de notre voyage. Je m'apprêtais à intervenir pour écourter notre entretien quand Lily s'est échappée sur mon cancer et la dernière année que je venais de vivre. Je naviguais pourtant incognito jusque-là et ça m'allait très bien.

Ce qui se passe quand tu as le cancer, c'est que tout le monde a son remède miracle à te proposer. L'histoire d'un cousin éloigné qui s'en est sorti à coups de cuillères de curcuma et de lait de petite brebis égarée. L'histoire de celui qui a consulté un guérisseur et dont le cancer a été miraculeusement vaincu. L'histoire de Mononcle Untel qui a repoussé la maladie grâce à des chants de gorge nettoyeurs de chakra. Ou celle d'un médecin chinois qui a donné des noyaux d'abricots à ses patients cancéreux pour les guérir.

Tout le monde essaie de t'aider et ça part toujours d'une bonne intention, sauf que ça devient rapidement difficile de s'y retrouver et de faire la part des choses. J'aurais pu traiter le dossier à temps plein, mais honnêtement, je préférais vivre ma vie et en profiter au maximum sans me rendre malade avec l'anxiété liée à l'ouverture de cette réflexion sans fin à ressasser le pourquoi du comment. Je me sentais perdue et vulnérable devant toutes ces théories miracles, si bien qu'à ce moment précis de mon processus de guérison, je préférais m'en remettre à la médecine moderne. J'avais fait ce qu'il fallait avec la chimio et l'opération pour me guérir, et je voulais plus que tout passer à autre chose maintenant, revenir à ma vie normale. Malgré tout, il demeurait une petite fenêtre entrebâillée pour les médecines alternatives et les suggestions des gens. Parce que je ne voulais pas que le cancer revienne et que j'avais tout de même 50 % de probabilités que ça se produise, rappelons-nous…

La révélation de mon amie fit son effet et fut suffisante pour que Ruth se penche sur mon cas pour le restant de notre séjour. Elle voyait mon ange spirituel de santé à mes côtés qui lui soufflait à l'oreille que je devais à tout prix bannir le sucre de mon alimentation. Elle me proposa d'essayer des huiles essentielles sur mon abdomen et sous mes pieds durant la nuit parce qu'elles étaient réputées pour réduire l'inflammation et avaient soi-disant des propriétés anti-cancer. Tant qu'à y être, je décidai de suivre ses conseils. Étrangement, je ressentis une douleur au bas-ventre assez puissante pour me réveiller. Je ne sais pas si c'était dans ma tête, mais le lendemain matin, Ruth me confirma que c'était normal, puisqu'elle avait pratiqué du reiki sur moi à distance, ce qui accentuait l'effet des huiles essentielles. Mon corps réagissait à son traitement, c'est tout. Une partie de moi se sentit violée dans mon intimité par cette révélation.

Le jour suivant, avant notre départ, elle m'offrit de faire du reiki sur moi parce que mon ange de santé lui avait dit que ça me ferait du bien. Intriguée, j'acceptai. Pendant plus d'une heure, elle avait donc posé ses mains au-dessus de mes épaules sans les toucher et je vous jure que je ressentais une chaleur traverser tout mon corps. C'était vraiment étrange comme sensation. De surcroît, près d'une heure après notre départ de la maison, je me suis mise à ressentir encore une fois de fortes douleurs au ventre, en plus d'être extrêmement fatiguée. Je me suis enfilé deux Tylenol pour calmer la douleur avant de m'endormir quelques minutes dans l'auto. Quand je me suis réveillée, des larmes coulaient sur mes joues. Je pleurais de soulagement ; je pleurais de joie parce que j'étais en vie et que l'épisode du cancer était derrière moi. J'avais beau être sceptique, j'avais bel et bien vécu des symptômes physiques que je ne pouvais ignorer, quelque chose qui me dépassait complètement.

Ruth Marshall a laissé sa marque dans nos vies. Par son histoire, sa grande volonté à prendre soin des autres, ses dons hors du commun et sa philosophie de vie. Il y a des gens, comme elle, qui sont de passage sur notre chemin pour nous faire réaliser des choses, nous permettre de nous ouvrir à une autre vision du monde ou pour nous faire évoluer d'une façon ou d'une autre. Ruth Marshall m'a fait réaliser à quel point j'avais de la chance d'être en vie et à quel point la santé était précieuse. Toutefois, ma petite voix intérieure a décidé d'écouter le conseil de mon papa qui m'a toujours dit d'en prendre et d'en laisser. De prendre ce qui faisait mon affaire.

Sur le chemin du retour, nous avons longuement reparlé de cet épisode ésotérique qui nous confortait encore plus dans notre volonté commune de profiter de la vie.

Moi : Les femmes, je pense que je vais rédiger une *bucket list*. Comme Morgan Freeman et Jack Nicholson dans le film. Et que je vais commencer dès aujourd'hui à faire des *checks* dessus. Parce que la vie est plus grande que la maladie. Et qu'il faut qu'elle gagne. Ce serait quoi, vous, votre plus grand rêve ?

Kim : Encore une de ces questions existentielles ! Faut que je vous aime en crime ! À brûle-pourpoint, je dirais mettre un pied sur la lune, réussir une bonne fois pour toutes ma maudite recette de gâteau au fromage et que mon gazon soit plus vert que celui du voisin. J'ai de grosses ambitions !

Ariane : Ha ! ha ! ha ! Tu es parfaite, ma *chum* ! Mais mettons que tu es un peu plus sérieuse. Pour la prochaine année ?

Kim : Puisqu'il le faut… je dirais panser mes blessures internes et ouvrir mon cœur à nouveau autant que faire se peut.

Lily : Moi, j'en ai plein ! Partir plusieurs mois en voyage autour du monde. Trouver ce que je veux vraiment faire de ma vie. M'épanouir dans mon travail. Je ne suis pas encore sur mon X. Et j'ai le goût de le trouver.

Florence : Agrandir la famille et arriver à trouver mon équilibre. Apprivoiser l'art du lâcher-prise, aussi.

Ariane : Surfer sur le sable, faire une cabane de couvertures dans mon salon et dormir dedans, et vivre enfin de mon art sans avoir à arrondir les fins de mois avec l'enseignement. Arrêter de trop analyser aussi et foncer, quoique ça, ça tienne plus de la résolution que du rêve. Pis toi, Anne-So ?

Moi : La liste sera longue, je crois. Il y a tellement d'endroits dans le monde que je rêve de visiter. En tête de liste, il y aurait :

- écrire un livre, parce que j'ai enfin trouvé l'histoire pour m'inspirer ;
- faire un voyage avec vous toutes ;
- tout comme Kim, je dirais ouvrir mon cœur à nouveau.

L'inconnu apportait son lot d'inquiétudes. De mon côté, je devrais toujours conjuguer ma vie avec, au-dessus de la tête, une épée de Damoclès nommée cancer, ou Raspoutia pour les intimes. Une guillotine qui menaçait de s'abattre sur ma tête à tout moment. C'était mon combat. Je devais apprendre à jongler avec l'incertitude. Tout en gardant l'espoir bien vivant.

Mais le bonheur immuable partagé à chaque rencontre avec elles rendait la vie plus douce, rassurait. Chacune savait que, parce qu'elle était si bien entourée, tout allait finir par bien aller.

« Ensemble, c'est mon endroit préféré. »

AUTEUR INCONNU

Hakuna Matata !

Lily

Avant de commencer sa vraie vie d'adulte, elle rêvait de soleil, d'aventure et de voyage. Elle aurait dû utiliser son été pour apprendre une troisième langue, envoyer des curriculum vitæ partout ou remettre son âme entre les mains d'une firme comme stagiaire, pour se démarquer des autres. Dans cet univers de requins, seuls les plus forts se voyaient véritablement offrir les emplois les plus intéressants à la ligne d'arrivée. Les premiers de promotion ou bien les plus impliqués du lot. Encore mieux quand les deux allaient de pair ! Bref, beaucoup de diplômés, mais peu d'élus.

Or, Lily se sentait plus désinvolte que jamais envers son approche, manquait clairement de motivation et se demandait constamment si elle avait emprunté la bonne voie, celle qui la rendrait vraiment heureuse. Elle avait besoin de prendre un pas de recul par rapport à sa carrière à venir et les compromis qui pointaient déjà le bout de leur nez, vu la feuille de route clairsemée. Lily avait envie de tout, sauf de pratiquer le droit : fabriquer des savons artisanaux, apprendre le métier de barista, s'ouvrir un petit café ou encore lancer un commerce de bois de palette. Le mois suivant la fin de ses études, elle avait jonglé avec toutes ses options, incapable d'arrêter son choix ou de poser la moindre action. Elle faisait du surplace.

Intuition agricole

Le 1er juin, sans trop savoir ce qu'elle cherchait, elle s'était surprise à flâner sur des sites d'expériences de *woofing*, un système d'organisation qui consistait à faire travailler bénévolement des personnes sur une exploitation agricole et biologique, en échange du gîte et du couvert. Ça devait être son inconscient qui lui envoyait un message. Intuitivement, sur un coup de tête, son curseur en manque d'évasion appuya sur «réserver». Elle venait d'acheter un billet d'avion pour la France et de réserver une place pour un stage de deux mois dans une ferme biologique qui exploitait la terre grâce à la traction animale et la force des chevaux. Elle serait hébergée dans une caravane *gipsy* et nourrie en échange de travaux manuels sur la ferme. Voilà qui lui permettrait de se vider la tête et de revenir à l'essentiel!

Lorsqu'elle avait eu dix-huit ans et qu'elle venait de finir sa première session en sciences humaines au cégep de Sept-Îles, Lily était partie en solo cueillir des cerises dans l'Ouest canadien. Elle y avait rencontré une belle brochette de voyageurs hétéroclites en quête d'eux-mêmes. Un beau groupe de «tripeux» épicuriens avides de goûter à ce que la vie a de meilleur à offrir. Sur le lot, il y avait quelques amis de partout dans le monde à qui elle parlait encore à l'occasion.

En mangeant des cerises, accroupie dans les bosquets, son chapeau sur la tête en plein soleil, elle avait été sincèrement heureuse. Sa tête fredonnait des chansons des Beatles et son cœur était joyeux et léger. Le rythme *slow-mo*, l'esprit de communauté, les belles rencontres et ce sentiment de liberté avaient définitivement marqué sa vie. Cette aventure avait été une révélation pour elle et lui avait permis de sortir de sa coquille et de s'accepter pleinement. *Finito* l'adolescente soucieuse de se faire aimer de tous et qui avait de la difficulté à s'affirmer. Elle avait laissé sa place à une jeune femme aux mille passions, drôle, maladroite à l'occasion, franche et fonceuse. C'est une Lily transformée qui était revenue au Québec à la fin de l'été de ses dix-huit ans. Une Lily plus confiante qui avait envie de vivre pleinement.

Les événements récents et ce brutal rappel à coups de pelle dans la face que la santé est fragile et peut nous échapper à tout moment ne faisaient que renforcer cette volonté chaque jour un peu plus dans son cœur.

Pourquoi pas la France ? Pourquoi pas un dernier été exempt de toute obligation loin des bureaux gris et sans âme des firmes d'avocats ? Il serait toujours temps d'y revenir plus tard. Sa maîtrise n'était pas perdue pour autant. Elle l'avait toujours en poche, en guise de corde supplémentaire à son arc. Sa décision impulsive commençait de plus en plus à avoir du sens dans sa tête. Elle respirait mieux depuis qu'elle avait appuyé sur le bouton. Sa petite voix intérieure la remerciait.

Elle avait toujours aimé plonger ses doigts dans la texture chaude, enveloppante et si vivante de la terre. Traîner au soleil. Bronzer tout croche. Côtoyer des animaux. Lily était chaque fois sidérée de constater à quel point la nature réussissait toujours à se faufiler et à renaître de ses cendres. Les jeunes pousses hirsutes qui réapparaissent sur une branche coupée victime du verglas. Les plantes qui se créent un chemin entre les dalles de béton aux endroits les plus inusités. Croire qu'une plante est morte, lui laisser une dernière chance pour se rendre compte l'année suivante qu'elle a, contre toute attente, repris du poil de la bête. Les neuf vies des vivaces. Elle avait beau être mise à dure épreuve, piétinée, malmenée ou détruite, la nature réussissait toujours à reprendre ses droits. Jardiner, c'était travailler avec la vie à sa plus simple expression. C'était aussi synonyme de construire avec douceur et respect.

C'est sa mère qui lui avait transmis sa passion dès son plus jeune âge. Elle se revoyait à cinq ans avec son petit chapeau de paille et sa salopette à genoux dans les plates-bandes autour de la maison, toute fière de faire pousser de petites tiges. Chaque matin, dès qu'elle posait le pied par terre, elle courait observer la croissance de ses créations. C'était toujours le *highlight* de sa journée, sa petite fierté personnelle. Pourquoi n'avait-elle jamais envisagé d'en faire un choix de carrière ? À cause de l'insécurité liée à cette voie, probablement, elle ne l'avait jamais considérée comme une avenue acceptable. Mais acceptable pour qui ? Les autres ? Ses parents ? La société ? Elle ne savait plus… L'agriculture était pourtant la base de tout.

Depuis qu'elle vivait en ville, Lily avait un peu perdu l'habitude de jardiner, même si elle cherchait constamment à réintégrer cette passion dans sa vie par divers moyens. Elle avait notamment un petit bac de fines herbes sur le balcon de son quatre et demie. À Noël, elle avait demandé en cadeau à ses parents un livre pour apprendre comment faire pousser des mini bonzaïs dans son appartement. Sa première œuvre la remplissait d'ailleurs de bonheur. Sa petite plante rafistolée et bien ficelée rayonnait sur la fenêtre de la salle de bain et, chaque fois qu'elle la regardait, elle esquissait un large sourire ravi. La culture des micropousses la fascinait aussi au plus haut point, tellement qu'elle était à la recherche d'un garage dans le coin qui pourrait accueillir ses plantations. C'était la prochaine étape de son projet. Elle manquait de place et sa coloc commençait à se plaindre que le salon était trop chargé. Éventuellement, elle rêvait d'en vendre aux restaurateurs pour arrondir les fins de mois, lorsqu'elle en aurait une quantité suffisante en banque et qu'elle se serait convenablement organisée.

Il y avait aussi les jardins communautaires urbains, mais elle manquait de temps pour s'y consacrer autant qu'elle l'aurait souhaité. L'été où elle y avait réservé son petit lopin de terre, les quelques plants de tomates et de concombres qu'elle avait eu le temps de planter avaient cruellement manqué d'amour, même si quelques bons samaritains locataires des quartiers de terre adjacents avaient prolongé leur durée de vie.

Le Bourg-d'Hem

Une semaine après son coup de tête, elle était assise dans l'avion en direction de Paris, débordante d'excitation devant cette nouvelle aventure qui l'attendait. Arrivée à destination, elle avait pris un train jusqu'à La Souterraine, une petite gare de campagne avec un quai unique située à quarante-cinq minutes en automobile de sa destination finale : le Bourg-d'Hem, une petite communauté dans la région de la Nouvelle-Aquitaine, aux abords de la rivière Creuse. Seulement deux cents âmes qui y vivent. Cadre pittoresque tout en vallons et paysages capables de rendre pantois n'importe quel photographe. Des champs entourés de montagnes. À perte de vue, que du vert.

Un jeune homme avait été mandaté pour venir la chercher à La Souterraine en vieux *pick-up*. Grand et mince, il portait des lunettes rondes et gardait ses cheveux longs retenus par un bandana. Il tenait bien haut une affiche avec son nom : BIENVENUE LILY !

Elle était pourtant la seule à débarquer sur ce petit quai de gare, mais ça rendait assurément son arrivée plus sympathique. Le jeune homme la salua et se présenta avec chaleur. Ils seraient ensemble cet été pour le stage sur la ferme. Il s'appelait Florent, était belge et était arrivé la semaine dernière. Il avait étudié en culture biologique et souhaitait expatrier le concept du labourage avec des chevaux dans son patelin.

Florent déposa ses bagages dans le coffre du *pick-up* et, durant tout le trajet jusqu'à la ferme, il s'extasia du plaisir qu'il avait eu jusqu'à présent.

— Tu verras, Lily, Frédéric, le propriétaire, est un hôte des plus bienveillants, un amoureux des chevaux et un maître de stage investi dans le succès de ses protégés. C'est certain que tu t'y plairas !

Ils étaient seulement quatre stagiaires à avoir été sélectionnés pour aider Frédéric pour l'été. Avec l'élevage des jeunes chevaux, mais également avec la récolte. Outre la culture des terres, il vivait de la vente des chevaux qu'il élevait lui-même et des contrats de labourage pour l'entretien des terres des châteaux et des vignobles de la région. Il participait également à quelques grands Salons au cours de l'année pour vendre ses légumes et produits dérivés cuisinés maison.

Durant le trajet, Florent lui détailla ses camarades des prochains mois. Il y avait Ulrik, un écologiste allemand qui vivait en France depuis la fin de ses études et qui se passionnait pour les chevaux et le rodéo. Ulrik était arrivé la veille.

Leur groupe était complété par une dénommée Martine, la cinquantaine bien sonnée, cuisinière dans un grand restaurant de Paris. Elle venait de vivre un dur divorce et avait eu envie de se sortir de sa zone de confort et de tout laisser derrière pour mieux se reconstruire. Martine était arrivée il y avait un peu plus de trois semaines et s'était offerte pour cuisiner les légumes et concocter au groupe de délicieux repas santé. Quelle chance ! Il y avait finalement Benoît, l'ami de Fred, qui venait l'aider à l'occasion pour élever les chevaux et les livrer, à qui de droit, lorsqu'ils étaient vendus.

— Prépare-toi, ma chère, parce qu'on a du pain sur la planche ! Les foins sont déjà terminés, mais nous avons entrepris de semer dans les jardins et les serres. Il y a aussi ce grand Salon à Paris à préparer pour la fin juillet. Frédéric a bien besoin de nous sur ce coup-là. Je lui ai déjà proposé de bonifier son kiosque. J'ai plein d'idées !

Que d'enthousiasme en une seule et même personne ! Florent lui expliqua aussi qu'ils logeaient tous dans des petites roulottes directement sur les terres. Il y avait une roulotte pour les filles ; une pour les garçons, comme au camp de vacances. Pour sa part, Fred habitait dans une troisième roulotte de gitan réaménagée pour répondre à tous ses besoins et pour accueillir ses enfants quand ils venaient le visiter. Il en avait quatre : trois filles de quatorze, douze et neuf ans et un garçon de quatre ans. Ils vivaient avec leur mère en ville, mais venaient à la ferme pour les vacances et les jours fériés. À son arrivée, Lily avait déjà un portrait détaillé de la situation grâce au verbomoteur Florent !

Quand elle sortit du *pick-up* poussiéreux, elle regarda partout autour d'elle. Le champ était vaste et intime à la fois. Entouré de montagnes. Un grand potager et une serre remplie de tomates bien juteuses de toutes les couleurs. Un immense champ de patates. Un enclos pour les poules, aménagé avec soin. Un autre enclos accueillait un gros porc prénommé Olivier, que Florent lui présenta en chemin. Sur chaque petite cabane, chaque porte, était gravé un petit cœur.

Ses yeux continuèrent d'instinct leur repérage. Elle reconnut les trois roulottes le long du chemin qui menait aux champs. Une longue corde à linge était accrochée entre les arbres. Un peu plus loin, un petit coin pour faire des feux, entouré d'un muret couvert de vignes grimpantes pour une touche d'intimité, situé juste à côté d'un parquet de noble constitution et d'une longue table avec des bancs d'école dépareillés de chaque côté. Tout le monde y était attablé pour le souper sous un petit chapiteau entouré de petites lumières blanches accrochées aux arbres. Entre leurs mains, elle remarqua de la vaisselle en poterie de couleur vive. Un tourne-disque était posé tout près de la table et *La bohème* de Charles Aznavour résonnait parfaitement jusqu'à elle grâce au système de sonorisation qui reliait toutes les zones communes de la propriété. Plutôt ingénieux, comme système !

Elle s'y sentit bien instantanément. L'ambiance qui se dégageait de ce lieu presque féerique qui aurait pu inspirer n'importe lequel des contes des frères Grimm, le côté glauque en sus, la laissait sans mots. Ici, elle sentait qu'il n'y avait que le moment présent qui comptait. Elle se rapprocha tranquillement du groupe avec Florent pour les présentations officielles.

Elle reconnut tout de suite Ulrik, Martine et Benoît, puisque Florent les avait longuement décrits physiquement en chemin. Il avait cependant manqué de temps pour faire le portrait de Frédéric. Tout sourire, il portait un jean, une chemise bleue à carreaux parfaitement assortie à ses yeux et un petit béret sur son crâne rasé, qui lui donnait des airs distingués. Ses yeux pétillants et son sourire espiègle faisaient en sorte qu'il était difficile de deviner son âge. Fin trentaine ou début quarantaine, peut-être… Pas très grand ni très costaud, mais tout en muscles. Elle avait cette impression qu'elle l'avait déjà vu quelque part. Cette impression de le connaître. Et pourtant, c'était impossible.

Elle se souviendrait toute sa vie de la première chose qu'il lui avait dite.

— Comme le disait Baudelaire dans *Les fleurs du mal* : «L'univers est égal à son vaste appétit.» Bienvenue parmi nous, Lily! Bienvenue chez vous!

Ariane

Le retour à Montréal fut déchirant et un brin brutal après toutes les aventures du printemps. Comme un *spleen* «post-nuagique». La sensation de retomber à la normale après des émotions fortes. Ariane ne savait pas si elle était faite pour expérimenter la distance. Elle avait besoin de proximité avec l'autre, de se sentir connectée. En attendant que Greg décroche un contrat à Montréal, ils avaient convenu de se parler tous les soirs malgré le décalage horaire de six heures qui les séparait. Ça complexifiait la prise de rendez-vous, mais c'était tout de même jouable.

Ariane revoyait la scène de son départ à l'aéroport. Elle n'avait jamais été aussi émotive de toute sa vie. Après leurs deux semaines idylliques en Croatie, c'était contre nature de le quitter. Son corps chaud contre le sien. Leurs promenades en barque au coucher du soleil. Leurs folies de jeunes amoureux, tous ces moments à deux si précieux. Il lui manquait déjà. Elle ignorait que son corps pouvait verser autant de larmes, ignorait aussi qu'elle pouvait s'attacher aussi rapidement. Même dans l'avion, les larmes avaient continué à couler durant de longues minutes, si bien que son gentil voisin de siège, visiblement décontenancé par la situation, avait jugé opportun de lui proposer des mouchoirs.

Avec Greg, la connexion avait été instantanée et cette sensation de fusion ne l'avait pas lâchée depuis. Elle avait abaissé sa garde et l'avait laissé entrer par la grande porte. Si facilement… Elle s'imaginait pourtant très mal dans la position de l'amante éplorée d'outre-mer qui attend désespérément son coup de fil et qui arrange tout son horaire en fonction du sien. Or, tous ses messages lui faisaient tellement plaisir et illuminaient sa journée. Allait-elle devenir cette fille triste qui ne quitte plus son téléphone des yeux, cette fille qui espère en vain?

Pour éviter de trop penser, elle se concentrait sur ses occupations: la reprise de ses cours et la recherche d'un nouveau contrat. Elle courait d'une audition à l'autre, mais ce n'était pas suffisant pour faire taire son esprit volage. Elle s'était remise à douter d'elle-même. Heureusement que Lydia, son mentor, n'était jamais bien loin pour l'encourager à persévérer! Les pensées fourmillaient, mais elle n'entamait réellement aucun de ses nombreux projets. Sa pile de livres sur sa table de chevet continuait de grimper, symbole de l'éparpillement de ses idées.

Même si elle lui parlait tous les soirs, Greg et la Croatie lui apparaissaient de plus en plus lointains. Comme un doux mirage qui s'estompe. Deux mois seulement s'étaient écoulés depuis ce matin où il l'avait embrassée tendrement pour la dernière fois devant la zone d'embarquement en essuyant ses larmes du revers de la main.

Greg venait de décrocher un nouveau contrat pour plusieurs mois en Espagne. Il avait créé son petit jardin dans sa nouvelle cour arrière. Avec des carottes et de la coriandre. De petites courgettes, aussi. Il s'était fait couper les cheveux. Un peu trop court à son goût, mais il faisait chaud dans le sud de l'Espagne, en été. Sur sa nouvelle tournée, il avait revu plusieurs vieux amis qu'il n'avait pas croisés depuis longtemps. Amir, Léon, Camille, qu'ils s'appelaient. Il disait qu'elle lui manquait. Mais il se portait bien, loin d'elle. Son quotidien était riche et mouvementé, et il semblait se laisser simplement porter par la vie et ce qu'elle déposait sur son chemin.

Un jour, Greg avait manqué une conversation nocturne journalière. Puis, ce fut son tour à elle. Pour montrer qu'elle était indépendante et que sa vie à elle continuait aussi, sans lui. De fil en aiguille, la fréquence de leurs appels était passée tous les deux, puis trois jours. Parce qu'ils avaient de moins en moins de choses à se raconter. Parce qu'ils ne partageaient plus leur réalité mutuelle. Parce que leur date de retrouvailles ne cessait d'être repoussée. Parce que ça avait de moins en moins de sens…

Mathieu

Puis, du jour au lendemain, Ariane s'est mise à rêver fréquemment d'un mystérieux inconnu qu'elle avait croisé dans le métro. Des rêves érotiques un peu embarrassants. Elle ne lui avait pourtant jamais adressé la parole… Un jour, alors qu'elle feuilletait nerveusement du Michel Houellebecq en attendant le métro pour se rendre à une audition importante, il était venu s'asseoir à côté d'elle sur le banc. Il sentait bon : un mélange de fraîcheur de corde à linge et de bord de mer. C'était cliché, mais il lui avait demandé ce qu'elle pensait de sa lecture. Or, ça faisait trois fois qu'elle relisait la première page tellement elle était distraite. Ariane s'est mise à rire devant cette constatation avant de lui expliquer. Il lui a dit de persévérer. Que la lecture en valait la peine. Définitivement, elle avait de la chance sur les quais de transport en commun !

Il y avait une tension sexuelle palpable entre eux deux. Peut-être était-ce dans sa tête ? À cause des rêves... Il sentait tellement bon qu'il la troublait. Il était grand, avait les cheveux châtain clair et les yeux verts et perçants. Il dégageait une aura de zénitude, mais aussi de confiance, témoin d'un caractère assumé.

Chaque jour, Ariane guettait l'apparition du mystérieux inconnu sur le banc du métro. Il ne la décevait que très rarement par son absence.

Chaque fois, elle apprenait une nouvelle information le concernant. Il travaillait au centre-ville. Plus précisément comme cuisinier dans un grand restaurant du Vieux-Port. Il cultivait un jardin sur son toit et lisait beaucoup, tous les soirs avant de s'endormir. Surtout de la poésie. Il était originaire de la Gaspésie et le bord de mer lui manquait beaucoup. Ah ! et il s'appelait Mathieu.

Elle se faisait une joie de le retrouver même heure même poste chaque jour. Il occupait de plus en plus ses pensées ; c'est pourquoi elle avait été tiraillée par sa conscience lorsqu'il lui avait offert d'aller poursuivre la conversation autour d'un bon verre, un de ces soirs. Tout son être avait envie de se rapprocher physiquement et émotionnellement de Mathieu. Cela voulait aussi dire s'éloigner de Gregory. Passer à un autre appel. Elle avait trop besoin de proximité physique, ce que Greg ne pouvait plus lui offrir.

Après plusieurs secondes de combat intérieur, elle accepta son invitation. Aller prendre un verre ne l'engageait à rien. Elle pourrait par la suite décider en fonction du déroulement de la soirée. Ils avaient donc convenu de se retrouver dans un petit bar sympathique dans Villeray. Elle n'appela pas Greg ce soir-là. Est-ce que ça faisait d'elle une mauvaise personne ? Elle voulait l'aimer et continuer à être une bonne blonde à distance, mais comment faire sans le voir ni le toucher ? Elle se sentait si loin de lui en ce moment, comme si ce qu'ils avaient vécu, malgré l'intensité et la puissance de leurs sentiments, appartenait à une autre dimension. S'endormir chaque soir en se blottissant contre son souvenir ne lui suffisait plus.

Sa soirée avec Mathieu s'était très bien passée, trop bien pour résister à la tentation. Ils avaient discuté jusqu'au petit matin en se promenant dans les rues. Il lui avait pris la main avant de l'enrouler dans ses bras pour l'embrasser fougueusement. Sa bouche goûtait le gin aux arômes de sapin. Comme celui qu'elle avait dégusté la semaine passée avec des amis au Pourvoyeur, juste à côté du marché Jean-Talon.

Bien naïvement, elle avait cru l'espace d'un instant qu'ils pourraient être de bons amis. Mais ils ne pouvaient plus nier cette frontière entre l'amitié et l'amour, qu'ils venaient de franchir par un baiser. Mathieu l'avait entraînée sur un BIXI en riant pour se rendre jusque chez lui. Elle l'avait enlacé très fort pour ne pas tomber.

Lorsqu'elle était rentrée chez elle le lendemain matin, elle savait ce qu'elle devait faire. Elle avait donc composé le numéro de Greg, même si c'était le milieu de la journée de l'autre côté de l'océan. Il avait aussitôt décroché. En entendant son ton de voix, moins enjoué que d'habitude, il a tout de suite su. Elle avait sa réponse, maintenant : elle n'était pas faite pour une relation à distance.

Kim

Sa poche droite vibrait. C'était encore Pauline. Elle l'appelait vraiment souvent ces jours-ci. Au moins deux fois par jour. Parce qu'elle se sentait bien seule depuis que Jean-Paul, son dernier amoureux en lice, l'avait quittée. Elle ressassait sans arrêt leur histoire dans le combiné. Kim non plus n'était pas guérie, mais elle ne rebattait pas les oreilles de tout le monde avec sa détresse pour autant! Elle s'efforçait d'être patiente avec sa mère, de l'écouter attentivement. Parce qu'elle savait que ça lui faisait du bien. Même si parfois, elle avait juste envie de la brasser à l'autre bout du fil. Kim avait souvent l'impression d'être la plus mature des deux. Autant elle se sentait proche d'elle et redevable, autant cette relation lui pesait à l'occasion. Elle ne voulait tellement pas lui ressembler qu'elle préférait ne pas embêter personne avec ses états d'âme. Ce qui n'était pas nécessairement mieux.

Pauline, soixante ans, était remplie de contradictions et sa fille se doutait bien qu'elle ne devait pas être facile à vivre en couple. Avec les années, à force d'être déçue en amour, elle s'était érigé une carapace épaisse et difficile à percer pour quiconque. Elle cultivait également des attentes irréalistes envers la gent masculine, ayant une longue liste de critères. Parmi ceux-ci, on retrouvait notamment : être plus jeune qu'elle, à l'aise financièrement, sportif, actif, obsédé par son travail et aimer voyager. Elle refusait d'habiter avec lui pour conserver sa sacro-sainte indépendance. En même temps, elle lui reprochait rapidement de ne pas avoir assez de temps pour elle. Résultat : ses relations ne duraient jamais bien longtemps.

Voyage mère-fille

En juin, Pauline invita sa fille à l'accompagner à Punta Cana. C'étaient des vacances qui avaient originalement été prévues avec Jean-Paul, mais comme il n'était plus dans le décor, sa belle Kim en peine d'amour lui était apparue comme le plus parfait des plans B. Elle ne voulait pas annuler son voyage et ça leur permettrait de passer du temps de qualité entre filles. Le confort du tout-inclus, dans lequel les décisions les plus importantes consistent à choisir ce que tu veux boire ou manger au buffet, leur ferait assurément le plus grand bien.

Même si elle avait été heureuse de ce cadeau, Kim appréhendait un brin de passer une semaine en tête-à-tête avec Pauline. Parce qu'elle s'imaginait déjà l'écouter se lamenter sur son sort alors qu'elle avait seulement envie de lui crier qu'elle avait couru après.

Comme prévu, Pauline avait beaucoup parlé durant les premiers jours. Sans arrêt. Kim avait fait son possible pour être le plus compréhensive possible, mais au troisième souper, alors qu'elles étaient au restaurant italien du *resort*, le bouchon avait sauté.

— Tu penses pas que tu devrais te remettre en question un peu, *mom* ? La fin de votre histoire ne repose pas exclusivement sur les épaules de Jean-Paul. Il a fait son possible, mais tes attentes sont absurdes et inatteignables. Aucun homme ne fait le poids face à tes exigences. Tu lui demandes d'être là, mais tu le tiens éloigné autant que tu peux.

Pauline eut l'air surprise par cet élan dramatique, réaction qui poussa Kim à continuer.

— Je sais que c'est pour te protéger, mais si tu veux qu'un homme reste dans ta vie, tu dois absolument abaisser ta garde.

Après s'être secoué les cheveux nerveusement comme pour se remettre les idées en place, Pauline avait repris ses esprits.

— Parce que tu es une experte des relations amoureuses, maintenant ? En tout cas…

L'intonation de son petit « en tout cas » voulait tout dire. Elle n'accordait que très peu d'importance à ce que sa fille pensait et était loin d'être prête à admettre ses torts. Ça ne servait à rien de vouloir lui faire entendre raison ; elle était trop tête de cochon et Kim la connaissait trop bien.

— Bien envoyé, *mom* ! Prendrais-tu un savoureux daïquiri aux fraises pour oublier nos amours chaotiques et un brin démoralisantes ?

— En plein ce que j'ai besoin !

La légèreté était de retour au menu. Comme ça, sans plus de cérémonie. Elles étaient toutes deux très douées dans l'art du contournement. Pour éviter les conversations trop épineuses, trop émotives, qui ne pouvaient faire autrement que de briser l'harmonie, elles préféraient, l'une comme l'autre, à coup sûr déserter. Telle mère, telle fille.

Feng shui intérieur

En juillet, Kim a quitté l'appartement pour aller vivre seule. Elle voulait emménager son petit cocon bien à elle ; ça faisait partie de sa reconstruction et de son nouveau *dream board*. Elle s'était donc fait un malin plaisir de planifier chaque micro-détail de sa nouvelle oasis de bien-être, une étape à la fois. Satisfaite du résultat final, cela lui procurait un profond senti-ment de plénitude intérieure. Rien ne lui faisait plus de bien ces temps-ci que de s'asseoir dans son salon avec une tasse de thé bien chaude. Juste pour apprécier le calme qui régnait dans son nouvel environnement. Elle avait aussi renoué avec sa passion pour le chant en répondant à l'annonce d'un *band* de musique spécialisé dans les *covers* à la recherche d'une chanteuse et qui se produisaient à l'occasion dans des soirées corporatives.

Au travail, Kim avait appris à se détacher des facteurs externes sur lesquels elle n'avait aucun pouvoir. De cette façon, elle était plus à l'aise dans son rôle et gérait mieux son équilibre pour préserver sa santé mentale. Kim avait repris le yoga et s'était fait un point d'honneur de modeler son quoti-dien pour être davantage alignée sur sa définition du bonheur.

Tranquillement, loin de tous ses repères qui lui faisaient penser à Christo, elle sentait qu'elle reprenait peu à peu le contrôle sur sa vie. Même si cette relation continuait de la hanter. Même si elle savait que cet état d'esprit était précaire et qu'elle ne serait jamais assez loin, géographiquement parlant, de lui.

Elle avait essayé de donner une chance à Tinder à la suite de nos encouragements, mais c'était loin d'être évident. Elle prenait peur aussitôt qu'un homme essayait de se rapprocher d'elle. Elle marquait instantanément un pas de recul quand un candidat tentait de l'embrasser. Elle était comme un petit animal sauvage fragile qu'il fallait apprivoiser. Comme le renard dans *Le petit prince*. Ou comme un porc-épic qui déploie ses épines un peu trop promptement.

Kim était encore plus abîmée qu'elle ne le croyait. Elle s'était laissé toucher par Patrick, le gars du volley, parce qu'elle le connaissait déjà. Aucun garçon Tinder n'avait eu ce luxe. Elle trouvait des raisons de s'éloigner et de repousser chacun d'entre eux. Après quelques vaines tentatives, elle avait conclu qu'elle n'était tout simplement pas prête. Elle avait été conditionnée à se méfier en raison de tout un bataclan d'hommes torturés. Le réflexe subsistait même si la menace n'était plus là. Les stigmates de ses relations passées, surtout la dernière, ressurgissaient dès qu'elle était devant un prétendant. Elle devait se laisser le temps de guérir et de reconstruire ses schèmes de pensées erronés. Elle ne voulait pas être la torturée de quelqu'un d'autre et faire du mal malgré elle. Personne ne méritait de traverser ce qu'elle avait vécu.

Ça allait prendre du temps avant qu'elle n'ouvre son cœur à nouveau, elle le savait. Ça prendrait la bonne personne pour la convaincre d'abaisser ses nombreuses barrières. Quelqu'un de patient qui comprendrait. Elle arriverait à coup sûr avec un lourd bagage amoureux empreint de petits et grands traumatismes camouflés derrière une épaisse carapace. Comme sa mère…

Florence

Les changements introduits dans la vie de Florence avaient porté leurs fruits. Elle se sentait de mieux en mieux. Les occasions sociales ne lui apparaissaient plus comme un fardeau. Son cœur avait recommencé à battre à un rythme normal et elle s'en faisait moins avec tout. Elle n'était plus à bout de souffle de manière perpétuelle.

Au travail, elle avait appris à mettre ses limites et à décrocher en arrivant chez elle le soir. Elle donnait le meilleur d'elle-même sur place, mais quand elle quittait le bureau à la fin de la journée, elle fermait les livres pour la nuit. Du moins, elle faisait de son mieux pour respecter cette promesse. La peur de décevoir continuait d'être le plus gros de ses combats intérieurs. Après tout, elle devait accepter qu'elle ne changerait pas du jour au lendemain, que c'était un cheminement ! Sa mère était sa copie conforme là-dessus : une éternelle perfectionniste qui se pliait en quatre pour faire plaisir à tout le monde dans son entourage, au point où ça devenait anxiogène.

Ogunquit

Pour décrocher comme il se doit, Florence avait pris des vacances avec sa famille ; une dernière semaine tous ensemble, sans conjoints ni enfants, à l'endroit où ils avaient l'habitude d'aller quand ils étaient petits : Ogunquit, sur la côte est américaine. C'était l'occasion de souligner la fin des études de sa petite sœur Anne et le début d'un nouveau chapitre. Ils avaient loué une villa sur le bord de la plage pour pouvoir accéder à un maximum de détente. Tout le monde était vraiment emballé par le projet et c'est l'esprit léger qu'ils remplirent le VUS de ses parents avant de prendre la route. Marco, Anne et Florence s'installèrent tous les trois collés sur la banquette arrière en demandant à leur père de mettre le CD de Santana dans le piton, musique qui avait bercé leur enfance et les voyages en famille en auto. Nostalgie, quand tu nous tiens ! Un magnifique soleil les saluait du coin de l'œil.

Florence avait toujours été proche de ses parents. Elle n'aurait franchement pas pu rêver d'une meilleure famille pour s'épanouir et grandir, entourée d'amour. Ses parents étaient vraiment impliqués dans la vie de leurs enfants, parfois même un peu trop… Par exemple, la fois où son père avait écrit une lettre à son ex pour lui exprimer sa façon de penser après avoir vu sa fille pleurer ou encore cette fois où il était allé rencontrer le chef des cadets pour lui faire part d'une divergence marquée d'opinion par rapport à une sortie de survie en forêt, c'était peut-être un peu trop. Il y avait aussi eu cette fois où son père avait réservé un traitement de mutisme profond au copain de sa sœur, qui venait de revenir dans le décor après l'avoir laissée par texto ! S'ensuivit le souper le plus malaisant de l'histoire de l'humanité… Quoi qu'il en soit, jamais au grand jamais on ne pouvait leur reprocher de ne pas avoir été assez présents.

Chaque année, à Noël, elle remerciait le ciel que la famille de son *chum* habite à l'étranger parce que ça lui aurait crevé le cœur de devoir partager son temps entre sa famille et la sienne, malgré tous ses bons sentiments à leur égard. Elle se faisait un devoir d'être à toutes les rencontres de famille, sans exception, de ne jamais manquer un anniversaire.

Elle n'avait jamais véritablement coupé le cordon et ne souhaitait pas le faire. Toutes les fins de semaine lorsqu'elle était à l'université, elle revenait chez ses parents pour travailler et passer du temps avec eux alors que la plupart de ses amis restaient dans leur appartement pour faire le *party* et étudier. Encore aujourd'hui, malgré la distance qui les séparait, ils réussissaient à se parler presque tous les jours.

Elle se rappelait clairement le jour où son père s'était indigné avec véhémence dans le salon familial pour la faire rire en imitant les mimiques caractéristiques de son *coach* de badminton. Ils avaient alors partagé l'un des plus longs fous rires de leur histoire. Elle se rappelait aussi le jour de ses cinq ans, où sa mère l'avait veillée toute la nuit pour soigner une vilaine grippe. La fois où son père avait essuyé ses larmes après une dure rupture. Ou ce costume d'Ariel la petite sirène, confectionné à la main par sa mère pour l'Halloween. Elle l'avait porté trois années d'affilée tellement elle l'adorait. Florence leur serait éternellement reconnaissante pour tout ce qu'ils avaient sacrifié pour son bien-être.

Une fois arrivés à Ogunquit, ils se firent un plaisir de découvrir ensemble leur résidence pour la prochaine semaine.

C'était magique. Anne, Marco et Florence partageaient une chambre et il y en avait une deuxième pour leurs parents. Du petit perron, la vue imprenable sur la mer était tout simplement époustouflante, et le sable, à leurs pieds. Sur la plage, il y avait un petit bar avec de l'animation autour. Ils pouvaient apercevoir un terrain de volleyball, un kiosque de location d'embarcations nautiques et une petite scène sur laquelle défilaient profs de yoga et de Zumba. Une ambiance de vacances les submergea du coup. Ils allèrent tous se commander un Piña Colada pour porter un toast à ce beau voyage qui commençait et, bien sûr, à la fin des études d'Anne.

Après trois jours de détente, Florence se sentait bien loin des obligations du quotidien. Elle sentait qu'elle retrouvait son essence et la fille dynamique, souriante et *willing* qu'elle avait un peu oubliée ces derniers mois. C'est en adoptant le mode #RienÀFoutre qu'elle se dirigea avec toute sa famille vers le *party* organisé sur le bord de la plage ce soir-là. Comme le plaisir attire le plaisir, ils s'étaient vite trouvé de nouveaux amis. On l'avait invitée à danser sur de la musique latine, sa préférée. Elle s'était laissé transporter par l'instant présent. Elle aurait aimé que Raph soit là pour la faire danser, car à ses yeux, il n'y avait pas meilleur danseur que lui sur terre.

Après plusieurs verres, ses parents étaient allés se coucher pendant que Marco et Anne jouaient une partie de volleyball nocturne sur la plage. Accoudée au bar, Florence avait pour sa part fait la connaissance d'Ethan, un beau grand Bostonnais qui travaillait comme elle pour une grosse multinationale. Ils avaient beaucoup en commun. Il était à Ogunquit en vacances avec un groupe d'amis. Elle le trouvait extrêmement intéressant, allumé, drôle, cultivé et facile d'approche. Ça aurait été totalement son genre si elle avait été célibataire…

Mais personne ne lui en tiendrait rigueur si elle flirtait un peu. Elle savait toutefois que si elle poussait la porte trop loin, elle ne pourrait plus la refermer. Juste pour être certaine, par souci de protection, elle lui mentionna rapidement être en couple. Lui aussi avait quelqu'un, ce qui la rassura. Une fois ce malaise dissipé, ils pouvaient donc simplement être de bons amis.

Ils eurent beaucoup de plaisir ensemble ce soir-là à rire sur la plage jusqu'au petit matin et à regarder le ciel étoilé. Ethan était charmant et n'était clairement pas indifférent à ce que Florence dégageait. C'était d'ailleurs un sentiment partagé. Elle retourna à la villa avec sa sœur, tourmentée par la tentation. C'était inconcevable qu'elle fasse quoi que ce soit pour blesser Raph, mais ce n'était pas l'envie qui manquait. C'était la première fois de sa longue relation qu'elle était aussi attirée par quelqu'un d'autre que son *chum* et elle ne savait pas trop comment réagir à cela. Dans sa tête, tromper quelqu'un était la pire des trahisons. C'était impardonnable, puisque le lien de confiance était alors brisé à tout jamais. En même temps, l'appel du jeu de séduction était très puissant.

Le lendemain matin, aussitôt qu'elle avait recroisé Ethan sur la plage, sa tête s'était mise à tourner dans un tourbillon incessant de questionnements. Elle décida donc de faire comme si de rien n'était en lui présentant sa sœur comme la perle qu'elle était et en vantant maladroitement ses mérites. C'était elle qui était célibataire, après tout! Puis, elle les avait laissés seuls pour qu'ils apprennent à se connaître en toute intimité. Anne était venue la rejoindre rapidement, lui demandant quelle mouche l'avait piquée. Elle connaissait trop sa sœur pour ne pas avoir décelé son malaise. Décontenancée, Florence dut tout lui expliquer.

Anne promit de la surveiller pour qu'elle ne fasse rien qu'elle puisse regretter. L'après-midi, ils allèrent toute la famille faire les boutiques sur la rue principale pour se ramener un souvenir ou deux. Ils arrêtèrent aussi au marché en chemin pour dénicher un bon repas qu'ils feraient cuire sur le barbecue le soir même, juste après leur escapade familiale en voilier pour observer le coucher du soleil.

Qui ne retrouvèrent-ils pas sur le bateau avec son groupe d'amis ? Celui qu'elle tentait à tout prix d'éviter depuis ce matin ! Il vint lui parler pour la rassurer sur ses intentions. Malgré qu'il appréciait grandement sa compagnie et qu'il ressentait aussi fortement leur connexion, il ne tenterait rien de compromettant qui la mettrait dans l'eau chaude, c'était une promesse ! Il la respectait trop pour cela. Gentleman, en plus ! À son grand désarroi, il avait remarqué leur attirance réciproque et elle n'avait rien dit pour le contredire. Tout le reste de la semaine, ils avaient continué à passer du bon temps ensemble et à flirter sans jamais pousser le bouchon trop loin. Ils dansaient tous les deux avec grâce sur la limite à ne pas franchir.

Florence était convaincue qu'au cours d'une vie, il existait de nombreuses personnes de qui on pouvait tomber amoureux. Que cette perception de l'âme sœur faite exclusivement pour soi était caduque. Suzanne leur avait toujours répété que chaque chaudron trouve son couvercle. Et s'il y avait plusieurs couvercles qui pouvaient s'assembler avec le chaudron ? Que c'était bien souvent un concours de circonstances de tomber sur l'un ou l'autre et qu'il ne tenait qu'à eux d'entretenir ce lien qui les unissait.

En d'autres temps ou en d'autres lieux, Ethan aurait pu être un potentiel amoureux. Mais il y avait Raph. Et, au final, malgré la tentation et l'attrait de la nouveauté, elle choisirait toujours Raph. Parce qu'ils avaient bâti un foyer ensemble et que celui-ci méritait d'être préservé. Parce qu'elle l'aimait profondément et que, même si leur amour s'était transformé au fil des ans en quelque chose de moins flamboyant et de moins explosif, il s'était solidifié à travers les bons comme les moins bons moments. Parce qu'elle était bien avec lui, qu'il la complétait dans ses différences et qu'ils formaient une équipe solide.

Au terme de la semaine, le voyage en famille avait fait le plus grand bien au moral de tous. Elle se sentait reposée et en paix avec ses choix. Elle avait hâte de serrer Raph dans ses bras, de lui dire à quel point elle l'aimait et remerciait la vie de l'avoir déposé sur son chemin. Quand ils se retrouvèrent tous les deux seuls dans leur chambre ce soir-là, Florence eut une montée d'amour qui lui serra le cœur quand elle plongea son regard dans le sien. Instinctivement, elle lui demanda de but en blanc s'il voulait lui faire un enfant et agrandir la famille. Après tous les rebondissements de leur histoire, ils pouvaient maintenant voguer sur une mer plus calme et profonde, remplie de certitudes.

Anne-Sophie

À travers toute cette épopée, j'ai dû me faire porter par des vagues déchaînées, que j'avais clairement sous-estimées. Je me suis fait ramasser. Mon gouvernail a perdu le nord, souvent. Je me suis aussi épuisée à ramer à contre-courant jusqu'à réaliser que le plus beau cadeau que je pouvais me faire, c'était d'attendre que la tempête passe pour me relever et continuer à avancer.

Ramer à contre-courant

Thomas et moi avions continué de saboter nos chances d'aller de l'avant en nous voyant fréquemment. Toutes les *dates* Tinder étaient vouées à l'échec avant même d'avoir commencé. D'un côté comme de l'autre. Par sa façon de me regarder, de me toucher, je sentais que j'avais encore une emprise, qu'il m'aimait encore et je m'accrochais à cela. Dans notre volonté de nous garder à tout prix dans nos vies respectives, nous forcions la donne. Parce que nous étions toujours plus que de simples amis. Pendant plusieurs mois, j'ai joué à l'amie qui essaie de reconquérir son ex et je me suis écorché le cœur à plus d'une reprise dans le processus. Mais la seule pensée de ne plus le voir m'était insupportable.

Par une belle journée d'été, nous nous sommes donné rendez-vous sur les plaines d'Abraham. J'avais passé l'après-midi à me faire bronzer avec Kim en l'attendant. J'avais mis mon bikini sous une camisole qui laissait deviner mes courbes et mettait en valeur mon décolleté. Je savais qu'il allait le remarquer. Lorsqu'il est apparu au loin, avec un *glow* qui n'appartient qu'à lui, mon cœur s'est emballé. Je frissonnais toujours chaque fois qu'on se voyait. J'anticipais toutefois le moment et je surveillais mes réactions. Parce qu'une partie de moi voulait m'épargner un petit peu. L'autre partie était claire-ment sadomasochiste. Je voulais me convaincre que ça ne me faisait plus rien, mais c'était tout le contraire. Cet après-midi-là, nous avons discuté tranquillement, allongés côte à côte à regarder le ciel tourner, puis avons fini notre promenade en allant nous chercher une crème glacée sur l'avenue Cartier. Cette rencontre m'a fait du bien et je suis repartie chez moi le cœur plein.

En juillet, j'ai emménagé dans mon nouvel appartement qui ne contenait plus de traces de nous deux. Avec les filles, nous l'avons nommé le Shack du bonheur. La veille du déménage-ment, j'ai écrit une longue lettre à Thomas en pleurant dans notre lit. J'avais encore tant de choses à lui dire. Cette dernière nuit marquait la fin d'un chapitre important de ma vie. Je quittais cet appartement pour lequel nous avions eu un coup de cœur instantané et dans lequel nous avions tant partagé. Autant j'étais soulagée de recommencer à neuf, autant ça me brisait le cœur de dire adieu à ce lieu significatif.

J'ai traîné avec moi tous nos souvenirs dans une grande boîte que je me suis promis de ne pas ouvrir dans mon nouvel appartement. Ça avait déjà été si pénible de les emballer. Nos photos, ses cadeaux… Toutes ses cartes de souhaits que j'avais gardées précieusement. Toutes ces fois où Tom m'avait dit «je t'aime». Je ne pensais plus pouvoir aimer quelqu'un d'autre aussi fort que je l'avais aimé. Je m'y étais résolue.

À sa fête, le 3 août, je l'ai invité à souper dans mon nouveau chez-moi. Kim m'avait prêté une robe à couper le souffle pour l'occasion; je voulais être à mon meilleur. Nous avons joué à être «nous» toute la soirée. Le «nous» d'avant. Le «nous» complice et amoureux. Tom m'envoyait des messages contradictoires et je voyais dans ses yeux qu'il était toujours attiré. À la fin de la soirée, j'ai exprimé clairement mes attentes de rapprochement. J'avais envie qu'il reste et qu'on se colle comme avant. Qu'il me rechoisisse. Tom avait envie lui aussi de rester; je le sentais. Mais il a décidé d'écouter sa tête plutôt que son cœur.

— Ce ne serait pas juste envers toi, Anne-So. Parce que je n'ai rien élucidé encore sur mon orientation sexuelle. Parce que ça ne partira pas tout seul, que ça reviendra. Si je reste pour la nuit, ce sera encore plus déchirant demain. Pour toi comme pour moi.

Ce soir-là, quand il est parti, j'ai su, pour ma santé mentale et pour me donner une chance d'avancer, qu'il valait mieux couper les ponts complètement pour un temps. J'ai laissé l'idée germer et faire son chemin dans ma tête. Ça ne pouvait toutefois pas être immédiatement, puisque nous participions à un tournoi de volleyball ensemble deux jours plus tard…

Le Drague

Le lendemain, nous avions une soirée de filles qui tombait à point. Nous avions planifié nous enivrer autour d'un bon souper puis sortir danser. Durant notre souper, Kim a reçu une invitation de Tom de les rejoindre au bar Ninkasi, où il se trouvait avec des amis. Je n'avais pas parlé aux filles de notre scène d'hier. Dans notre volonté de rester tous amis et sous l'effet de l'alcool, ça m'apparaissait être une excellente idée. Tant qu'à se voir demain, pourquoi pas ce soir aussi?

Nous les avons donc rejoints au Ninkasi et avons pris des *shooters* tous ensemble autour de la table de *baby-foot*. Puis, les filles ont eu envie de changer de bar pour aller danser. Le Drague, le bar gai situé juste à côté, nous est tous apparu comme la meilleure option. Après tout, c'était LA place en ville où on jouait la meilleure musique!

Je pensais naïvement que de m'exposer à la nouvelle réalité homosexuelle de Tom me ferait décrocher de lui. Je me suis mise à danser en cercle avec les filles. Tom m'a apporté un verre et nous avons trinqué nerveusement. J'ai calé mon verre. Tom n'était pas à l'aise non plus et surveillait chacune de mes réactions.

Je regardais partout autour pour prendre le pouls de sa nouvelle communauté, sa pleine mesure. J'en avais le tournis. Les serveurs et le DJ en *chest*. Ce groupe d'hommes avec des paillettes qui s'exclamaient à l'unisson en se flattant au passage de manière assumée de leurs mains baladeuses. La *drag queen* au fond de la salle avec ses plumes. Tous ces gars qui dansaient «comme des filles». Tous ces couples qui s'embrassaient partout autour de moi. Le Drague, c'était un hymne à la démesure et à l'extravagance. J'imaginai Tom en train d'embrasser un autre homme et ce fut trop pour moi. Je l'ai échappée. Solide.

J'ai quitté le plancher de danse précipitamment en entraînant Florence par la main dans ma fuite. Elle ne comprenait pas ce qui se passait. Tom m'a suivie des yeux. Je me suis efforcée de sauver la face jusqu'à la salle de bain avant d'éclater en sanglots en petite boule dans un coin en m'accrochant à la main de Flo. C'était trop. Je ne pouvais pas être ici avec lui. J'avais poussé mes limites au-delà de mes capacités. J'avais touché le fond.

— Là, ma *chum*, tu vas respirer avec moi. Inspire. Expire. Oui, c'est ça. On n'aurait jamais dû venir ici ce soir. Ce n'était clairement pas notre meilleure idée et je m'excuse. Je vais rassembler les filles pendant que tu reprends tes esprits et on va partir. Je vais m'occuper de tout.

— Je ne veux pas que vous quittiez si vous avez du plaisir. Je veux pas gâcher votre *fun*… Je peux partir toute seule.

— Hors de question ! On vient avec toi, un point c'est tout.

Je l'ai suivie. En sortant de la salle de bain, Tom m'attendait. Mon mascara avait coulé partout et je ne devais pas être belle à voir. Il m'a pris par la main et m'a entraînée à l'extérieur du bar, sur un banc juste à côté. Je grelottais alors il a déposé tout doucement son coton ouaté autour de mes épaules. Puis, sans rien dire, il m'a serré fort dans ses bras et j'ai pleuré un bon coup dans le creux de son épaule.

— Je savais que ce n'était pas une bonne idée. J'ai flanché quand vous avez insisté, mais je savais que ça te ferait du mal. Je m'excuse, Anne-So. On n'aurait jamais dû venir ici. Veux-tu que je me fasse remplacer demain pour le volleyball ?

— Non, non. Ça ira mieux demain. Promis.

— OK. Si tu le dis… Pour hier…

— Je m'excuse d'avoir insisté. C'est juste que je sentais que tu en avais envie toi aussi.

— Peut-être, mais ça n'aurait rien changé et ça nous aurait fait plus de mal qu'autre chose. Tu le sais très bien…

Je continuais à pleurer doucement sur son épaule. C'était toujours la même issue. Tom ne savait plus quoi faire à part me serrer plus fort dans ses bras. Il n'avait jamais aimé me voir pleurer et avait toujours voulu me protéger. Sauf que là, le simple fait d'être dans ses bras me faisait plus de mal que de bien. Les filles m'ont retrouvée après un moment sur le banc de parc. Florence les avait rassemblées et elles avaient appelé un taxi.

C'est complètement hystérique et en larmes que je suis entrée dans le taxi, arborant le coton ouaté de Tom.

— Tout le monde est gai! Êtes-vous gai, vous, monsieur le chauffeur de taxi? Parce que tout le monde est gai. Je suis pas bonne pour voir ça. Comment j'ai pu être aveugle à ce point, le savez-vous? Je sais plus rien… Je sais même plus s'il m'a aimée pour vrai!

Silence radio à l'avant du véhicule.

— Voyons, Anne-So, tu sais très bien que ce que vous avez vécu était réel. Il n'aurait jamais pu te mentir et se mentir à lui-même durant plus de cinq ans! C'est juste impossible, comprends-tu?

Florence m'a un peu rassurée. Même si j'avais le besoin soudain de l'entendre de sa bouche à lui, encore. Mon comportement était complètement déplacé, mais je n'avais plus le contrôle de moi-même. Lily voulait que je lui rende le chandail avant de rentrer chez moi, mais je refusais obstinément de m'en départir. Constatant mon taux d'alcoolémie élevé, elle n'a pas insisté. Ce soir-là, j'ai dormi en boule dans mon grand lit avec l'odeur de Tom sur moi et ça m'a permis de trouver le sommeil.

Le lendemain matin, je retournais en boucle dans ma tête la scène de la veille et je savais que j'avais atteint un haut niveau de pathétisme. Je devais faire quelque chose. C'est la mine basse et très *hungover* que je me suis rendue avec Flo au tournoi de volleyball caritatif auquel nous nous étions inscrits, Tom, Antoine, elle et moi. Nous avons étonnamment bien joué pour des gens qui avaient autant bu la veille. Nous avons évité de reparler de la finale d'hier, puis avons fini la journée à prendre un verre tous ensemble. Ce fut étonnamment agréable. Tom et moi étions rendus des pros dans l'art de faire semblant que tout allait bien. Je l'ai appelé le lendemain pour qu'on se voie. Parce que je devais couper les ponts pour un temps. Nous nous sommes retrouvés au parc du Bois-de-Coulonge pour une marche. Il savait déjà ce que je voulais lui dire.

— En fait, si tu n'avais pas pris la décision toi-même, je l'aurais prise pour toi. Après tout ce qui s'est passé en fin de semaine, je pense vraiment que c'est nécessaire.

— Je sais. Je le comprends maintenant ; pour qu'on puisse avancer tous les deux, il faut prendre le temps de vivre le deuil de notre relation.

Parce que la vérité, si je ne me voilais pas la face, c'est que ça me faisait encore trop de peine de le voir. Parce que les signaux étaient contradictoires et que, quand nous étions ensemble, nous n'avions d'autre choix que d'agir comme le « nous » d'avant, comme deux âmes profondément complices.

— Est-ce que je peux te demander quelque chose, Tom ?

— Tout ce que tu veux.

— Promets-moi qu'on ne deviendra jamais deux étrangers. Comme tant de couples séparés avant nous.

— Je te le promets. Ce ne sont pas des adieux, cet après-midi. C'est une pause nécessaire pour mieux nous retrouver.

— Dis-moi une dernière chose. Toi et moi, c'était réel ? Tu ne jouais pas la comédie ? Je veux dire, est-ce que tu m'as vraiment aimée ?

Des larmes se sont mises à couler sur ses joues. Je ne voulais pas le faire pleurer.

— Je me suis peut-être mal exprimée, Tom. Comme tu t'es caché une grande part de toi-même durant longtemps, je me questionne sur l'homme qui était devant moi. Je ne devrais peut-être pas. Excuse-moi.

— Non, je comprends ton besoin. Je t'ai aimée plus fort que je n'avais jamais aimé auparavant. Tu m'as permis d'évoluer comme personne, de grandir. J'étais moi-même, Anne-So, et j'étais sincère. Complètement. Toute cette nouvelle portion de moi, elle était enfouie bien loin dans mon subconscient. Je n'y avais jamais eu accès avant. J'avais créé un mur mental devant. Un mur de briques infranchissable qui s'est pourtant déconstruit tout seul pour me dévoiler à moi-même. Mes sentiments envers toi n'étaient pas moins réels, pas moins puissants.

— Ça me fait du bien de l'entendre. Même si je savais au fond de moi que tu n'aurais pas pu jouer la comédie aussi longtemps, j'avais besoin d'être rassurée. Merci. Je ne ramènerai plus jamais ce doute sur le tapis. J'ai tellement hâte qu'on se revoie sans que j'aie mal en dedans. J'ai hâte au moment où te revoir sera simplement une source de bonheur.

Mais pour cela, il fallait se laisser le temps de guérir et de faire le deuil de ce qui n'était plus et de ce qui ne serait plus jamais. Se laisser une vraie chance d'aller de l'avant. Je lui ai remis son coton ouaté, l'ai enlacé longuement puis suis repartie chez moi, le cœur en morceaux, mais certaine qu'il se rapiécerait avec le temps. C'était un mal nécessaire. Ce soir-là, comme je l'avais fait pour elle, j'ai demandé à Kim de m'aider à bloquer Tom sur Facebook. Pour m'éviter de voir ses photos et toutes ses activités sans moi.

Ça a pris deux mois avant que je ne lui reparle. C'est lui qui m'a appelée pour me souhaiter bonne fête. Pour me confier aussi qu'il avait rencontré quelqu'un dans un bar pas longtemps après notre pause, qu'il partait avec lui à New York pour des vacances et qu'il pensait être amoureux. Il ne voulait pas que je l'apprenne de la bouche de quelqu'un d'autre. J'ai eu un pincement au cœur, mais j'étais contente pour lui. J'étais disposée à le revoir, je le sentais. Nous étions prêts pour la prochaine étape de notre relation ; un amour différent, mais toujours empreint de respect, d'admiration et de complicité.

UN AN PLUS TARD

Lily

Il y a un an jour pour jour, Lily mettait les pieds pour la première fois au Bourg-d'Hem, loin de penser qu'elle y élirait domicile de façon permanente. Le premier mois, elle s'était acclimatée au dur labeur du travail de la terre. Ça n'avait pas nécessairement été facile, mais elle était là pour apprendre et se sortir de sa zone de confort. Fred était un mentor né et enseignait à ses stagiaires avec patience, douceur et enthousiasme. Il aimait tellement ce qu'il faisait que c'en était contagieux ! Elle avait apprivoisé les chevaux, avec qui elle connectait de façon innée et étonnante. Même le plus farouche des destriers l'avait laissée l'approcher en moins de temps qu'il ne faut pour crier gare. Elle adorait cultiver la terre presque autant que faire de l'équitation à travers les champs.

Durant le deuxième mois de son séjour, elle avait expérimenté une connexion des âmes avec Fred. Quelque chose de fort et de grand. Quelque chose qui ne se commande pas. Quelque chose qui ne s'était pas fait du jour au lendemain. Loin du coup de foudre, leur histoire avait commencé tout doucement, sans brusquer personne. Au fil des discussions était née une complicité. D'abord, lors des soupers qui s'éternisaient à philosopher sous les étoiles. Puis, un soir de pleine lune à tournoyer sur du jazz lascif et à apprendre le fox-trot, alors que tous les autres étaient déjà au lit. Une petite braise était née lors des nombreux pique-niques sur l'heure du midi où ils emportaient un petit plat concocté par Martine et où ils allaient se poser avec les chevaux par-delà la rivière à l'abri des regards curieux, seuls au monde.

Au bout de deux mois, elle avait repris l'avion vers le Québec sans qu'il y ait eu de rapprochement. Plusieurs choses l'empêchaient de se laisser complètement aller, dont les vingt années qui les séparaient et le fait qu'il avait déjà quatre enfants. À son retour, ils avaient continué d'échanger longuement par courriel et téléphone. Sa présence lui manquait et elle ne faisait que penser à lui et à l'empreinte qu'il avait laissée dans son cœur.

Elle s'était enregistrée pour le stage en se disant que ce serait une belle occasion de se retrouver seule avec elle-même. De réfléchir sérieusement sur ce qui l'allumait vraiment à un moment charnière de sa vie. Dans ce champ à perte de vue entouré de montagnes, elle avait été pleinement elle-même et tellement heureuse. Comme la petite fille en salopette bleue, les mains dans la terre. Comme la jeune adulte se délectant de cerises juteuses. Rassasiée par les bonnes choses et à sa place. Pour la première fois de sa vie, elle avait la certitude qu'elle se trouvait au bon endroit au bon moment.

Deux semaines après son retour, Lily avait pris des décisions lourdes de conséquences. D'abord, de ne pas se trouver un emploi en droit international. De choisir sa passion pour les chevaux et l'agriculture. D'adopter la simplicité volontaire et la vie bohème. D'oublier la stabilité et les bonnes conditions que la vie d'avocate lui procurerait. Comme ça, si facilement, alors qu'il lui avait toujours été difficile de prendre une décision. À cause de cette boule au fond de sa gorge et des dommages collatéraux de chacune de ses actions sur les autres.

Pour la première fois de sa vie, elle était parvenue à choisir une direction simplement en écoutant son cœur.

Un mois plus tard, elle était de retour à Paris, bien déterminée à surprendre Frédéric à son kiosque à la Foire agricole. Elle se fraya un chemin dans la foule jusqu'au petit kiosque *vintage* où il vendait de la délicieuse soupe au potimarron. Benoît était à l'accueil et Fred préparait de la soupe en série derrière lui. Lily fit signe à Benoît de demeurer discret lorsqu'il l'aperçut pour éviter qu'il n'exclame sa joie trop fort. Elle se faufila ensuite derrière le kiosque, déposa sa valise dans un coin, empoigna un tablier qui traînait sur la table et se positionna derrière Frédéric avant de trahir sa présence.

— Vous m'avez l'air débordé, monsieur. Puis-je vous offrir mon aide pour brasser votre soupe ?

Il reconnut tout de suite sa voix, mais croyait rêver. Il se retourna tout de même pour vérifier. Elle était bien là et elle lui souriait.

Lily le trouva tellement beau avec son béret, sa chemise bleue et son tablier parsemé de taches orangées de potimarron explosif. Il s'approcha d'elle d'un pas dégourdi et posa un baiser passionné sur ses lèvres en la serrant bien fort par la taille.

— Je suis tellement content de te voir. Pourquoi tu ne m'as pas prévenu ? Je serais venu te chercher à l'aéroport.

— Je voulais te faire la surprise.

— Eh bien, c'est réussi! Tu m'avais dit que tu souhaitais revenir, mais je ne croyais pas que ce serait tout de suite!

— Il y a autre chose, Fred. Je n'ai pas de billet de retour.

— …

Ses yeux brillaient, son sourire était fendu jusqu'aux oreilles. Ce sourire pour lequel elle craquait complètement.

— C'est la décision la plus facile que j'ai eu à prendre de ma vie. Je ne pouvais pas passer à côté de toi. Ni du bonheur que je ressens quand je suis à tes côtés à la ferme.

Il était ému.

— Tu ne pouvais pas me faire plus plaisir.

— Moi non plus… Maintenant, laisse-moi t'aider.

Elle se retroussa les manches et prit place au comptoir pour servir les clients, comme si elle avait toujours fait cela. Lily avait trouvé un compagnon de vie au même moment que sa vocation. Elle ne pouvait être plus comblée qu'en ce moment.

Force est de constater que c'était vrai que l'amour frappe à ta porte au moment où tu t'y attends le moins.

Ariane

Dans sa chambre d'hôtel à Paris, son attention se porta sur cet effluve de lilas et sur le beau soleil qui pointait le bout de son nez. Une chaude journée d'été s'annonçait. Elle revenait de faire son jogging matinal et prenait un délicieux café avec un croissant frais en contemplant, de sa terrasse, la vue sur les nombreuses petites cheminées rouges des toits de la ville. Courir au Bois de Vincennes, c'était quand même une expérience incroyable en soi. Elle s'était levée tôt, pour une fille qui avait performé en concert la veille, le premier d'une longue série qui la mènerait aux quatre coins de la planète.

Ariane avait envie de se pincer constamment tellement elle avait l'impression de vivre un rêve en ce moment. Elle était le premier violon pour la tournée internationale du célèbre *crooner* Michael Bublé et elle n'en revenait pas encore. Ce n'était pas le contrat, techniquement parlant, le plus complexe, mais l'équipe était incroyable. Michael était adorable. Et c'était payant! Elle avait beaucoup de chance d'avoir été choisie pour remplacer au pied levé la violoniste de longue date du chanteur, qui était présentement en congé de maternité. Elle mettait tout son cœur à l'ouvrage et ne voulait décevoir personne.

Finito la période de stress à chasser les contrats et à avoir peur de ne pas arriver à la fin du mois! *Finito* l'enseignement! *Finito* les remises en question! Hum… peut-être pas, finalement! Ça faisait quand même partie d'elle de se questionner en permanence sur son art. Et n'était-ce pas le propre de tous les artistes passionnés? Quoi qu'il en soit, elle avait écouté son père et allumé ses fusées! Et elle en était très fière!

En songeant aux événements des derniers mois, un sourire se dessina instinctivement sur ses lèvres. Sa tournée en Europe de l'Est avait clairement ranimé une flamme en elle. Elle s'était reconnectée au plaisir de jouer lors des concerts à Prague. Lydia l'avait beaucoup aidée au quotidien à lâcher prise et à faire confiance à la vie. Cette rencontre avait été déterminante dans son cheminement et cette confiance renouvelée n'était certainement pas étrangère à toutes les belles choses qui se déposaient sur son chemin professionnel ces derniers temps. Elles s'appelaient encore toutes les deux régulièrement et chaque discussion avec sa grande amie était un pur bonheur.

Son idylle avec Mathieu n'avait pas duré. Ils avaient passé un été merveilleux, mais avaient vite été rattrapés par leurs différences et, vous savez, la vie. Elle n'avait pas voulu mettre une étiquette sur leur relation par peur d'être blessée et il s'était lassé. C'était un romantique et il voulait s'engager. De son côté, quelque chose la retenait de se laisser complètement aller avec lui. Un jour, il avait eu un coup de foudre pour une cliente, au restaurant où il travaillait. Un peu comme ça s'était passé avec Ariane quelques mois plus tôt. Et puis, il était parti un bon matin d'automne comme il était arrivé, avec le vent sur un quai de gare. Ariane a eu le *blues* quelques semaines, mais elle savait qu'elle s'en remettrait.

Elle n'était pas encore prête à tomber amoureuse, mais se laissait porter par les rencontres éphémères et les plaisirs épicuriens. Ça faisait bien longtemps qu'elle ne s'était pas sentie aussi bien, aussi en phase avec elle-même. Elle savourait chaque moment sans modération, en cavale, avide d'exploration… La vie lui appartenait !

Kim

Un peu plus d'un an après avoir saisi sa valise pour couper les liens qui la retenaient à Christopher, elle tomba pour la première fois face à son voisin de palier. Ils entreprirent de fermer à clé leur porte respective et, en se retournant, elle fut subjuguée par ce beau grand barbu tatoué aux yeux mystérieux. Elle en eut le souffle coupé. C'était tellement son genre! Il lui fit un sourire poli pour la saluer et elle le lui rendit. Puis, ils quittèrent vers des directions opposées. Elle sentait qu'elle aurait dû démarrer une conversation, faire une blague ou quelque chose, mais elle avait perdu tous ses moyens.

Toute la journée, elle ne put s'empêcher de repenser à ces yeux bleus troublants d'authenticité qui l'avaient complètement déroutée. Elle avait ressenti tout le vécu et la profondeur de l'homme à travers la puissance d'un seul regard. Elle sentait qu'elle devait lui parler. Mais comment? En allant frapper à sa porte pour lui emprunter du sel? Comme son plan n'était clairement pas au point, elle décida de ne rien précipiter.

Un mardi soir, devant la réception de l'immeuble où elle attendait pour payer son loyer, Kim regarda la liste des locataires. Un certain Sébastien Bouchard habitait au numéro 8.

Elle savait donc maintenant le nom de son charmant voisin. Un pas de plus dans la bonne direction ! Le lendemain, lorsqu'elle retourna à la réception pour signaler un problème de plomberie, la dame lui répondit que la cause devait être attribuable à l'un de ses voisins immédiats. Elle reçut cette information comme un signe des dieux ! Elle ne pouvait pas contredire sa destinée alors elle l'ajouta sur Facebook. Ça lui offrait un parfait prétexte pour entamer une discussion.

Elle : Bonsoir ! Désolée de t'importuner, mais la réceptionniste m'a dit que le geyser de mon évier de cuisine serait attribuable à un voisin qui joue avec sa plomberie. As-tu un problème similaire ou c'est juste moi, l'heureuse élue ?

Lui : Salut ! Je ne suis pas à la maison, mais j'espère que je n'ai pas le même problème chez moi ! Le charmant voisin qui joue avec la plomberie, ce n'est pas moi, en tout cas.

Elle : For the record, il ne s'agissait pas d'une accusation. Si c'est le cas chez toi aussi, il n'y a pas lieu de s'inquiéter. C'est pas au point de déborder, c'est juste un brin répugnant.

Lui : Je te tiens au courant en revenant, en espérant que tout est beau. Merci de m'avoir prévenu, voisine. xx

Elle : J'espère ne pas t'avoir alarmé inutilement, ce n'était pas le but recherché ! Bonne soirée. xx

Lui : Pas du tout. En fait, je suis bien content qu'on soit en contact. La prochaine fois, ce sera peut-être pour prendre un verre. HA ! HA ! ☺

Elle : Ça me va, j'ai une meilleure expertise en spiritueux qu'en plomberie.

Lui : Bon, je suis arrivé. Aucun geyser, aucune odeur désagréable chez moi ! N'hésite pas à me faire signe si tu as besoin d'un plombier ou de quoi que ce soit. xx

DE QUOI QUE CE SOIT! C'était le feu vert! Mais il avait fallu qu'elle le recroise par hasard dans le stationnement, déguisée en Alex d'*Orange mécanique*, pour que les choses aillent de l'avant.

Elle: La série de circonstances improbables se poursuit…

Lui: À mon plus grand plaisir.

Elle: D'ailleurs, désolée pour l'empressement. J'étais attendue pour un party d'Halloween. Et en retard.

Lui: Je comprends très bien. J'espère quand même que ça en valait la peine.

Elle: Le party ou bien notre rencontre fortuite?

Lui: Je me garde une gêne alors j'y vais pour le party.

Elle: Je te donne l'option «Toutes ces réponses».

Lui: J'aime ton attitude… C'est rafraîchissant! Je prends donc la dernière option.

Elle: Choix astucieux! Ça m'étonne un peu que tu affirmes aimer mon attitude. Les fois où on se croise, je suis toujours dans un état un peu douteux.

Lui: L'idée que je me fais de toi est basée sur bien peu de choses, je te l'accorde, mais c'est tout ce que j'ai comme infos pour l'instant alors je fais avec. P.-S. – Désolé pour le délai, je crois que je me suis endormi sur le divan avec mon téléphone à la main. Pathétique, je sais.

Elle: Pathétique seulement si tu t'étais préalablement soûlé au Cinzano.

Lui: Ha! ha! ha! je ne dois pas être si mal alors. Je n'ai plus la chance de m'endormir soûl de toute façon. C'est mieux comme ça.

Elle: Tu ne bois pas?

Lui: J'ai dû arrêter il y a environ deux ans. On peut quand même aller prendre un verre un de ces quatre. Tu ne verras pas de différence…

Elle: C'est indiscret de te demander de développer sur le sujet, j'imagine?

Lui: J'ai vécu beaucoup de hauts et de bas sous l'influence de différentes drogues et j'ai dû prendre une décision pour ma santé et ma carrière. Je suis allé en thérapie pendant plus de six mois il y a deux ans. Depuis, j'ai retrouvé ma famille, mes amis, mes passions… En fait, je me suis retrouvé. J'ai dû sacrifier beaucoup de choses que je croyais importantes pour me rendre compte que je passais à côté de tout ce qu'il y a de plus beau.

Elle: Particulièrement courageux de ta part d'avoir pris les choses en main. On a tous nos vices et la plupart des gens se complaisent là-dedans. On s'en parlera quand tu te décideras à m'inviter.

Lui: T'es chez toi en ce moment?

Elle: Oui.

Lui: Apprécierais-tu la visite d'un voisin?

Elle: Tu sais que ça pourrait être le début d'un épisode d'Un tueur si proche?

Lui: Ça pourrait prendre bien des tournures.

Elle: Je complète des dossiers en buvant une coupe de vin. Dérange-moi quand tu veux.

Lui: J'arrive dans quelques minutes.

Lorsqu'elle vint lui ouvrir la porte, son cœur menaçait de lui sortir de la poitrine et elle était étonnée de pouvoir encore ressentir des émotions aussi fortes! Il lui servit encore une fois sur un plateau d'argent son regard déstabilisant et son sourire rassurant.

Progressivement, ses barrières étaient tombées toutes seules à force de patience et de gentillesse. Avec lui, elle n'avait pas peur. Ils ont pris leur temps pour s'apprivoiser et apprendre à se connaître. Tout doucement. Naturellement. Malgré leurs blessures passées, ils ont redonné une chance à l'amour.

Florence

Florence berçait son bébé dans ses bras, attendrie. Elle n'en revenait pas encore. C'était leur fille et elle était magnifique. Elle ne se lassait pas de l'admirer. Tout était nouveau pour elle dans ce domaine. L'allaitement, qui n'était pas de tout repos, les crises de larmes, le manque de sommeil… Pourtant, elle ne croyait pas avoir aimé si fort de toute sa vie. C'était tellement d'émotions portées à leur paroxysme en même temps. Elle ne pouvait croire ce qu'elle était en train de vivre.

Ça n'avait pas été long avant qu'elle tombe enceinte quand ils avaient cessé de se protéger. Pourtant, elle avait si peur de ne pas en être capable. Plusieurs couples dans leur entourage présentaient des difficultés à ce niveau et elle avait eu tendance à faire de la projection. Quoi qu'il en soit, pour eux, ça avait été facile. Merci la vie ! Sa grossesse s'était bien déroulée, outre le fait que ses médecins trouvaient qu'elle n'avait pas pris assez de poids, ce qui les préoccupait. Qu'elle n'avait pas une assez grosse bedaine. Il ne fallait pas trop qu'elle se plaigne de cela aux autres femmes enceintes parce qu'elles la regardaient à coup sûr d'un drôle d'air. Florence avait arrêté de travailler un mois avant la venue au monde de Julia. Elle n'avait pas eu le choix de ralentir et de revoir ses priorités.

L'accouchement avait été douloureux, mais relativement court. Elle avait donné naissance à Julia à l'hôpital, selon le plan qu'elle s'était fixé. Bref, elle avait été chanceuse. Sa fille était arrivée un peu d'avance, un 29 août.

Quelques jours avant l'accouchement, Florence avait appelé Suzanne en panique :

— Maman, je ne suis pas prête ! Sa chambre n'est pas prête. Rien n'est prêt !

— Ça, ma fille, ça s'appelle le syndrome de la maman qui prépare son nid pour ses petits. On passe toutes par ce stade. Ce qu'il faut que tu te répètes, c'est que bien des bébés sur cette planète sont nés dans bien pire situation. Elle a de l'amour, un lit, des pyjamas et des couches, et c'est tout ce qui compte vraiment pour les premiers mois. Le reste est secondaire.

— Tu as sûrement raison, mais maman, j'ai peur…

— Peur de quoi, ma fille ?

— De ne pas être à la hauteur comme mère. De ne pas être à ta hauteur.

— Il n'y a pas un parent parfait, Florence. Je n'étais pas parfaite et je ne le suis toujours pas. On fait tous ce qu'on peut. C'est tout. Rien de plus, rien de moins. Être parent, c'est un apprentissage quotidien. Tout va bien aller, tu vas voir. Un petit bébé comme Julia ne demande qu'à être cajolé et aimé. Et donner de l'amour n'a jamais été un problème pour toi. Tu as un cœur immense, ma belle fille d'amour. Si j'ai un conseil à te donner en cette matière, ce serait d'être indulgente envers toi-même. Ne t'en demande pas trop.

Suzanne était venue l'aider les premiers jours, après son retour à la maison, puis sa belle-mère avait pris le relais. Elles s'occupaient de la cuisine et du ménage, ce qui lui avait donné un bon coup de main. Raph aussi l'aidait énormément. Par chance, il travaillait à la maison, ce qui lui permettait d'être présent pour elles. En tant que travailleur autonome, il ne pouvait pas vraiment prendre de congé de paternité, mais il réussissait tout de même à en faire beaucoup pour la soutenir.

Certains jours, entre deux boires, Florence se sentait bien seule. Surtout lors des semaines qui avaient suivi, quand sa mère et sa belle-mère étaient retournées chez elles. Elle s'ennuyait un peu d'être dans l'action, puisque ses journées tournaient maintenant exclusivement autour de sa fille. Est-ce qu'elle avait bien mangé ? Est-ce qu'elle dormait suffisamment ? Est-ce qu'elle avait froid, peur, ou est-ce que sa couche était pleine ? Une fois toutes ces questions élucidées et ses besoins comblés, elle pouvait penser à elle et aller prendre une petite douche en vitesse. C'était tout un changement de vie, qui lui permettait de pratiquer énormément son lâcher-prise. Force est de constater qu'elle n'avait pas le contrôle sur grand-chose en ce moment. Et elle se laissait porter.

Laura, quant à elle, adorait sa petite sœur. Elle était magnifique quand elle la prenait dans ses bras, si heureuse. Bref, ils s'habituaient tous tranquillement à l'arrivée de Julia dans la famille. Leur foyer était rempli d'amour et c'était en réalité tout ce qui comptait. Raph et elle avaient réussi à bâtir quelque chose de solide et de précieux. Quand la petite tête de Julia se posait sur son épaule et que ses paupières se faisaient lourdes, Florence réalisait toute la chance qu'elle avait. Elle avait donné la vie à la huitième merveille du monde ! Elle ne se lassait jamais de la regarder. C'était incroyable, quand même, cet amour débordant. Ce trop-plein gonflait son âme et la rendait plus légère, joyeuse, comblée. Elle comptait bien profiter de chaque seconde avec sa fille. Sa priorité était maintenant sa famille au sens large du terme. Tous ceux qu'elle aimait. Elle devrait faire des choix, elle le savait, mais ce serait pour le mieux et en accord avec ses valeurs. Sa quête de zénitude allait bon train et elle avait fait beaucoup de chemin.

L'avenir lui souriait et lui ouvrait les bras. Tout irait bien.

Anne-Sophie

Le Shack prend des allures de fête avec le sapin, les guirlandes et tout le tralala. Je scrute les bas de Noël symétriquement positionnés au-dessus du divan en prenant une longue inspiration. Ça ne me déchire plus le cœur de les voir. Ni le sapin décoré ni ces décorations emblématiques, celles que nous avions choisies ensemble, qui ont longtemps ravivé ce trou dans mon cœur, rappelant le vide laissé, rappelant ce qui n'est plus.

Jedi, mon chat herbivore, jette son dévolu sur les branches artificielles du bas et je souris. Il ne se domptera donc jamais ! Au moins, à quatre ans, il est trop gros pour pouvoir se hisser sur les branches supérieures et jouer à cache-cache entre les lumières et les boules. Et rester pris au piège, à son propre jeu, à miauler pour qu'on vienne le libérer tard la nuit. Assise sur le divan, je le regarde téter avidement sa branche préférée et je ne peux m'empêcher d'esquisser un sourire.

Tout mon for intérieur se félicite, se donne une tape dans le dos. J'ai une confession à faire entre deux sapins. Un secret de la plus haute importance. Je suis née avec ce morceau de robot qu'on appelle la résilience. Un beau mot offert à outrance et très tendance, mais qui n'en est pas moins précieux. Ma fée marraine à moi est passée au-dessus de mon berceau pour m'offrir le plus beau des cadeaux : la capacité de rebondir devant l'adversité et de créer du beau avec ce qui est déposé sur mon chemin.

Peu importe ce qui m'arrive, il y a toujours une petite mèche de bonheur en moi qui tient le fort, qui reste allumée. Un idéalisme latent qui me tenaille. Cette sensation que tout va s'arranger qui colle. Une *switch* à *on* qui dédramatise chaque situation. Ça doit d'ailleurs être pour ça que je donne des noms comiques à pas mal tout ce qui tombe sous ma main. Les chapitres et les lieux importants de ma vie, mes *to-do lists*, tout. À plusieurs s'ajoute aussi le qualificatif « bonheur ». Le *road trip* du bonheur, le char du bonheur, le Shack du bonheur… Comme un leitmotiv. Un mantra bien ancré. Contre vents et marées.

Diagnostic : positivisme chronique.

Je retire cinq grandes certitudes de mon épopée avec le cancer (en me croisant les doigts bien fort de tomber du bon côté des statistiques et qu'il ne revienne jamais…) :

1. Je suis tellement plus forte que je pensais.

2. Le cancer change tout. Mais il n'empêche personne d'aimer. Et la vie est plus grande que le cancer. Point.

3. Ma vie n'est pas un long fleuve tranquille et ça vaut mieux ainsi. Au moins, on ne s'ennuie pas !

4. J'ai une chance INCROYABLE d'être entourée par des gens d'une si grande qualité humaine. J'ai la gorge nouée par l'émotion tellement l'amour que je leur porte est grand, plus fort que tout. Je suis dans la gratitude la plus totale devant ma puissante armée de courage, mes

Jedi de lumière qui ont été à mes côtés à travers cette épreuve et qui sont toujours prêts à me suivre dans toutes mes aventures. Ce sont des forces de la nature et ils m'insufflent tant d'énergie et de chaleur. Ensemble, nous sommes capables de soulever des montagnes et je ne me sens jamais seule grâce à eux.

5. La vie est fragile et précieuse. Elle mérite d'être vécue chaque jour pleinement, avec passion. Je veux vivre avec un grand V et profiter au maximum de tout ce que la vie a de meilleur à apporter, et ce, sans retenue !

L'histoire que j'ai vécue est une épopée improbable de laquelle je ressors transformée. Un pied de nez aux statistiques. Un combat mental de rationalisation des perceptions. Un brin d'amertume quand on s'attarde au pourquoi. C'est la constatation des montagnes russes pour mieux rebondir. Pourquoi moi ? On ne le saura jamais. Parfois, la réponse passe par l'acceptation et la reconstruction. Tout simplement parce que, parfois, on ne peut pas faire autrement.

Parce que la vie défile autour de toi et qu'il faut continuer à avancer. Parce qu'en vérité, personne ne sait de quoi sera fait demain. Tout ce qui compte, c'est le moment présent.

J'avais soudainement envie d'en faire plus, de m'impliquer pour la cause, d'être partout à la fois. De faire des voyages. De faire le plus de *checks* possible sur ma nouvelle *bucket list*. De rassembler les gens.

Après tout, j'avais fait la promesse d'être une meilleure version de moi-même et de contribuer à quelque chose de plus grand que moi si je m'en sortais indemne.

La vie est belle et j'étais bien déterminée à mordre à pleines dents dans chacune de ses parcelles de bonheur.

REMERCIEMENTS

À toutes les femmes d'exception qui m'entourent et qui m'ont tant inspirée pour la composition des personnages, je ne vous remercierai jamais assez pour votre écoute, votre ouverture, votre confiance, vos encouragements et vos précieux conseils.

Janie Morency-Porlier, Lisandre Danis-Ouellet, Jessica Lefebvre-Labonté, Marilyne Cyr, Nelly Yockell, Marie-Pier Demers, Andréane Noël, Julie Lacroix, Marie-Michèle Tanguay, Anne-Marie Lamontagne, Emmanuelle Moreau, Marie-Pier Robitaille, Marie Gallant, Nathalie Noël et Marie-Ève Bertrand, il y a une part de chacune d'entre vous dans ce livre.

Toujours là pour toi, c'est notre histoire.

J'espère qu'elle vous rendra fières de la fabuleuse amitié que l'on partage.

Je vous aime.

#LePouvoirDuSapin

Merci aussi à tous ces hommes qui ont croisé nos routes pour le meilleur ou pour le pire, qui ont constitué une abondante source d'inspiration et qui nous ont permis d'évoluer.

Merci à Jonathan Mercier pour sa confiance et son soutien indéfectible. Je suis si fière de la façon dont nous avons réussi à faire évoluer notre relation. Tu es tellement important pour moi.

Merci à mon dévoué comité de lecture qui n'a pas compté ses heures pour me conseiller. Un merci tout spécial à Marie-Michèle Tanguay, Marie-Pier Demers et Andréane Noël pour leur aide et la révision de texte rigoureuse.

Finalement, un immense merci à ma merveilleuse famille tissée serrée (Mario, Monique, Guillaume et Lisandre) et à mon merveilleux mari, Alexandre Bertrand. Mes plus grands *fans*, merci de croire en moi. Ce roman a été achevé en grande partie grâce à vos encouragements.

Je vous aime de tout mon cœur et pour toujours.

Encore plus chez Les Éditeurs réunis

Vous avez aimé *Toujours là pour toi* ?
Vous apprécierez sûrement les titres suivants :

Célibataire cherche animal de compagnie

Marie-Krystel Gendron

Vétérinaire passionnée, Amélia Dubé dirige le refuge À un poil du bonheur, où elle soigne « ses petites bêtes » sans compter ses heures. Il faut dire que gérer la fugue d'un raton laveur, la blessure d'un chiot ou l'arrivée d'une portée de chatons ne permet pas de s'investir rien qu'à moitié. Un compagnon humain avec ça ? *Niet.* C'est hors de question depuis que son cœur a été écorché, il y a quelques années, par une rupture difficile.

La vie de la pétillante célibataire prend toutefois un virage romantique quand un bel inconnu, au détour d'une visite destinée à trouver le parfait complice à quatre pattes, se présente au refuge et ébranle doucement ses certitudes. Cette attirance inespérée ravit Jasmine et Julia, ses deux meilleures amies, qui craignaient que la vétérinaire s'entête à demeurer seule, loin des hommes et des déceptions.

Au fil des semaines, Amélia et Alex se rapprochent. Pourtant, dès qu'elle s'ouvre un peu à lui, il se referme. Malgré sa peur de souffrir encore, la jeune femme s'efforcera d'apprivoiser son charmant mais farouche prétendant. Si au moins le gentil toutou qu'elle lui a confié pouvait révéler le secret de son maître…

Visitez lesediteursreunis.com pour plus de détails.

Pour le temps qu'il me reste

Sandra Lemire Wolf

Des taches grises sur la langue et le palais. Un teint livide. Une santé fragile. Claire Verrier ne se doutait pas que ces symptômes en apparence bénins cachaient en réalité une leucémie aiguë et incurable. Dévastée, elle décide de garder secret son état et de partir à l'aventure afin de profiter au maximum du temps qu'il lui reste.

À la recherche de dépaysement et de rencontres exaltantes, la jeune femme met le cap sur l'Italie. Avec ses repas copieux et ses jeux de séduction invitants, la destination ensoleillée remplit tout à fait son mandat auprès de la malade. Mais quand les fonds viennent à manquer, Claire n'a d'autre choix que de rentrer à la maison.

Alors que sa condition se détériore, elle se sent de plus en plus seule et déprimée. Heureusement, il y a Ramsay, ce toutou impétueux qu'elle a sauvé d'une mort certaine, et Gilles, cet amant au sourire ravageur qu'elle fréquente passionnément, pour lui apporter le réconfort dont elle a besoin. Et puis il y a ses parents, de qui elle pourrait bien se rapprocher, si elle faisait la paix avec ses blessures d'enfance…

Livre de plage

Marie-Andrée Rompré

Résolues à fuir la dépression saisonnière, Léa et son amie Louise s'envolent pour le Sud. Abandonnant déceptions et deuils à la grisaille du ciel de novembre, les filles sont plus que prêtes à profiter du soleil des Caraïbes.

Dès qu'elle commence à se balader dans le décor de carte postale bordant leur hôtel, Léa comprend que ces vacances seront formidables. Malgré sa timidité, elle accepte de relever le défi lancé par sa compagne de voyage : faire une « folie » par jour ! Entre les différentes excursions qui s'offrent à elles, le serveur aux yeux d'ébène et le jardinier entreprenant, les occasions ne tarderont pas à se multiplier.

Prenant goût à l'aventure, la prudente Léa s'essaie bientôt à la salsa, au catamaran et aux découvertes culinaires hasardeuses. Serait-elle sur le point de retrouver l'étincelle ? Ou est-ce le parfum de vanille et de goyave d'un certain touriste chilien qui l'envoûte ? Hmm, les bienfaits de la vitamine D se révèlent parfois prodigieux !

Visitez lesediteursreunis.com pour plus de détails.